魅丽文化　花火工作室

温良 著

多喜欢一点

百花洲文艺出版社
BAIHUAZHOU LITERATURE AND ART PRESS

图书在版编目（CIP）数据

多喜欢一点 / 温良著 . -- 南昌 ：百花洲文艺
出版社，2020.10
ISBN 978-7-5500-3828-8

Ⅰ．①多… Ⅱ．①温… Ⅲ．①长篇小说－中国－当代
Ⅳ．① I247.5

中国版本图书馆 CIP 数据核字（2020）第 176396 号

多喜欢一点

温良 著

责任编辑	蔡央扬	
选题策划	丐小亥	
特约编辑	白 鱼	
封面设计	殷 舍	
出版发行	百花洲文艺出版社	
社 址	南昌市红谷滩区世贸路 898 号博能中心 A 座 20 楼	
邮 编	330038	
经 销	全国新华书店	
印 刷	长沙金鹰印务有限公司	
开 本	880mm×1230mm 1/32 印张 9	
版 次	2021 年 6 月第 1 版第 1 次印刷	
字 数	227 千字	
书 号	ISBN 978-7-5500-3828-8	
定 价	42.80 元	

赣版权登字 05-2020-148

网址 http：//www.bhzwy.com
图书若有印装错误，影响阅读，可向承印厂联系调换。

目录

CONTENTS

2

Chapter 1
你在云间想到的人是谁啊?

01

"呼叫塔台,江航 RA2996。"

"江航 RA2996,请讲。"

"江航 RA2996 请求降落,等待点 H,准备进入 36C 跑道。"

"地面正常,江航 RA2996,允许进入跑道。"

"江航 RA2996,已进入跑道。"

后轮先触地的一刹那,机身熟悉地微微颤动了一下,很快又恢复了平静。地面指引车早已就位,播完最后一条机长广播,付云意向左前方看了一眼,不远处的 T2 航站楼 B12 停机口在薄雾里露出隐约的轮廓,旁边围了一圈的大概是客梯车、航食车和地面清洁车。

这条由上海飞往北京的线路是付云意的固定航线之一,不下一百次的起飞降落让她操作得轻车熟路。

更何况这一次飞完,她还要回家休两年都没碰过的年假。

江航这家公司算是业界良心,管理很严格,每周、每月、每年都有规定的飞行时长,超过了规定数额就坚决不让多飞一分钟。付云意这两年也不是飞得不够,就是在飞机上待久了,对回地面过正常生活没什么欲望。飞行时长满了,她就换成执勤时间,除了必要的休息,再没有多休一天假。

这次她向管理层提出休假的申请,那边看都没看就批了一个半月,一同过去批假的同事羡慕得眼睛都红了。付云意不愿意谈自己努不努力的事,礼貌地笑了笑,什么也没说。

机舱对讲机里断断续续地传来乘务员引导乘客拿好随身物品按次序下机的声音,副机长把本次航班的飞行记录本和技术记录本递给她,付云意一条一条耐心地回答耳机里机务组的问话。乘客已经全部下机,付云意收起签好字的两个记录本,刚打算直起身来,副机长突然想起来什么似的叫了她一声:"哎,对了,云意,闭一下眼睛。"

付云意莫名其妙，但配合地闭上了眼，下一秒，耳边就惊雷似的响起了一堆人的喊声。

"恭喜小付机长达成机长飞行时长一千小时成就！快点，上锦旗！"

她扭过头，就看到十来张笑眯眯的脸，最中间的是和她在公司里关系最好的空乘乔乔，举着不知道从哪儿弄来的锦旗，上面写着八个大字——"越飞越高，越飞越远"。

付云意心情复杂了五秒，抬起头来认认真真地问："您这锦旗上的字是祝福我呢，还是咒我呢？"

一群人笑成一团，付云意也跟着笑了，刚站起身来，乔乔就勾肩搭背地将她拐下了飞机："江航劳模、战斗前线一姐付云意怎么突然要休年假了啊？还一休就一个半月，我男朋友听到这个消息，估计要难过死。"

付云意大大方方地拎着那面不伦不类的锦旗，斜睨她一眼，疑惑地问："我休年假和你男朋友有什么关系？"

"我跟你飞他比较放心啊。"乔乔一脸正色，"你不知道他有多闲，前一阵手机给他推了一个话题叫什么'你不知道的民航圈到底有多乱'，他看完之后给我打了十几个电话，旁敲侧击地问我和最熟的机长是什么关系，非逼我说出'姐妹关系'这四个字才放过我。"

两个人又东拉西扯了些有的没的，一边聊一边进入航站楼的机组人员休息室，付云意行李箱还没握稳当，乔乔像是突然想起了什么，又火急火燎地将她推出去："对了，刚刚那趟航班上有人找你来着！"

付云意拿着行李箱站定，眼神一星半点的波动都没有："把机组乘务人员工作守则背一遍，你说你违反了第几条。"

乔乔压根不理她，挤眉弄眼地道："是头等舱的帅哥哦。快降落时特意叫住我，问我机长是不是付云意，还没等我回答，他就说他是你的旧识，还说在T2航站楼门口等你。"

小姑娘脸上的促狭劲还没散去，付云意突然愣住了。

这年头形容人和人的关系有太多词语。熟悉的不熟悉的，见过面的没见过面的，为了套个近乎，一句"兄弟姐妹朋友"好像随便喊，即使是很久没见的关系，一句"老朋友"也能概括了，"旧识"这个文绉绉又别扭的形容词，莫名其妙地带着遥远模糊的熟悉感。

她想到了什么，顿了顿，还是换了方向往 T2 航站楼门口走去。

正值暑期出行高峰，T2 航站楼门口不说人山人海，也算人流如织，付云意拖着她二十四寸的行李箱站在门口。自动门在她身后一开一合，行李箱滚轮划过瓷砖地面的声音、出租车的鸣笛声和谈话声乱糟糟地混杂在一起，她的视线环绕了四周一圈，脾气倏地上来了。

这人选的什么地方啊。

干脆下次约菜市场见面得了，在猪肉摊前上演一场"相识相认就是缘"的感人戏码。

付云意皱着眉头看了一眼手上的机械表，指针端端正正地指向下午三点，视线范围里半张能算得上熟悉的脸都没有，更别提什么"旧识"了。她那点本来就微乎其微的耐心和好奇心被消耗殆尽，抬脚就想走。

那文绉绉的形容词，只怕是哪个钱多脑子进水喜欢装当代文豪的富二代耍她玩呢，她还真当真了。

拖着行李箱还没往外面迈上一步，付云意身后就响起不轻不重的一声，有人出声叫她的名字。

"付云意。"

一瞬间，她没办法继续向前走上一步。

那声音她太熟悉了。

时间往前哗啦啦地倒流上几年，这三个字她听他用不同的声调念过太多太多次了。

包容的、压抑着怒气的、慢条斯理的、无可奈何的、带着笑意的，还有失望透顶的……没有一次像这一次的音调。

付云意转过头来，顶着精心调配好的完美表情，佯装才反应过来，笑得没心没肺："呀，是你呀，赵知年。好久不见了，难为你还记得我，特意让我们空乘小姑娘带话。"

男人穿着薄薄的黑色长外套，急速行驶过去的车辆带起的风吹动他右侧衣摆，他就那么安安静静地看着她，突然伸出了手："好久不见，重新认识一下吧，我是赵知年。"

付云意满脑袋问号。

她接不上话，不明白赵知年这种高智商怪物现在唱的是哪一出戏。

不是一个小时前他们两个还是"旧识"吗？现在玩什么"重新认识一下"这种戏码？这老哥就算和她好几年没正儿八经地见过面，重逢也得按着剧本来啊。

空气安静了瞬息，付云意弯了弯嘴角，笑意连眼睛都不达，往前半步，把手上的锦旗往他手上一塞："给你的见面礼。"

那一团红布没得到主人的爱惜，皱皱巴巴地搅和在一起，赵知年一打开，金光闪闪的"越飞越高、越飞越远"八个字就落进了眼底。他看了几秒，愣是把他自己看笑了。

谁送的啊，这美好祝福可比刚刚他在飞机上听到的那些关于小付机长的评语靠谱多了。

赵知年坐这趟航班是回大院去的。

起因是老赵同志身体抱恙，家里的阿姨给他打电话让他回去看看。电话打来的时候也是赶巧，赵知年刚披了外套从棋场出来，蹙着眉遗憾着最后那一步黑棋的后手官子实在下得坏极，手机振动时，他连来电显示都没看就随手接起："您好？"

司机在一旁等着，赵知年打了个"稍等"的手势，侧过身来："他怎么了？"

　　其实没什么大事，犯的都是中老年人常见的老毛病。赵明德年轻时在空军战区开了十几年的战斗机，后来去川航，飞的都是跨越横断山脉和青藏高原的航线，身体素质是一等一的。只是当年因为浓雾，塔台不准降落，愣是在唐古拉山脉上空盘旋了近一夜，总飞行时长超过二十个小时都能扛下来的铁人也挨不过岁月。岁数过了五十之后，他颈椎和心脏都出了小毛病，隔段时间就犯一次，算不上危及性命，但也够折磨人。

　　阿姨简单地把情况说了，顺着赵明德的意思说得避轻就重，他那点心思，阿姨心里明镜似的，什么身体抱恙、心脏不舒服啊，他根本就是想儿子了。

　　赵知年沉默地听着，等那边说完之后，他轻声"嗯"了一下表示了解，下一句就是丝毫不拖泥带水的拒绝："我这边还有事，暂时回不去。陈姨您帮我看着点，有什么事随时打电话。"

　　"哎，知年啊……"

　　后半句还没来得及说出口，那边就挂了电话。陈姨看了一眼坐在沙发上假装认真看新闻的赵明德，一板一眼地复述赵知年的话："知年说他忙，没时间回来。"

　　电视音量被调到微不可闻，赵明德喝了一口茶几上冷透了的茶，自言自语了一句，语气里的失落藏都藏不住："怎么总是忙啊。"

　　认真算算，这借口赵知年用了八年了。

　　这句话半真半假，用来搪塞太合适不过。他忙是真的忙，自从五年前升了围棋九段，要打的比赛虽然少了，但每一场都十分伤神，几盘棋下来，累得连路都走不稳，但再忙，回大院的时间也是有的。

　　他就是不想回去、不敢回去。

　　他把自己这张沉稳淡然面具背后一辈子的丰富感情全部交付在那个

大院里了。不知道是谁发明的"历久弥新"这个词，赵知年现在单单是拐进那个胡同，往事都像雨季抑制不住的潮水一样蔓延过他的心脏，把它浸泡得发胀发疼。

在那个占了大半条胡同的院里，他和人上树摘过石榴，翻墙逗过狗，刨了一小块草皮往土里埋过记忆胶囊，被人往窗户玻璃上丢过石子，走过两个街口的小吃摊上他给人买过热气腾腾的糖炒栗子，举着裹着晶亮糖浆的冰糖葫芦招摇过市，吃过加了三倍辣椒粉的干炸小丸子……

也遇见过一只没养熟的小白眼狼。

不知道算不算心灵感应，手机又短促地振动了一下，这次是陈姨用自己的手机号偷偷给他发的短信："听说付家的那个小姑娘付云意过两天也要休年假了，知年你真不回来看看？"

回来看谁没明说。

一整句话从表面上看说的是别人家的事情，那句话却一个字一个字地往他心上砸。

赵知年上了车，想了想，给自己的小助理发消息确认："这周末有什么事需要我参与的吗？"

助理那边消息回得飞快："没有没有！万事太平，提前祝赵哥周末愉快！"

他浅淡地笑了笑，飞速地敲定了机票。

只是他不知道人生能赶巧到这个地步，机长广播响起的时候，他连盖毛毯的动作都停下了。后面的乘客稀罕地叹了一声"哟，女机长"，坐他旁边的人寻到了话题，扭过头来如数家珍一样念叨起了江航屈指可数的几位女机长。

不知道是有什么特殊情结，那人把女机长夸得天上有地上无，形容词用得花样繁复，还说什么集沉稳理智与温柔可亲于一身。

赵知年微微合眼像是小憩，实际上在心里笑着反驳：什么跟什么啊，明明都是假的。

两个小时的航程他本想补一觉，可脑子里就是止不住地想自己和她正处在同一个空间里，这么想着想着，愣是一秒也睡不着了。不仅如此，临近飞机降落时，他还特意叫来了空乘，压低声音问："这趟航班的机长……是付云意吗？"

那三个字从喉咙里吐出来时，都带着滚烫热烈的温度。

空乘小姐礼貌地笑了笑，不说是，也不说不是，他隐约猜到了规矩，诚恳地留了一句："麻烦帮我转告付小姐，我一会儿在T2航站楼门口等她。"

"麻烦您了，"他笑了笑，"就说我是她的旧识。"

02

绛红色的锦旗被赵知年平平整整地折好放进了包里，他抬眼望向两步之外熟悉的人，礼貌地笑了笑，说："谢谢你，要一起回家吗？"

"一起回家"……这四个字在付云意脑子里巡回滚动了几遍，最后"砰"的一声炸成了一朵冒着白烟的烟花。

付云意瞪大了眼睛看着他。

她觉得这人脑子绝对是临出门前被夹了。

赵知年却把她的沉默理解成了默认，无比自然地拎起她的行李箱，一只手一个走向最近的出租车，熟门熟路地报上了大院的具体地址。

付云意愣愣地跟着他上了车，眼看着司机一打方向盘就拐上了机场高速，她看着窗外后知后觉地道："哎，不对……赵知年你赶紧让我下车，有人接我啊！"

他的名字一被她喊出来，赵知年只觉得自己脑子里也炸开了一朵烟花，彩色的。

他示意司机师傅继续按着路开，然后眼含笑意问后座上小脸都皱成一团的小姑娘："家人来接你吗？"

付云意正思考着脑子被夹这事是不是也具有传染性，回答得有气无力："不是……是祁景，说是要带着他在大马士革风吹日晒黑了八度的帅脸给我接风洗尘。"

赵知年挑了挑眉："给他发个消息吧，在院门口接风洗尘也一样。"

付云意低头摆弄着手机，没出声。

车子往前平稳地开了一段，赵知年突然没头没脑地问她："祁景现在还喜欢你吗？"

付云意听了这句，猛地抬头，满眼都是不可置信："他什么时候喜欢过我？"反问完了她才想起来两个人已经七八年没怎么见过面，又默默地解释了一句，"你可能不知道，祁景现在和秦欢在一起呢，两个人感情稳定，已经开始谈婚论嫁了。"

她说了什么他其实都没太在意，只是那句"你可能不知道"实在是太刺耳了，生生拉开了两个人之间的距离。

后半程谁也没有说话，付云意靠着窗户有一句没一句地听着歌，微微晃动的车厢里，她就这么睡着了。

付云意再醒过来时，车已经快要驶入胡同口。

往常清清爽爽的大院门口停着一辆军绿色的庞大吉普车，车身上靠着拿着一根棒棒糖的祁景，见出租车在门口停下，他把棒棒糖往嘴里一塞，从裤子口袋里扯出一团布"哗啦"一声抖开举过了头顶。

付云意定睛一看，红底白字的条幅，上面印着"热烈欢迎江航劳模付云意回来休年假"，后面跟了好几个叹号。

这帮狐朋狗友，一个两个的怎么都喜欢搞这些花里胡哨的东西？

祁景一个人拉着横幅左摇右摆地在原地"自嗨"了一会儿，看到付云意和赵知年从同一辆车上下来时如同被施了定身术，整个人立在原地，一只手下意识地一松，那块红布自上而下垂落，盖了他一脑袋。

赵知年又自然地从后备厢里拿出了付云意的行李，偏着头对祁景点点头："一起进去吗？"

祁景猛地把布扯了下来，围着两个人开始"啧啧啧"，活像公园里逗鸟的老大爷："我的天，怎么不早说呢，今天还有'接一送一'这种活动，早知道我无论如何都不能让你们俩打车啊。"

"付云意，你也挺够意思的，暗中互通有无多久了？晚上都给我和欢欢如实汇报。场子早就订好了，晚上我带你过去。

"我原本找了四十二个绝世帅哥丰富你这一个半月的假期生活呢，你也太给哥们儿省钱了，晚上千万要多吃多喝啊！"

一通噼里啪啦的"嘴炮"对着付云意放完，他转向赵知年，眼里换成了疏离的礼貌，连措辞都变得客客气气："小意好不容易回来休个假，大家两年多没好好聚过了，晚上定了玩的地方，你要和我们一起吗？"

大家、你、我们。

像车上那句话一样刺耳。

赵知年点了点头，从前什么聚会都不参加的人如今答应得比谁都快："成啊，把时间和地点告诉我吧，辛苦。"

祁景摆了摆手，三个人暂时各回各家。

祁景这些年的记者职业经验让他习惯了只能早到不能迟到，赵知年更是除了换了套衣服之外丝毫没变样子。两个人直直地杵在付家楼下，六点三刻祁景就开始语音轰炸付云意——"起没起啊""要走了要走了"，把正在补妆的付云意烦得不行。她"啪"的一声合上粉饼盖子，把手机调成静音。

七点一到，吉普车就在楼下按喇叭，付云意揣着一肚子骂人的话下了楼，"砰"的一下甩上车门，指挥他："开车！"

听着两个人你一言我一语，从自己扯到了街坊邻居，插科打诨地聊了一整个路程，不是相熟的人一句话都插不进去，赵知年张嘴想聊些什么，又徒劳地闭上了，看着坐在副驾驶座上的小姑娘，摇头晃脑、伶牙俐齿的劲儿和他记忆里的她一模一样，记忆里的她却怎么也没办法和重逢之后他面前的这个她重合。

看来这些年她也长大了，学会不再把真实的自己轻易展露给别人。

小姑娘这天晚上戴了副亮闪闪的耳环，他不知道是不是盯着耳环上折射的光点久了，眼里竟然起了涩意。

赵知年这个人感情很淡薄，几乎谈不上感性，本来对时光、岁月一类的词语没什么概念，可就在这一刻，他突然产生了一种向时光低头的感觉。

向他们之间隔着的整整八年的时光洪流低头。

只要是祁景组的聚餐局，就别想着能去什么正常的地方。

笨重的大吉普穿梭在北京薄薄的暮色里，七拐八拐穿越沥青路和小胡同，最后一个急刹猛地停在一座装修得十分像农家乐的四合院门口。

付云意看了外面一眼，扭过头对着祁景问得真心实意："给我杀鸡了吗？"

祁景正忙着停车，一个大摆尾，完全不符合科目二考试要求的侧方停车差点把人家院门蹭掉两块砖，他心满意足地熄了火，没听清她刚刚说的话，问："你说什么？"

付云意心平气和地重复了一遍："我问，来这种地方，你不应该杀一只肥硕的大母鸡给我表示表示吗？"

坐车后面的赵知年忍不住轻轻笑了一声。

祁景吹了一声口哨，冲她眨了眨眼，半个字不提鸡："你进去就知道了。"

三个人并排走进去，发现院子里面那叫一个别有洞天，吃饭的、打牌的、唱歌的，各种设备一应俱全，现代化装潢和门口完全不一致。祁景呼朋唤友能力一流，加上这饭局主角又是民航大院曾经的院霸付云意，大院里从小一起玩的一帮人全过来了，在她走进来的那一瞬间，全体起立如同迎接领导视察一般"啪啪"鼓掌。

付云意因赵知年的突然加入扭了一路的心在看到这一群从小玩到大的好友时陡然放松了下来，她站在门口，非常做作地抬了抬手，做了一个"大家请坐"的手势："来来来，都坐下吧。"

说完后，她往前迈上一步，身形一闪，后面的赵知年就出现了所有人的视野里。

最先看到赵知年的是离门口最近的沈桉，他举着啤酒杯的手一抖，小半杯啤酒直接洒在桌面上，用眼神和祁景交流了一下——"赵知年怎么来了"，却得到"爷也不知道"的回答。他若无其事地笑了笑，成年人那点随机应变的能力发挥了作用，他把酒放回桌子上，热络地招呼了一句："知年哥也过来了啊，真是稀客。"

赵知年含着笑，主动解释了一句："回来见个人，没几天就走了。"

他不说见谁，眼神却没从付云意身上挪开过。

站在他前面的付云意感受不到他的眼神，只觉得光听两个人你来我往、虚假尴尬的寒暄就够让自己脑仁疼，干脆走到桌子对面，坐在秦欢特意给她留的座位上。赵知年下意识地也想同她坐在一起，人精似的沈桉看出了付云意的不自在，更加热情地把赵知年留在了自己身边的空位上，最后两个人一个坐最里边，一个坐门口，隔了八百米。

秦欢看了一眼因为室内温度较高而开始挽袖口的赵知年，给付云意一个疑惑的眼神："他怎么来了？"

付云意老老实实地摇了摇头："我也不知道，机场遇见的，就一路跟到这儿来了。"

其实她整个人也是蒙的。

赵知年当初搬离大院时还和她说过那不叫再见，以后两个人还会见面的。念着这句，最初的时候她虽然嘴上恨不得把赵知年从头到脚骂一遍，心里始终还是抱着哪一天他会回大院的希望的。可是直到她大学入学，赵知年人在北京，却从没回来过。

后来，他们两个人就好像八字不合，假期时间从未重叠过，自然也再没在大院碰过面。

直到她没了关于和他重逢的设想，命运却非要赵知年和她在 T2 航站楼前来一次"重新认识一下"的见面。

整个场子的气氛因为赵知年的存在比往常冷了不少，付云意心里别扭得要命，又找不到借口委婉地劝退他，只能给自己倒了一杯矿泉水抿了一口："啊……心烦。"

秦欢拍了拍她的脑袋，和祁景待久了，"嘴炮"张口就来，她有意逗她："怎么，你们要上演时隔八年彼此念念不忘的当代情感大戏吗？"

付云意一惊，差点给大家表演人体喷泉。

付云意惊魂未定地把水咽下去，秦欢以为她肯定要气急败坏地反驳，没想到她静了一会儿，突然低声说了一句："我不知道。"

03

主角落座，祁景便热热闹闹地吆喝了起来："快点，上酒！"

其他人也是和他心有灵犀，祁景的尾音还没落下，一堆盛着黄的、白的、红的液体的玻璃杯就伸到了付云意眼前："来啊，意姐，千万别和我们客气！"

付云意翻了个白眼，这些人就差把"灌醉她"三个大字印在脸上，她随手开了一瓶啤酒，气泡"咕噜噜"地涌上来，被她倒满了整个杯子。

其实她酒量不行，是完全不行那种。

大学和工作期间不敢碰酒，休假三天之内不敢碰酒，算下来，她这些年喝的酒竟然都是和这帮人待在一起时喝的。其他人在社会上摸爬滚打混了几年，社会经验和酒桌文化经验与时俱进，每次他们在一起聚会，她都只有被灌醉的份。

付云意先和祁景的杯子撞了一下，爽快地把一整杯啤酒都喝了下去，其他人十分配合地尖叫、鼓掌、赞叹，场子重新热闹起来，搞得她眼角眉梢都染上了笑意。

付云意不喜欢啤酒的味道，喝到一半又上了一打花花绿绿的果味鸡尾酒，换了酒之后她喝得更猛，连杯子都不用，就着玻璃瓶大口大口地灌。其他人对她这种实力上喝不过别人、气势上坚决不能输的勇猛表现见怪不怪，还打着赌赌她几瓶之后休战。

他们不是第一次聚会这么喝酒，但赵知年是第一次看付云意这么喝。眼看着一轮喝完，第二轮的酒就要倒上，他碰了碰沈桉的胳膊："她喝的那些，度数高吗？"

这话问得前言不搭后语，亏得沈桉理解能力极强："不高不高，她喝的那些都是给小孩喝的，没有几度。"

听了他这话，赵知年总算能伸出筷子给自己夹一口菜。

沈桉说的千真万确，那果酒确实又甜又好喝，酒精浓度连十度都没有，可他还藏了半句话没说，那就是就付云意那个约等于零的酒量，给她果酒兑雪碧都能喝醉。

果然没出半个小时，付云意就开始往秦欢怀里栽，手也不老实起来，一会儿捏捏她的衣角，一会儿捏捏她的脸。

"欢欢，你今天的口红颜色真好看……什么色号呀？"

秦欢假装看不见赵知年始终往这边投射的眼神，安抚性地揉了揉付云意软趴趴的刘海："我明天给你也买一支。"

"哦，好的……"半个醉鬼付云意迷迷糊糊地应着，伸手就要够桌子上秦欢的小半杯白酒。秦欢还来不及出声阻拦，她已经眼疾手快地把那小半杯白酒全倒进了喉咙。

酒劲从胃里往天灵盖上翻涌，半个醉鬼成功把自己喝成了一个彻彻底底的醉鬼。

饭桌上的人吃得也差不多了，正商量着去隔壁打牌还是唱歌。祁景瞄了一眼被秦欢半拖半抱着的付云意，估摸着她也没有智商在牌桌上和他们斗智斗勇，他大手一挥，一帮人就转战到隔壁的点歌机前鬼哭狼嚎。

往常都是付云意唱第一首的，可这天话筒都递到她嘴边了，她愣是不唱，勉勉强强地稳着理智不败大家的兴致，随便找了个理由："这两天嗓子疼，唱不了歌，你们唱着，我跟欢欢在这儿洗耳恭听！"

都是熟人，其他人也不客气，抢着点歌台就点起了歌。付云意缩在沙发角落里，倒是不再喝酒了，低着头缓慢地剥着橙子。赵知年这次离她近了许多，不吃不喝不唱歌，就坐在黑暗里，像个奇特的摆设。

剥完橙子她抬了下头，视线不偏不倚刚好撞进了他的眼睛。赵知年的心跳漏了一拍，生怕她下一秒就起身换到其他位置去，可付云意连眼神都不躲闪，甚至冲他扯了扯嘴角，露出一抹浅浅的笑来。

她虽然是笑着的，可他就是知道她此刻一定是不开心了。

一首歌放完，切到了下一首。不知道是谁点的歌，点的还是高中那会儿要求全校每个班级都必须齐唱的励志歌曲《最初的梦想》。前奏一响起来，付云意就觉得自己的脊柱都好像僵住了。

秦欢是最先发现付云意整个人不太对劲的。她强迫地掰过付云意的肩膀，借着屏幕反射过来的微弱光亮，发现她眼眶都红了个彻底。

秦欢心紧了一瞬，开口叫付云意高中时候的外号："付霸王，你怎么了？快点跟我说说。"

两滴眼泪从付云意脸上无声无息地落下来，被秦欢温温柔柔地擦了，她吸吸鼻子，长叹了一口气，说得轻极了："小欢欢，我好累呀。"随即她又气势十分不足地骂了一句："开飞机可真不是人干的活。"

赵知年和她们隔得不近不远，两个人说了些什么他根本听不清。房间里又暗得要命，他只能靠猜测想付云意那边发生了什么。秦欢帮她擦眼泪的时候，他脑子里突然电光石火地闪过一种猜想。

付云意……哭了？

别说赵知年，秦欢在付云意身边这么多年，也几乎没见过她这个样子。

秦欢像安抚襁褓里的婴儿一样顺了顺付云意的背，心里明白，看来她无缘无故要休一个半月的长假，怕只是借了个年假的幌子，实际上根本不叫年假。

眼泪流下来，好像酒劲也找到了一条发泄的途径。付云意皱着眉头，嘴上嘟嘟囔囔地不停地说话，翻来覆去倒也不变样，都是那几句，说自己好累。那些话乍听起来好像二十几岁的小姑娘犯了娇气发泄发泄情绪，可这事放在付云意身上就够严重了。

付云意是一个几乎从不示弱的人。

高中时，她去参加民航飞行员的选拔，学校里的朋友谁也没知会一声，连秦欢都是高考结束后问她录取结果时才听她说的。那时候秦欢不明白这行业代表什么，以为付云意仗着自己生得漂亮要去做空乘，后来才发现她学的是正儿八经的飞机驾驶。

上大学的头两年，因为上不了实际操作，付云意在国内学理论，他们一帮人聚的频率还算高，等到大三那年，她去国外开始学习驾驶技术，整个人就跟失联了一样，微信留言没个十天半个月都不会有回复。

后来她又回国、去江航，整个一时代劳模，不飞到最高飞行时长绝不会下地休息。都是一起长大的朋友，舍不得她逼自己太狠，可付云意从来不肯说自己是苦是累。

祁景最初还半真半假地劝过一次，大意是女孩子就应该高高兴兴地被宠着。结果也不知道两个人在沟通上出了什么差错，那天的最后，祁景被点了炮仗似的付云意骂得灰头土脸，从此他们谁也没在她面前提过她工作的事情。

秦欢接过付云意手里剥了一半的橙子，帮她剥好，一瓣一瓣喂进她嘴里。大家玩得还算自得其乐，鬼哭狼嚎就没停过，秦欢凑近她的耳朵，轻轻细细地说了一句："想说什么今天就都说出来吧，我在这儿听着呢。"付云意嘴里的橙子嚼到一半噎了一下，眼泪开始噼里啪啦地往下掉。

付云意掰着手指算一算，自己进入民航这个行业已经八年了。

她从小在民航大院长大，对飞机、航空这些东西都不陌生，只是十八岁以前从未想过自己也会进入这个行业。以前她年纪小，只知道自己父亲的那身白色制服有一种干净到透亮的好看，那时她还揪着制服上的肩章问上面为什么有时是三道杠，有时是四道杠，她父亲把她不安分的手挪到一边，认认真真地给她解释，三道杠时是副机长，四道杠时是机长，意义是不一样的，戴哪个要由工作安排来决定。

付云意那个时候懵懵懂懂地点头，好像明白了。

那时的明白根本不叫明白。

直到十几年之后她大三，跟着班里的五六个同学一起去加拿大开始为期一年半的飞机驾驶实操训练，到了宿舍，发现迎接她的是一身同样雪白、别着四道杠肩章的机长制服，那时候她才明白了父亲当年那一句"意义是不一样的"到底是什么意思。

"上学的时候，训练很累啊……"付云意蹭着秦欢的肩膀，眨了眨眼睛，"你不知道我们班的那些人，待在他们中间我可半点没觉得自己是个女孩。"

当初她考上民航大学，发朋友圈时下面还有很多女孩子留言，语气里藏着羡慕："这学校好呀，听说男女比例不能更悬殊，云意你随随便便就能加入'结束初恋大军'啦。"

那时候，付云意还特意上网查了一下，九比一的男女比例让她笑得露出了八颗大白牙，闭上眼睛就能幻想到自己身边环绕着宽肩窄腰帅哥的美妙景象，她藏着心底的喜悦，非常低调地打了三个"害羞"的表情符号当回复。

谁能想到开学第一天的早操，她的美梦就碎成了一地的玻璃碴子。

"懒散大王"付云意开学第一天就不负众望地起晚了，等她头没梳、脸没洗，连滚带爬地赶到操场时，早操已经跑完了四分之三。

带早操的是比他们大一届的学长，看到她衣冠不整的样子，从上到下扫了她一眼，眼神和语气都淡淡的："学校统一规矩，早操迟到罚跑五十圈。"

"……"

开学第一天，付云意没把自己的小命搭在民航大学红色的塑胶跑道上真算得上福大命大。

跑完后，她吊着一口气去教室上课，教飞行原理的老师惜字如金，连个自我介绍都没有，一上来就开始系统教学，两分钟之后，付云意觉得自己梦回高中物理课。

她想得简单，当时还搓着小手期待着什么时候能上模拟机，学长毫不怜香惜玉地一盆冷水浇下来："咱们学校一台 D 级全动飞行模拟机上百万，是新生说碰就能碰的？好好学习理论知识吧。"

付云意看着自己满课表的空中领航、航空发动机、飞行程序设计、空中交通管制等光看着就让人头大的科目，怅惘地叹了口气。

付云意他们这一届飞行学院一共招了十六个人，只有两个女生。辅导员笑眯眯地对她俩说要"巾帼不让须眉"，可她怎么看怎么像是"须眉不让巾帼"。两年的理论学习下来，她头发都快学秃了，才勉强混了个中上游水平。可一到实践学习上，男生和女生的天生差距又瞬间显现了出来。

那一年，他们班的学生被分成了两组，一组去加拿大的训练基地，一组去澳大利亚的训练基地。十月末的加拿大就开始落雪，驾驶室里没有供暖设施，操作的时间稍稍一久，整个手掌都能和驾驶杆冻在一起。

女生的身体素质到底是比不上男生，去到加拿大的第一个冬天，付云意就生了一场十几年没生过的大病，物理方法、化学方法都被室友用了个遍，烧就是退不下来。实践课安排得紧凑，付云意一堂课也不敢耽误，头重脚轻地去上课，开晨会的时候，看着黑板上的英语都像是泰语。

说到这儿，付云意好像累了，撇着嘴拧开矿泉水瓶喝了起来。

秦欢点了点她的眉心，心疼地抱怨："发生这种事情，你怎么不给我打电话呀？"

付云意眯着眼睛蹭了蹭秦欢的肩膀，回答得一板一眼："就算给你打了电话，你也不能来加拿大帮我开飞机呀。"

两个女孩聊得认真投入，完全没注意到原本坐在另一张沙发上的雕像赵知年已经无声无息地挪到了她们旁边，现在距离不近不远，刚好能勉强听清聊天内容。

他不清楚付云意喝没喝醉，小姑娘讲自己故事的时候条理清晰，但整个人的状态还是不那么对劲。赵知年克制着自己没发出一点声音，默默地藏在黑暗里听故事。

对两人来说，模糊的过去和清晰的现实之间隔着深深的沟壑，好像话题一聊就会断档。要不是今天恰好听到小姑娘借着酒劲诉衷肠，给了他一个了解八年来都没见过的付云意的机会，赵知年真的不知道自己应该以什么样的姿态面对她。

手上的橙子吃完了，秦欢像哄小孩一样哄着付云意："嗯……我知道你在学校里有多苦了，累到我们小付霸王了，还要接着往下说吗？"

有些事郁结在心里太久，今天难得倒豆子一样絮絮叨叨地说出来，付云意揉了揉眼睛，委屈地小声道："要！我今天……要说一晚上！"

秦欢笑了，又给她剥了一个橙子："好，说一晚上。"

04

学生时代也没什么好讲的，无非就是学习很累、训练很苦，但终究还是在象牙塔里。即使有竞争，也是单纯的，成绩和能力不够，让位都心甘情愿。从大三下学期开始，付云意陆陆续续考证，最后考的是航空英语，考过之后，她就开始着手应聘合适的航空公司了。

那时候加航挽留她，实践学习中，她的后期表现太亮眼，但她就是一门心思要回国。最后名额往后顺延了一个，小组里的两个人毕业之后直接留在了加拿大。幸运得到名额的是他们班的班长，他感激涕零地要请她吃饭，两个人在华人区找了家昂贵的中餐厅，点了菜之后还要了一小壶温温热热的桃花酒。吃饭时，班长和她聊天，半是玩笑地问她回国是不是为了男朋友。付云意不愿意谈这方面的事情，随口扯了爱国情怀就糊弄了过去。

吃过饭的第三天，她就回国了，把国内航空公司的资料从头到尾看了一遍，然后圈出了几个，心里算是有了点数。

后来她选择去江航，个人条件和技术水平都没得挑，还是漂漂亮亮的小姑娘，一轮二轮面试全部顺风顺水地拿了第一。进入公司之后，付云意也是按部就班，做满了两千七百个小时的副驾驶，二十六岁就成了江航最年轻的女机长。

这些明明是理所应得，可偏偏有人把她是在民航大院长大的事情传播出去，有意陷害说她用的是家里的关系。

"工作也不顺心，好烦……"付云意鼓着腮帮子，一副气鼓鼓的样子，"凭实力说话还有什么不满意的。"

秦欢知道她这人爱憎分明，最不善于处理复杂的人际关系，也不知道怎么开解她，就低低地"嗯"了一声表示在听。

真正当上机长飞固定航线，和没有固定航线全世界飞的副机长、学生时用来模拟演练各种特殊情况的模拟机训练都不一样。付云意的首飞航线就是北京到上海，航程只有两个小时，天气情况和地面情况都很好，应当算是最简单的飞行任务，可她与塔台对话确认起飞点和起飞跑道时，觉得自己的声音都在发抖。

她是真的太紧张了。

那一次她开的是中型的波音737，周末出行的人多，上座率达到百分之九十，有两百多位乘客。付云意自打坐在座位上就开始胡思乱想，想得最多的就是失误了怎么办？如果失误了，她怎么负担得起？副驾驶有十几年的驾龄，看她就像看小孩子一样，一眼就知道她在担心什么，笑着安慰她："正常开，没问题的。"

等到飞机稳稳地落地，副机长把记录着这一路航行细节的飞行记录本递给她签字，付云意看着第一页被写满了的崭新笔记本，愣了几秒，精神高度紧张了两个小时，她的反应都有些迟钝。

后来她的飞行时间越来越长，记录本写满了三分之一、一半，写到最后一页，她才恍惚意识到自己似乎也在被迫的精神紧张中习惯了这个职业。

只是她太压抑，平时放的周假和月假都用来睡觉。她也没什么特殊喜好，长年累月的压力积攒在心里，只会让她觉得越来越沉重、越来越累。况且公司里对她不服气的声音从来没停过，还有人抱怨她飞的都是低难度航线，没有真正的实力。

付云意懒得辩解，可那些话难免还是会往心里去。

秦欢卷了卷她不算长的发尾，没头没脑地问了一句："我们小霸王长得这么漂亮，想没想过找个男朋友啊？难过的时候，男朋友亲亲抱抱就好了。"

赵知年正听得认真，冷不防听到秦欢问的这句，突然觉得呼吸一室。

付云意听到这话，顺手把橙子丢了出去，十足的生气模样："别提了！"

男女比例悬殊是真的，脱单不愁是真的，桃花很旺也是真的，但都是烂桃花。她不知道是不是自己要求太高了，这些年来向她表白的没有一个排，也有一个班，只是每一次有人向她表白，她都会忍不住把那个人和赵知年做比较——A没有赵知年沉稳，B没有赵知年聪明，C没有赵知年好看……比来比去，谁也比不上他。

"谁说的啊，年少时不能遇见太惊艳的人，否则就再也忘不掉了。"付云意口齿不清地嘟囔着，"这人真是一语成谶。"

她说出口的是身边都是烂桃花，没说出口的则是还忘不掉赵知年。

赵知年垂下眼，呼吸一沉，只觉得太多情绪掺杂在一起，哗啦啦地一起涌了上来。

其他几个人鬼哭狼嚎累了，也玩够了，整个房间安静下来。新上的一箱啤酒也被喝了个七七八八，大部分人醉意上来，四仰八叉地在沙发上瘫成一片。

祁景这人还挺有责任意识，自己没喝多少，这会儿走到秦欢身边，要了颗薄荷糖醒酒，然后就拿出手机叫代驾。一个一个安排好，轮到付云意的时候，沉默了一晚上的赵知年突然出声："我带她回去。"

这一出声，把祁景和秦欢都吓了一跳。

赵知年一晚上没说过几句话，他们还以为他已经悄悄地走了，没想到他突然从沙发上站起来，看着祁景，语气十分诚恳："能把你车钥匙借给我吗？我送付云意回去。"

祁景犹豫了一下。

赵知年似乎洞察到了他心里的想法，突然笑了："放心，她的人身安全我能保证。"

话说到这个份儿上，祁景也不知道该找什么理由拒绝了，老老实实地把自己的吉普车钥匙递给他，完了还忍不住叮嘱了一句："这车不太好开，你开慢点，撞了维修还挺贵的。"

付云意不知道是说累了还是酒劲彻底上了头，这会儿整个人跟无骨动物一般缠在秦欢身上，他们在旁边聊天，她连眼睛都没睁一下。最后还是祁景对着她耳朵叫了一声："付云意，你再不起来就扣工资了！"

她猛地睁开眼睛："什么……什么工资！"

祁景得意地拍了拍手，一副屡试不爽的样子："小时候说迟到，长大了说扣工资，这招真的能对付云意一辈子。"

秦欢白了他一眼，拍拍付云意的脑袋，温言软语地道："结束了，我们带你回家，你还能自己走吗？"

付云意迟钝地反应了两秒，缓慢地点了点头。

祁景指着赵知年："那你跟他一起走吧，我和秦欢收拾收拾再走，明天给你打电话出来玩呀。"

付云意又缓慢地点了点头，然后站起身来。

赵知年赶紧走过来虚虚地揽着她的肩膀，冲两个人点点头算是道别，便带着付云意往门外走去。他们前脚刚迈出去，秦欢就不满意地砸了一下祁景："他要带小意走，你就让他带走啊！"

祁景丈二和尚摸不着头脑："他都说保证人身安全了，我也不能拒绝啊。"

秦欢没再接话，皱起了眉头。

两个人把其余的醉鬼一个一个往代驾车上搬，整个场子都处理妥当、结了账之后往外走。夜里起了风，夏末初秋的昼夜也有了些温差，风一吹还是有凉意。祁景自然地把自己的外套裹在秦欢身上，发现她还皱着眉头。

他笑着吻了一下她的眉心："不放心他们两个啊？"

秦欢低着头给付云意发了一条微信，叹了口气："有些事情你不知道。他们两个根本就不合适，凑合到一起对谁都没好处。"

赵知年原以为把付云意弄上车都要费一番功夫，谁知道小姑娘比谁都配合，他刚解锁了车，她就非常自觉地拉开车门坐上了副驾驶座。

他也上了车，给她系安全带时对上她迷离的眼神，他鬼使神差地没松开握着她安全带的手，问了一句："还认识我是谁吗？"

付云意看了他一眼，突然伸出手来，猝不及防地触碰到了他的下巴。小姑娘完全没意识到这一点，惟妙惟肖地学着他下午的语气："你好赵知年，重新认识一下，我是付云意。"

小姑娘记仇这点还真是一如既往，一点没变。

赵知年的心情莫名愉悦起来，握住她的手："你好。"

招呼是打完了，他的手却没松开。

付云意动了动手腕，可她没力气，他又不肯松开，反而握得更紧。她有点不高兴，但脑子里混混沌沌的，一时找不到合适的骂人词汇，就瞪着眼睛看他。

车厢里很安静，付云意甚至能听见自己带着酒气的呼吸声。

过了一会儿，赵知年突然出声，嗓子有点哑，像是在压抑着什么："这些年，你是不是过得不好啊？"

是她自己说的。学习很累，工作不顺心，身边没有人陪着。

付云意没说话，用另一只手把车窗降了下来。

她想让自己清醒一点，可是开了窗之后似乎适得其反。赵知年已经缓慢地发动车子，吉普车穿过七拐八拐的小胡同，驶入了东三环黏稠的夜色里。她沉默地看了一会儿窗外的景色，余光见到后视镜里自己的眼眶好像又红了。

有一个念头钻进她混混沌沌的大脑，付云意拍着自己这边的车门："停车，停车。"

赵知年看了一眼又开始哭的她，毫不犹豫地开了双闪把车停在路边，声音放轻，诱哄一般的语气："怎么了？"

付云意的思维已经不受理智控制，她随口乱说："我不想坐车！"

男人闻言笑了，还是哄着她跟她讲条件："可我们要回家啊。"

这话一说出来，赵知年一整个晚上因为那些"我、你、我们"而产生的不愉悦情绪都消散了个彻底，整颗心都好像坠入了被阳光暴晒过的柔软的棉花里。

小姑娘撇撇嘴，撒泼道："那我们走回去！"

明显的无赖要求，可他还真由着她了。赵知年打开车门锁了车，也不管那地方是否禁停，反正是祁景的车。

两个人并排着晃晃悠悠地走到亮着昏黄路灯的街上，付云意踩自己的影子玩，自己跟自己玩了一会儿，突然转过头来看了他一眼："刚刚你把我的故事都听去了，我看见你换位置了。"

赵知年的心跳漏了一拍，他走到她身边，问："嗯……然后呢？"

她一咧嘴，恨不得露出八颗牙："你要拿你的故事和我交换啊，以物换物嘛。"

这都是什么歪门邪理。赵知年不和醉鬼计较，想了想，她也没要听他自己的故事，干脆道："那我给你讲个别的故事吧。"

他想起自己在侄女家看过的童话书，具体内容已经记不清了，只能大概胡诌："从前有条小美人鱼，她住在海底很漂亮很漂亮的城堡里，大家都很喜欢她，隔壁的王子也很喜欢她。但是后来发生了一场地震，小美人鱼的家塌了，王子救了她，两个人从此幸福地生活在了一起。"

格林和安徒生听到这个故事，估计要从坟墓里跳出来打他了吧。

说是走回家，其实一共也就走了不到五百米，付云意就嚷着累了要回去。被带着凉意的晚风吹了一会儿，她觉得酒劲也稍稍退下去了一些。赵知年重新把车开回路上，可这天晚上不知道怎么的，往前没开五分钟就遇到高架上的连环车祸，肇事车和警车把路堵得严严实实，谁也过不去。付云意看了一眼时间，零点都快过去了，整个人也开始犯困。

赵知年把外套轻轻地搭在她身上："困的话就睡吧，还不知道什么时候才能回大院呢。"

小姑娘含混不清地应了，可就在她闭上眼的一刹那，他突然又问了一句："刚刚秦欢问你的问题，你是不是没有回答她？"

付云意脑子一蒙，开始回忆什么问题。

见她半天不说话，赵知年缓慢地咬着字提醒："就是她问你，有没有找男朋友的那个问题。"

付云意为了睡觉舒服，从后座扯了个抱枕过来，此刻她整张脸埋在抱枕里，声音传出来都是模糊不清的："你……很关心这个？"

这半天赵知年为什么像脑子被门夹了一样反常，在付云意这里似乎都因为他这个问句而有了清晰明确的答案。小姑娘看起来像是清醒了不少，笑了笑，笑容和语气都意义不明："你是觉得八年前你做错了，现在来补偿我吗？"

庞大的车队往前挪动了一点，赵知年低着头挂挡，手一偏，不小心触碰到了付云意随手放在挡位旁边的手机的开关键。手机屏幕亮了起来，未解锁的屏幕上有一条微信的浮窗消息提示，来自秦欢。

赵知年不是故意的，可那句话他看得清清楚楚。

——"小意，你掌握好分寸，离赵知年远一点。"

Chapter 2
我就喜欢吃回头草

01

付云意这一觉睡得昏天暗地。

一睁眼发现自己躺在自己家床上，身上盖的、脑袋枕的还是少女时期挑的，印满了爱心和蝴蝶结的粉色四件套，顿时觉得自己的脑壳在这梦幻的粉色世界里隐隐作痛。

在床头柜上摸到手机，付云意眯着眼睛极快地给自己订购了一套纯灰色的四件套，退出软件时发现已经下午一点半了。她揉了揉眼睛，放弃了想再睡一会儿的想法。

倒不是不适应，在江航忙起来的时候，十天半个月凌晨睡觉、午后醒来的昼夜颠倒的日子她都过来了，只是她突然间想起来……前一天晚上秦欢似乎约了她中午一起去王府井那边新开的餐厅吃饭，下午再一起逛逛。

她又看了一眼手机上的时间——下午一点四十二分。

她睡前设置了静音模式，这会儿才发现攒了一堆微信消息未回。最上面的对话框就是秦欢的，发了十几条，新的一条显示在十分钟前。

"好好休息吧小霸王，昨天你也没少喝，饭我们明天再吃也来得及。"

往上翻一翻，消息大多是"起床了没有""头疼不疼""今天还吃不吃饭了呀"之类的消息，她本来打算退出对话框了，却猛地见到前一晚凌晨时分秦欢发来的让她离赵知年远一点的消息。

好巧不巧，她刚看到这个人名，手机就又振动了一下，跳出来的是新的好友申请。

申请栏里就一句话，后面附了个名字："好好休息。赵知年。"

付云意缓了缓，前一天晚上被酒精笼罩着的那些朦胧又破碎的记忆因为这些消息慢慢拼凑到了一起。

昨天的酒她确实没少喝，整个晚上喝了七八瓶鸡尾酒、大半瓶啤酒，还顺手灌了秦欢的小半杯白酒。喝完之后，她好像一边哭一边诉了两三个小时苦，差点把自己的人生经历从十八岁到二十六岁讲了个遍，然后……散场之后她好像和赵知年一起走的，还在回家的路上呛了他一路，一句好话也没说。

这一顿魔幻操作……

够丢脸的。

她想了想，还是同意了赵知年的好友申请，又和秦欢敲定了晚上吃饭的时间，便起床洗漱打扮自己。

晚上，她和秦欢见面也是聊些有的没的，付云意没敢再喝酒，叫了壶雨后毛尖慢慢抿着。她吃这一顿饭倒是挑挑拣拣，一会儿嫌醋熘肥肠做得太油腻，一会儿说干炸小丸子不够正宗。秦欢骂她事多，付云意梗着脖子扯歪理："这怎么能叫事多，这叫追求生活品质！你忘了高中时我带你去吃的松林胡同口那家干炸小丸子了吗，加三倍辣椒粉才是真的好吃！"

秦欢由着她回忆过去："是啊，那时你还说这宝藏地方是赵知年告诉你的呢。"

话题因为赵知年的名字忽地转了方向，付云意想起前一天晚上的疑惑，顺口问了一句："昨天他干吗要送我回家？"

"我也不知道，他向祁景要的车钥匙，想和你独处呗。"

手机里赵知年晚上发的"一起吃饭"的邀约信息她还没回复，付云意莫名其妙地想到秦欢说的什么时隔八年念念不忘，忍不住在心里感慨了一句。

她这好朋友的嘴怕是开了光，八成还真被她说中了。

赵知年等付云意的微信消息等了一个晚上。

他不常在北京住，几乎没过过夜，自然也没留车在这边。为了和付云意吃饭方便，他还特意给在北京的朋友陆锦南打电话借车。那边问了用途，竟然直接开了辆黄色车身、不能更高调的小跑过来。

赵知年开不惯这种车，当时就觉得还不如叫出租车算了。陆锦南听了拒绝理由后，眼尾一挑，二话不说就把车钥匙塞他手里："你这种老古董不明白，现在的女孩就喜欢这样的车，带出去特别有面子。"

也不知道是哪个词击中了他，赵知年沉默两秒后就把车钥匙放进了口袋。

他调整了一下停车位置，就给她发消息，可从下午五点到晚上九点，付云意都没有回复。

他也没发新的消息催她，宁愿相信她是宿醉之后整天都半梦半醒，所以始终没看手机。

这些年，由于作息不规律，赵知年的胃一直不算很好，这会儿饿了有些久，估摸着它也抗议了，胃里隐隐约约有些疼意。最后他一个人开着车出了大院，在街边随便找了家米粉店，要了碗清清淡淡的蔬菜米粉。饭吃完了，他打算开车回去，隔了两三桌的一个年轻女孩竟然走到他面前向他要微信。

现在的女孩就喜欢这样的车。陆锦南还真没骗他。

拒绝她耽误了一会儿工夫，结账之后赵知年本打算直接回酒店休息，转念想了想，转着方向盘还是回了大院。

他这次就回来待两天，老赵还是要见一见的。

车兜兜转转了一圈，最后又回到了大院门口，赵知年看了一下家里的方向，冲着院门的是客厅，此刻还亮着灯，老赵应该还没睡下。他从后座拿了自己的包和两件换洗衣服，锁了车就打算往楼上走。

关了车门，后面来了辆出租车停在他车后面，赵知年怕碍事，打算往里面挪一挪，结果被出租车师傅拦下："不用不用，下个人就走。"

就是一抬眼的工夫，他就看见了从出租车上下来的付云意。

小姑娘穿得很少，宽宽松松的短袖 T 恤下面搭了条牛仔短裤，露出两条白皙细长的腿，她下车的时候攥着一个小包，被风一吹，明显因为冷打了个小小的寒战。

他看了两眼，一下子想到好多年前的春天，她也是这样完全不顾天气，穿着薄薄的小裙子花蝴蝶一样跑到大院门口，对来找她的那个男生甜甜软软地笑。想着这些年来她的坏毛病怕是一个没改，赵知年忍不住皱起了眉头。

没等他把自己的外套递过去，付云意也看到了他。

她的心情一下子复杂了起来。

赵知年发给她的那条"一起吃饭"的消息她早就收到了，只是一时间不知道该怎么回复，当时又正和秦欢吃着饭侃着大山，看了一眼手机就把这事抛到了脑后，直到在院门口看到他真人，她才记忆回笼地想起了这件事。

他还是一身黑，人站在那里的时候，周遭空气都会莫名其妙地安静下来。付云意不知道下围棋的人身上是不是都有这种气质，像老街上一棵沉默孤独的树。遇见了总不能装作没看见，她想打个招呼，开口却换了一句："你……等了我一个晚上吗？"

赵知年从喉咙里低低地应了一声："差不多吧。"

付云意得到他答案的那一刻就觉得自己嘴欠极了，她可完全没有下句能接。

不过赵知年似乎也不在乎这个，见她没什么要说的，便把外套递给她："穿着进去吧。"

两天，她拿了两次他的外套。

吃人嘴软，拿人手短，付云意觉得这饭肯定是要和他吃了，于是干干脆脆地约他："明天晚上你有空吗，我们把这顿饭补上？"

赵知年似乎思索了一下，然后拒绝了她："可能不行，我明天晚上的飞机回上海。"

本来打算拿手机订餐厅的付云意猛地停住了手。

这两天迷迷糊糊地和他相处着，好像不自觉地回到了少年时代，那时候赵知年像邻家哥哥一样无条件地纵容她，有时他们约好了当天去哪儿吃饭或者去哪儿玩，付云意和别人玩疯了，把这些都抛到脑后，放了他的鸽子，他也不会生气。只要她垮着小脸冲他委委屈屈地撒一句娇，这事就算过去了。

可今非昔比。

她很忙，赵知年看起来比她更忙。

"真不好意思啊，没及时回复你的消息。"付云意诚恳地道歉，一双眼睛直直地看向他，"下次回来提前告诉我，我们再一起吃饭。"

赵知年好像笑了，虽然笑意不明显，但语调里能听出来，他应着，又催了一次："好，你快回去吧。"

外套还抱在她怀里，还回去的时候，她在他身上闻到了不是很重的烟草味。

付云意都快走到单元门口了，准备开门时突然福至心灵地回过了头。她发现赵知年还站在大院门口，只不过换成了低着头的姿势，不知道在想些什么。

夜色浓重，他整个人好像都被糅在大片大片的黑夜里，单薄又孤独。

怎么说两个人也重逢两天了，她好像一直忘了回问他一句，他这些年过得怎么样。

她偶尔从他附近人的动态里能窥探到一些和他有关的事情，猜测着他应该过得不错。他潜心下棋之后打了几场足够出名的高水平比赛，事业上应该算是顺风顺水。不过，她这些年倒是没听说他身边有走得很近的女孩。

赵知年身上总是带着一股很明显的孤独感，周身的烟火气都很凉薄，年少时她说他简直像个下一秒就要回天上去的神仙，那时她不理解这气质的来源，拼命地靠近他其实就是想让他别总是一个人，想让他热闹一点。

这么多年过去，她的性格都快被社会磨得变了一轮，他身上的孤独感却半点没减少，她注意到了，就依旧忍不住地想像年少时那样让他热闹起来。

付云意多看了他一眼，心脏好像被拧了一下。

她突然后悔了，如果这顿饭这么重要，她应该早点回复他，再和他多说两句话的。

02

赵知年上楼时，老赵还没睡，电视上放着午夜国际新闻栏目，但他的眼睛并没有看着电视。

陈姨应该已经休息了，赵知年有家里的钥匙，事先也没打招呼，拧开门的时候，父子俩猝不及防地来了个对视，老赵差点把一口茶咳出来。

赵知年脸上没什么表情，问话时语气像在讨论天气："您身体怎么样？"

赵明德放下茶杯，咳了两声，倒也没特意夸大："颈椎还好，就是心脏不太舒服，前一阵突然升温，可能闷着了。"

赵知年放下包，从通讯录里翻了翻，找到一个熟悉的人，说："我明天带您去医院再好好检查检查。"赵家是一栋小复式的格局，他的卧室在二楼，临上楼时他突然想起了什么，说："对了，时间不早了，您早点睡。"

赵明德突然出声叫他的名字："知年。"

他停下脚步，往沙发上看了一眼。

"你这次回来，待多久啊？"

赵明德这话问出来，都带了一点请求的意味了。

老赵从前不是这样的。他是从军区出来的，说话习惯性地带着命令语气，说话冲，脾气也火暴，从前两个人意见不合吵起架来的时候，老赵的大嗓门几乎快掀翻天花板。赵知年不喜欢大声说话，气势上敌不过他，和他说理他又听不进去，一场架吵下来，离家出走的心都有了。

赵知年把包往上提了提，实话实说："明天晚上就走了。"

短暂的谈话到此结束，赵知年上楼回了自己卧室，躺在床上却怎么也没有睡意，甚至拿手机查起了往后推迟一天的机票。最近和他有关系的比赛不多，棋室那边应该也没什么要紧的事情，多待一天也不是不可以，又能陪老赵，又能和付云意吃顿饭。

一箭双雕。

他想了想，最后还是改签了机票，然后慢慢地睡了过去。

江航给付云意约的那个医生定的时间是上午十一点，她本着无论如何都不能迟到的理念，不到十点钟就出了门。

工作室离大院不算远，就在第三人民医院附近，她提前四十分钟就到了，整个人无聊得要命，干脆在附近瞎转，打算找家奶茶店买两杯奶茶喝。手机地图导航明明显示一百米内就有一家，可也不知道地图和现实存在什么差距，她转了半天也没找到，问了一圈人都是外地的，比她还要蒙。

最后她放弃了这个想法，老老实实地往回走，路过医院门口的时候，她的视线里闪过一个熟悉的人影。

什么缘分？她在这儿也能遇见赵知年。

男人手里拿了几张像是病例和 X 光片子的薄纸，另一只手夹着烟。付云意没见过这么浪费的吸烟方法，眼看着手上的烟快燃尽了，赵知年才举起来慢条斯理地抿了一口，随即就摁灭扔进了垃圾桶。

付云意看了一眼手机，离约定时间还有十几分钟，便走上前打了个招呼。

她蹑手蹑脚地绕到他身后，然后突然从后面蹦到他面前冲他招手："嘿！"

赵知年愣了会儿神，眉眼一下舒展开，自然地握住她的手腕往他这边带了带："注意点，别撞到人。"

付云意这天心情很好，笑眯眯地说："我就跟你打个招呼，还有事呢，先走啦。"余光瞄到他手上的病例，她又问，"你生病了吗？"

"不是我。我爸心脏有点老毛病，带他来看看。"赵知年没放开她的手腕，反而轻轻地使了一下力，"晚上一起吃饭吧。"

在她怔忪的眼神里，他又解释了一句："我改签了机票，今天先不走了。"

"哦，好呀。"付云意赶紧把手腕从他的手掌里抽出来，"待会儿给你发微信。"

一直到进了工作室大门，她的脸颊和被他握过的手腕还是热的。

赵知年这人……现在怎么总喜欢动手动脚的，不是握手就是握手腕。

从前她巴不得牵着他走，他顶多就给她一片袖角。

人长大了，心也浪了啊。

付云意就是顶着这样乱七八糟的想法坐到医生面前的。说是工作室，其实布置得更像茶餐厅。所谓的医生也穿得非常不正式，白大褂都没有，就穿了休闲的薄衬衫和长裤，看起来清清爽爽，活像隔壁大学的校草学长。

她低头看了一眼桌子上的名牌，笑着打了一声招呼："魏医生中午好。"

魏时与正在本子上记录她的个人信息，听了招呼抬起头来，弯着一双温润的眉眼："中午好，付小姐今天很漂亮。"

在付云意匮乏的知识储备库里，对于"心理咨询""心理治疗"一类的词语解释还停留在二十世纪老电视剧里病人躺在一张床上，穿白大褂的医生举起大金表在他眼前一晃一晃，病人睡着了之后，医生便开始念叨一些神神道道的话来催眠，然后把病人的心理状态窥知个一清二楚的邪门剧情里。她把这些和秦欢说了，秦欢乐得前仰后合，点着她的脑门说她异想天开，现在都二十一世纪了，心理咨询其实就是聊天。

她抱着聊聊天的心理过来，最后还真就是来聊聊天的。

魏时与是那种接触起来特别让人舒服的人，说话不急不缓，等人说完了才会接话，怎么聊都能聊出话题，说出的话也始终留着余地，听起来绝不会突兀。付云意跟他东拉西扯了半个小时就完全放下了戒备，工作上那点糟心事全部吐露了出来。

她其实也没什么大问题，就是前十几年懒散惯了，冷不防被丢到一个压力大的专业领域里，摸爬滚打八年总有控制不住的时候。念大学的时候心理崩溃的就不是一个两个，她已经算能忍的那种人。

这样聊天的感觉和向秦欢抱怨完全不同，魏时与总是恰到好处地提一些简单的建议，不是烂大街的人生鸡汤，听起来就很真心实意，比如让她随时在口袋里放一颗糖，觉得生活压力大时就尝试不给自己定任何目标，跟着生活本身走之类的。魏时与的语速很慢，那些字好像轻易地就被她记住了，然后缓慢消化掉那些负能量。

她一边说，魏时与一边在本子上记着什么，许是写多了字觉得有些热，他随手将袖口向上卷了几圈。

鬼使神差地，付云意开口问了一句："魏医生有女朋友吗？"

魏时与执笔的右手明显顿了一下。

他没正面回答，而是轻巧地转移了话题："那付小姐呢？有男朋友吗？"接着他自言自语一般道，"即使没有，付小姐也一定在年少时遇到过非常难忘的人。"

付云意觉得很神奇，也没否认，摆着虚心求教的表情问："你是怎么知道的？"

魏时与装作认真回答的样子，说出的话一点也不认真："猜的。"

付云意在心里翻了个白眼。两个人谈论的话题就此跳到了另一个频道上，从工作困扰直接变成了爱情话题。

她想到了什么，诚恳地问出了十来年的困惑："魏医生，你说，真的会有那种完全不知道什么是'喜欢'的人吗？"

这句话其实是替赵知年问的。

付云意没这困扰。长大之后她可能心思还多些，少女时期真的是直来直往，她的世界里什么都很简单，喜欢就是喜欢，不喜欢就是不喜欢，爱就是爱，恨就是恨，完全不存在爱恨交加、今天喜欢明天不喜欢这种神奇的情况。

直到她遇见赵知年这个怪人。

魏时与思考了一会儿，还是觉得她没头没脑提的这个问题的范畴太大，只能模棱两可地回答："依我个人的观点的话，我觉得不存在。但这个问题有点复杂，如果你真的很希望得到一个答案，还需要你把和自身有关的具体案例讲得详细一些。"

付云意点了点头表示了解，但也不多说："我不急，以后有机会再聊吧。"

两个小时过得很快，怎么说花的也是公司的钱，跑偏的话题最后又被强行掰正，付云意又问了些未雨绸缪的问题，然后揣着一脑袋魏时与教给她的以乐观的态度看待生活的方法，手上拎着他送她的几盒香薰蜡烛告了别。

午后阳光热烈，付云意躲着阳光寻阴凉处走，没走几步竟然看见了之前死活找不到的那家奶茶店。

喝了一口冰冰凉凉的金橘柠檬茶之后，她整个人舒爽到了极致，甚至觉得第二天就能以完美的精神面貌去江航销假上班。奶茶店在医院门口的斜对角，她往医院那边看了一眼，赵知年的身影早就不在了。

付云意想一出是一出，低头拿出手机便给他发微信："晚上吃火锅，可以吗？"

赵知年几乎是瞬间就回复了她的消息："可以，地址记得发我。"

付云意和赵知年约在一家北京有名的老火锅店见面。

铜盆里装着热水，温度一点一点上来，白色汤底开始"咕噜噜"地滚着泡沫，店里水雾袅袅、热气氤氲，付云意脱了外面的薄外套，招手打算要两瓶冰啤酒，想了想又换成了冰汽水。

赵知年走进来的时候，就看见小姑娘凶神恶煞地拿着启瓶器和汽水玻璃瓶做斗争。他觉得好笑，特意多看了一会儿才走过去帮她："没打开是因为用力的方式不对。"他把锯齿卡在瓶盖的斜下方，轻轻往上提了一下，瓶盖一下子滚落到桌面上，"这样才好弄。"

付云意撇了撇嘴，自如地把另一瓶也递给他："给你的，你自己开好了。"

点的蔬菜和肉类陆陆续续上了桌，付云意夹起一撮菠菜，看了他一眼。赵知年像是能猜到她在想什么，笑得很随和："你想怎么下就怎么下，我不挑食，跟着你吃。"

付云意放心了，土豆片、金针菇、青叶菜一股脑地往锅里倒，煮得毫无章法。

吃火锅特别容易拉近两个人的距离。

付云意记着赵知年似乎不太吃辣，要的锅底是老汤牛骨锅，给自己调了一碗加了三勺红彤彤辣椒油的小料。年少时丢过太多次脸，她在赵知年面前实在也没什么形象可言，此刻也是饿了，埋头大口大口地吃菜吃肉，非常自得其乐。

赵知年看她吃得高兴，怕她不够吃，刚打算再加点菜，却被她拦住："不用不用，先把这些吃完再说。"

他点点头，夹了几根菠菜蘸点麻酱送进嘴里："平时公司的伙食不好吗？"

"不是……"付云意一噎，表情复杂地解释，"每季度一次体检，体重到不了一百斤不让上飞机，我现在还差一点。"

她看了一眼他几乎干干净净的盘子，开始回忆除了几根菠菜，他到底吃了些什么，学着他的句式问："那你们搞围棋的，需要减肥吗？"

赵知年喝了口柠檬汽水，笑了："没。只是中午吃得有点多。"

何止是多，陈姨一早上看到他出现在家里，招呼没打就拎着包直奔菜市场，等到他中午带着老赵从医院回来，赫然发现餐桌上摆得满满当当，就差没搞出个当代满汉全席。

外面劝喝酒，家里劝吃饭，赵知年每样菜都吃了一些，外加两碗米饭，结束时觉得自己从椅子上站起来都很困难。

"那你还和我吃火锅……"付云意下意识地说，说到一半猛然刹住，"那更不用加菜了，我吃这些就够了。"

赵知年看她吃得也差不多了，而时间还早，他不想就这么结束，于是从口袋里拿出手机点了点，打开一个软件，突然问她："要不要试试玩围棋？"

付云意瞪大眼睛问："我和你玩？和鼎鼎有名的世界冠军、赵知年九段大师？"

"小时候你不是还问我你要是去学围棋怎么样吗？"赵知年倒是云淡风轻，"看看这些年你的棋艺有没有长进。"

话说完了，他还加了一句："放心，我拿一成的实力和你玩，也可以赌点什么。"

他是真的足够了解她，付云意最喜欢和人打赌。

"好啊。"她果然放下筷子，一口气干了玻璃瓶里的汽水，"来吧。"

她让赵知年下第一子，看他落了棋就大呼小叫起来："你干吗不下最中间啊？不按套路出牌！"

这是把围棋当五子棋玩呢。

他也不和她计较，下一次轮到他的时候，真的老老实实地下了最中间。

付云意其实根本不会下围棋，脑子里仅存的那点围棋知识都是高中时赵知年教她的，他用一成实力她都看不懂，仗着赵知年让她，到后面干脆胡乱下，一盘棋下得随心所欲极了，最后还非常厉害地把自己逼进了死胡同。赵知年看了一眼结束之后系统自动复盘的棋局，忍不住笑了笑："棋室里六七岁的小孩都很难下出这样的局来。"

付云意因为这一盘棋，整个人彻底放松下来，毫不客气地翻了个白眼："我比六七岁的小孩还是强了那么一些的，我愿赌服输。"

她话音落下的下一秒，原本就和她坐得很近的赵知年突然偏过头来，欺身吻住了她的唇。

付云意毫无防备，直接尝到了他口腔里清清凉凉的薄荷气息。她喘着气离他稍远了一些："你什么时候吃了薄荷糖……"

赵知年没有回答她，答案被淹没在靠得更近的胸膛和更深刻的薄荷味吻里。

一股热气从他们接触的地方一路升腾到了头顶，付云意的思绪混混沌沌地搅和在一起，满脑子只剩下清晰的一句。

——赵知年你厉害。

03

直到她口腔里的辣椒麻酱味都被薄荷味取代，赵知年才放过了她。

付云意没这方面的经验，一个吻下来，整个人像脱了力一样气喘吁吁，脑子也跟着死机了，倒是赵知年仍旧一副平淡的样子，细看才能看出来红了耳尖。

人声鼎沸的火锅店里，他们这一桌过分安静，显得极其格格不入。

待到呼吸平稳下来，她才恍惚记起来刚刚赵知年的唇擦过她侧脸，停在她左耳前说了一句："这么做，算是喜欢吗？"

是一个问句，没头没脑的，但他好像也没打算从她这儿要个明确的答案。

铜锅里还翻滚着几片肥牛，只是付云意再没有把它们吃下去的食欲，她拎起放在一边的外套，开口告辞："我去结账。"

前台的服务员极其有眼力见儿，见她起身，连忙走过来，把消费单据和信用卡递给赵知年："先生，您的卡和收据。"

好好的一顿饭，被结尾几件事弄得七零八落。

付云意定定地看着他，眼里浮上了些怒气。

这么多年过去，赵知年也不知道打哪儿学来的四两拨千斤的本事，从桌上拿起车钥匙冲她摇了摇："要不要我送你回家？"

付云意一梗脖子，倔劲又上来了："不要！"

"重逢以来的第一顿饭，我总不能让你请客。"赵知年感受到她竖起来的那些刺，好言好语地哄了一句，"是吧，小意？"

这个称呼一喊出来，付云意全身不自觉地战栗了一下。

赵知年这个人太聪明了。古人讲，打蛇要挑着蛇的七寸打，为的是一击即中、一招毙命。赵知年这一晚上的表现，甚至往前点说，自打两个人重逢以来他的所有表现，付云意不知道他到底是有意还是无意，总之他做的那些事、说的那些话，都在往她最柔软、最脆弱的地方砸。

她尚且还有薄弱的理智，否则怕是早就丢盔弃甲、溃不成军。

火锅店出来三十米，就是赵知年借来的那辆不能更扎眼的黄色小跑，付云意看着他按了下控制按钮，车灯应景地闪了两下，扯了扯嘴角。

她认识车的牌子，花大价钱买这么一个玩意，赵知年的审美够奇特的。

他又带着她平静地驶入北京的夜色里。

彻底坐实"吃人嘴软、拿人手短"这句话的付云意开始没话找话，只可惜他们两个的职业八竿子打不着，想了半天她也没想出什么共同话题，只能尴尬地问："怎么想着定居上海了啊？是觉得北京没意思吗？"

赵知年留心着车载导航提供的回家路线，听了这话，回答得倒也算实诚："北京这边的棋室都是外公留着的，因此年少时一直在这边。其实论行业受众和发展前景，上海还是要比北京好一些，加上后来外公也不在了，也就没必要守在这儿了。"

说白了，毕竟是当成事业，利益还是第一位的。

付云意表示了理解，然后随口问了一句："上海好玩吗？"

她虽然飞惯了北京和上海之间的往返航线，在上海住的日子仔细算下来也不一定比北京少，但回忆起来好像真没好好看过那座城市。她每次都把自己定义为一个与城市只有露水之缘的过客，难以生出探究的心情。

赵知年退了挡位，稳稳当当地把车停在红灯路口前，偏过头来看她："想去上海玩吗？"

付云意起初以为他这反问就像她的问话一样只是随口一提，可是男人眼里的认真骗不过她，她认认真真地想了想可行性："最近不忙，好像还真有过去玩几天的时间和精力。"

"把身份证号报给我一下。"路口的灯转成绿色，赵知年重新挂挡前行，用食指点了点车上的置物架，"存在备忘录里就行，手机没有锁屏密码，直接就能打开。"

付云意疑惑地问："你要我身份证号干什么？"

"订机票。"男人回答得慢条斯理，"明天和我一起回去。"

付云意忍不住慨叹中国文字之精妙，赵知年这一句轻飘飘的"一起回去"，后劲还挺大。

黄色拉风小跑车一路畅行无阻地回到了大院，停在了祁景那辆军绿大吉普旁边。他们没吃多久，时间也不是很晚，两个人和打算出门找秦欢的祁景刚好碰到了一起。祁景握着车门把手的那只手僵在了那里，视线在两个人之间转了几圈，蹦出三个不伦不类的词语："夜深人静，孤男寡女，共处一车……"

付云意一抬眼，随口就呛他："吃个火锅而已，你搞娱乐新闻出身的？怎么不说当红民航女机长夜会神秘帅男之类的？"

祁景受了屈辱一般，非常不屑地"嗤"了一声。

她瞄了一眼，透过车前挡风玻璃看到副驾驶座上有一束鲜艳欲滴的红玫瑰，猜到他要去见谁，从口袋里拿出火锅店送的小零食塞到他手上："赶紧去见欢欢吧，前两天你不还说从国外回来，忙得没时间好好约会吗？这个给你，图个吉利。"

祁景看了一眼手上的那包辣味虾片，想了半天也没想明白这玩意有什么吉利可图。

付云意和赵知年在院中间分别，两个人有一点身高差，赵知年微微低下头看她，晃着她输了身份证号的手机对她说："那明天下午三点，我在门口等你。"

付云意点了点头，上海几日游好像就这么稀里糊涂地定了下来。

她知道今天晚上和赵知年在一起的事被祁景看见了，那基本上也瞒不过秦欢，但她没想到的是，祁景这人传话速度如此之快，搞得她一度怀疑他是不是把她跟赵知年这事的重要程度和第一手新闻资料的重要程度相提并论了。

那天晚上，付云意毫不意外地接到了秦欢的电话。

"小意，我给你发的那条微信，你看到了没有？"

秦欢这个人也蛮简单的，付云意能轻而易举地从秦欢对她的称呼里窥探出秦欢的心情，哄着她、求着她，或者开玩笑的时候，秦欢都是一口一个付小霸王，一有正经事，便语气严肃地叫小意。

付云意笑了，舒舒服服地躺在自己的床上，一副吊儿郎当的样子："说吧，欢大人有什么指示？"

秦欢想说什么，付云意不用动脑子都知道。

那年，她厉害到能和赵知年这种清冷寡淡的神仙连吵两架，吵得鸡飞狗跳，差点撕破脸皮，决裂得极不体面。这帮朋友不清楚两个人之间到底发生了什么矛盾，只知道原本看到赵知年就能化身快乐花蝴蝶的小姑娘突然对这三个字咬牙切齿，秦欢试探性地问过到底发生了什么，付云意当时正在收拾行李，把一本书狠狠地砸进行李箱："性格不合，处不下去！"

那本书还是赵知年给付云意的，白底黑字的寡淡封面，标题写着《从零开始学围棋》。

问不出具体细节来，大家又都是和付云意打小一起长大的朋友，自然都带了先入为主的情绪。付云意完全能理解秦欢现在老母亲一样紧张兮兮的样子，轻咳了两声汇报似的开始说事："今天晚上我和赵知年去吃火锅了，报答他借我两次外套外加送我回家一次之恩。"

"我知道。"

"结果吃完火锅，他以迅雷不及掩耳之势把账结了，搞得我又欠他一顿饭。"

"嗯，然后呢？"

"然后他就送我回大院了，停车时看见了祁景。"

"这我知道。"

"在回来的路上，我们愉快地敲定了上海观光旅游的计划，明天下午就走。"

"我知……付云意，你再说一遍？！"

付云意不理会，默默地补了一句："哦，对了，在吃火锅的过程中，还发生了一件大事。"

秦欢压着声音威胁地道："你说。"

付云意给自己鼓了两下掌助兴："恭喜付云意，在二十六岁这年成功地献出了初吻！恭喜！"

"付云意？！"

付云意笑得差点从床上翻下去，一个松手，手机滚落到地毯上，磕到椅子边，直接磕断了和秦欢的语音通话。

她没再拨回去，从床上探出半个身子捞起手机，直接给秦欢发消息。

没有废话，总结起来就简简单单的两句。

"小欢欢，赵知年可不是当年的赵知年了啊。

"付云意也不是当年的付云意了呀。"

04

第二天早上，付云意在吃早餐时，和父母提了一嘴去上海的事。

付家算是一个人丁兴旺的大家族，付云意是她那一辈最小的，说是全家宠着长大的也不为过。付家父母听说了这个消息，看了一眼她直接拖到门口的行李箱，一个叮嘱"注意安全，好好玩，玩开心了再回来"，一个询问"钱够不够，要不要转账给你"。

付云意猛虎喝粥，连勺子都不用，端着碗埋下脑袋，一碗粥喝得像喝酒。吃饱喝足后，她摆摆手说不用："我和一个朋友一起过去，花不了什么钱。"

付家父母也不好奇，点了点头，吃到一半的时候才想起了什么，说："对了，那个小赵……赵知年，是不是现在也在上海啊？"

家里人不知道年少时她和赵知年的那些纠葛，还想着他们两个算青梅竹马的关系，想撮合的心就没变过。付云意听出来了隐藏意思，放下碗，承认得大大方方："巧了，我说的那个朋友就是赵知年。"

吃了早饭之后，付云意跟着父母体验了一把闲适的退休生活，上午和老付去人民公园打了两个小时太极，中午一边吃饭，一边陪付母看了一集感人至深的家庭伦理剧。眼看着到了下午两点，付云意上楼去浴室冲了个战斗澡，换上一条仙气飘飘的白色小裙子，细细致致地给自己化了个妆。

她这么打扮自己的时候可不多。

白色制服一穿，帽子和墨镜一戴，别说化不化妆，是男是女都不一定能清晰分辨。付云意到底是小姑娘家，没事也喜欢收藏漂亮的口红和眼影，结果大多没用过几次就过期了，只能垮着嘴角丢进垃圾桶，再买下一批。

她拎着行李箱下楼，走到单元门口，隔着玻璃就看见了站在院中央的赵知年。

他难得没穿深色系的衣服，换了件白色的宽松款衬衫，胸口还别了一枚蛮精致的小别针，她有点好奇，凑过去一看，才发现别针的样式是一朵云。

两个人站在一起，赵知年的眼睛悄然亮了一瞬。

他们穿得……实在太像刻意搭配的情侣装了。

付云意在这方面脑子非常迟钝，完全没意识到这一点，自然地拉开车门上了黄色小跑车："我们今天晚上去哪儿玩呀？"

赵知年看了她一眼，语气是绝对的纵容："你想去哪儿玩？"

付云意似乎就等着他这句话，毫不犹豫地道："去迪士尼，看焰火表演！"

赵知年低声笑了："好。"

赵知年提前订了酒店，放好行李之后，他就打电话叫助理开车送他们。付云意惊奇地道："哇，你还有助理哎，那有没有经纪人啊？"

他不理她的无厘头问话，剥了个草莓牛奶味的棒棒糖给她。付云意看了一眼手上的糖，对着车窗翻了个大大的白眼，对这种哄小孩的行为表示不满。

大概没人只是为了看焰火表演去迪士尼。

付云意对那些游乐设施不感兴趣，离焰火表演还有一个小时，她也没地方可去，干脆逛起了纪念品超市。路过头饰区的时候，她看了一眼货架上那些没有标签，她完全看不出来是什么的东西，突然有一种被时代潮流抛下的感觉。

赵知年就跟在她身后，付云意扯了扯他的衣角，虚心求教："你知道……这些都是什么人物吗？"

男人"嗯"了一声，付云意的求知欲被彻底勾了起来，可下一秒，他就慢条斯理地从口袋里拿出手机，打开百度识图，一边识图，一边给她念搜索结果。

最后，她挑了兔子朱迪和狐狸尼克的头饰，她把狐狸递给他，本来以为以赵知年的性格八成会拒绝，没想到他接过之后神色自然地把狐狸耳朵戴在了头上。付云意难以置信地看了他两秒，然后迅速打开手机自拍软件。

她眨了眨眼，让他看镜头："来，比个'耶'。"

赵知年彻底被逗笑了。

付云意眼疾手快地按下了拍照键，保存到手机里的时候，她才猛然意识到，这好像是他们两人认识这么多年以来的第一张合照。

"照片记得发给我。"赵知年握住她另一只手腕，带着她往外面走，

"表演时间快到了，走吧。"

付云意瞄了一眼他握住她手腕的手，倒也没挣脱，只在心里想，这男人动手动脚倒是越来越自如了。

赵知年只陪她玩了一天。

他在上海开了一间棋室，有几个分部，不仅有国内水平较高的选手跟他一起磨炼，也有专门面向青少年和小孩子的启蒙围棋课，雇了专门的老师上课。

赵知年不能当甩手掌柜，隔一阵就要过去看看，虽然参加的比赛渐渐少了，他自己也需要足够静心的练习维持水准。

带付云意来的第二天，浦东那边的分部出了点问题，他一大清早过去，中午的时候抱歉地给她发微信消息说事情棘手，下午怕是陪不了她了。付云意十分善解人意地回复说没关系，转身自己一个人就跑去了静安寺。

付云意这个人其实没什么宗教信仰，去静安寺也是一时兴起，到了才发现，这一天似乎赶上了什么大日子。静安寺里外人头攒动、香火缭绕，偶有大风扬起大殿前铜鼎里的香灰，空气里像笼了一层特殊的薄雾。

身着海青的僧侣坐在法务处，见她一个小姑娘乱转，要给她递香，付云意踌躇了一下还是接了，从身上摸出几张纸币投进功德箱。

来都来了，还是有所求的。

她从插香处借了点火，闭着眼睛在心里默念了句，虔诚又认真地把香插上，转头就出了门。

没走几步，手机里就收到赵知年发来的消息："在哪儿？我去接你吃饭。"

付云意又多走了几步，发了个定位过去。

她不是十几岁的小姑娘了，赵知年这些日子来的表现，示好意图不能更明显，她没拒绝，其实就代表着心里还是不排斥的。重逢之后，他没提过当年的不愉快，她也就当从前那些蒙尘往事都没发生过。年少时难免不理智，她也没必要揪着那些鸡毛蒜皮的事情不放。

付云意是那种典型的"今朝有酒今朝醉"的人，不喜欢想长远的未来让自己束手束脚，当下不反感，那就默允，当下喜欢了，那就靠近。就像此刻，赵知年人还没来，她就自作主张地做了决定："其实没什么想吃的，随便吃点轻食吧。"

"好。"他回复得快速又简略，后面还跟了一个规规整整的句号。

那天晚上吃得也很开心，轻食店里贩卖水蜜桃味的韩国汽水，付云意喝了一瓶没过瘾，又要了一瓶，感觉自己从胃到喉咙都充斥着甜甜的水蜜桃味。赵知年想到定位时她发的位置，心思一动，问她："怎么想起来去静安寺了？"

付云意眨了眨眼，卖了个关子："你猜呀。"

赵知年点点她的额头，问她："觉不觉得今天静安寺的人很多？"

付云意"嗯"了一声。不只人多，年轻人尤其多，挺奇怪的。

赵知年慢慢地解释："因为今天求姻缘特别灵，很多人等了很久，就为了这一天。"

付云意猛地怔住。

他看出她的不对劲，笑了："怎么，误打误撞，你也求了？"

付云意撇了撇嘴，笑得狡黠："你猜啊。"

问这句话的时候，赵知年心里没什么底气。

前一天晚上，微信里显示有新的好友申请，他的私人微信号知道的人很少，起初还以为是哪个推销的凑巧加到了，点开才发现那个人是秦欢。

他对秦欢有些印象，但不深刻，只记得她似乎是付云意很好的朋友，还是祁景的女朋友。

秦欢做事干脆利落，获得他同意之后，直接发了一句："赵先生现在方便吗，我们聊聊？"

赵知年同意了。

秦欢打来了语音电话，一上来就问他："赵先生这次回来，还有意无意地接近付云意，是因为还喜欢她吗？"

赵知年沉默了一会儿，大抵是有付云意的好朋友这一层关系在，他也没有刻意避讳，直言："我没办法明确地回答这个问题……因为我这个人不太擅长表达感情。当年和小意分开，很大程度上是因为她质问我是不是不懂什么叫真正的喜欢时，我找不到反驳的理由。"

因为她的问句，隔了这么久，赵知年第一次认认真真地回忆起他和付云意那一年的吵架与决裂。

什么叫喜欢啊？

对她比对其他人更宽容和纵容叫喜欢吗？

习惯她在身边叽叽喳喳又有活力的样子叫喜欢吗？

想到和她有关的事情时，心间有异样的感觉叫喜欢吗？

吃火锅，和她下棋，看她被自己的棋局逗笑的时候想吻她，叫喜欢吗？

"我没办法明确地回答这个问题，但是有一点很清楚，我想让她一直高高兴兴、无忧无虑。"

他见过少女时期她中气十足地骂人的样子，见过她灵活地爬上树摘石榴的样子，见过她因为多捞到一条鱼而得意扬扬地大笑的样子，见过她太多太多鲜活生动的明媚少女样子，所以无法接受那天在 KTV 昏暗灯光里红着眼眶默然流泪，和面无表情地去心理医生工作室咨询的那个付云意。

如果他的出现和他的靠近能让她快乐，那他不介意再靠近一点。

秦欢没有纠结于这个话题，似是八卦地问了一句："那这么多年，你身边就没有让你心动的女孩子？一直守身如玉地等小意？"

这问题其实有点逾矩了。

赵知年难得好脾气，老老实实地回答："凑巧而已。"

他的心思比付云意，乃至大多数同龄人要成熟许多，不会做出那些刻意的事情。这些年来，他怀着的也不是什么矫情的"玛丽苏"心理。

他也不是刻意在等，只是凑巧。

就像这些年她凑巧没遇到第二个令她心动的赵知年，他也凑巧没遇见第二个能令他心动的付云意。

小姑娘贴着他耳边说的话和脑中的回忆逐渐重合在一起，他听到她说——

"你这八年……学习'什么叫喜欢'的成果，好像也不怎么样嘛。

"要不这样吧，不如我寻个空，好好教教你好了。

"要认真学习哦，小付老师来教你什么叫喜欢一个人。"

Chapter 3

她要三百六十度全方位碾压这位温文尔雅的男主角！

01

从十几岁开始，提起最喜欢的季节，付云意的回答永远是北京的初秋。

天气不冷不热，太阳一出来，光穿过街旁院里层叠的绿叶细碎地洒下来，整个世界都被包裹在一片暖洋洋的金色光晕里。走在这样的秋天里，心里那点压抑着的怨气和戾气都好像变得软绵绵的，一同融化散掉了。

这一年也是这样。

只是明明身处如此美好的天气里，付云意却显得格格不入，像是吞了两公斤炸药。

"我真是服了！老王是不是故意跟我过不去？我不就是迟到了几分钟吗，至于一堂课故意点我起来五次回答问题吗？"她觉得匪夷所思，"一个数算不出来还要看我五个数都算不出来，当众处刑的感觉就这么爽吗？！"

比她低了一级的祁景思考了一下，挠了挠头，决定实话实说："我觉得挺刺激的……"

甩着手晃晃悠悠地走在前面的少女猛地停下脚步，皱着眉头拎起他的校服衣领："重复一遍，你刚刚说了什么？"

祁景这人能屈能伸，接收到她凶狠的眼神，立马话题一转："我说……意姐说得对！老王太坏了，老师怎么能这么当呢，明知道你数学一道题都算不出来，还让你连算五道，这事做得太不够意思了！意姐明天削他一顿不？"

付云意翻了个白眼，一巴掌拍在他脑门上："我削你个大头鬼！"

两个小时前的开学第一堂数学课上，他们的数学老师兼班主任穿着一件大红卫衣，喜气洋洋地走进教室。其他科目的老师在开学第一堂课上都会象征性地讲一讲高中对大家的意义和整个学期对于课堂纪律的要求，话多点刹不住车的甚至唠嗑唠着唠着一堂课就过去了，只有老王另辟蹊径、别具一格，一进来就拿起了点名册："我先点个名啊，顺便再熟悉一下大家，争取快点记住你们的名字。"

底下的同学们安安静静的，没有异议，唯独秦欢听了这话，身下的椅子像是带火，烧得她整个人坐立不安——刚刚认识半天的、她的好同桌付云意此时此刻可不在自己的座位上。

名单是按姓名首字母排序，付云意在比较靠前的位置，秦欢仔细地观察了一下老王，发现他点名时没有抬头看人的习惯，似乎只要有人答个"到"就可以。眼看着董安安之后的一个名字就是付云意，秦欢从桌子上抽了两张面巾纸攥在手里挡在嘴边准备表演当场变声。

"下一个哈，付云意。"

秦欢猛地挺直了腰板，一个"到"字刚发出一半，就对上老王笑眯眯的、暗藏杀机的双眼。老王摇了摇薄薄的点名册，看向她身边空荡的座位："怎么回事，秦欢？付云意人呢？"

秦欢吓得差点忘词，赶紧用上了方案B："到……到付云意了呀，老师，她说她肚子不舒服，去厕所了，我现在就去帮您叫她！"

没等老王回话，她就从后门跑了出去。

高一（9）班在教学楼三层的最里侧，等到秦欢跑进三层的女厕所时，还没进门就听到里面传来非常激昂的自我鼓励的声音："拐，拐，往左拐！吃了它！好样的！哦耶！"

半个小时前的课间休息，连听五场新学期课堂纪律要求兼高中生学习态度教育的付云意终于对这开学第一天耐心全无，握着自己的手机就躲进厕所进入系统自带小游戏的美妙世界，临走前还不忘嘱咐秦欢，要是有那万分之一的概率老师闲着没事点名，就说她腹痛难忍去厕所拯救自己了。

那时她们谁也没想到，下一堂课的老王不偏不倚就是那万分之一。

秦欢站在那一扇隔间门前，表情复杂地叹了口气，抬手敲了敲门。

谁知一声气壮山河的"太棒了"完全掩盖住了她的敲门声，秦欢饶是好脾气也忍不住了，提高了声音直接叫她这位新同桌的名字："付云意，我是秦欢，刚刚老王点名点到你了哦。"

门被猛地拉开，露出付云意兴奋的脸，她把自己的手机按到秦欢眼前："快看！新纪录！我太牛了，我付云意简直是'贪吃蛇之王'！等会儿，你刚刚和我说什么？"

秦欢乖顺地重复了一遍，像台没有感情的复读机："我说，老王刚才点名点到你了，我按你说的做了，现在来厕所叫你回去。"

付云意瞪圆了眼睛，拔腿就跑回了高一（9）班。她脑袋刚从后门探进去，就收到了老王的亲切问候："回来啦，身体怎么样，肚子还不舒服吗？"

付云意戏魂觉醒，一皱眉头挤出一抹虚弱又坚强的微笑："没关系的老师，我现在觉得好多了。"

老王点了点头，她以为这件事情就到此结束了。毕竟是开学第一天，老师怎么也不会为难大家，可老王的下一句就让付云意整个人僵在了后门边："那么我们第一堂课的第一个问题就由你来回答吧，刚好让我看看能考进重点班的大家到底是什么水平。"

入学考试数学考了光荣的 72 分的付云意觉得自己的小腹似乎真的在隐隐作痛了。

她如同战士英勇就义一般昂首挺胸地走上了讲台，黑板上是老王刚写的五道关于判断函数单调性的题目，付云意认认真真地把每一个汉字和数字都读了一遍。

——说的都是什么乱七八糟的玩意，看不明白。

老王就站在离她几十厘米的地方，对她投过来的求救目光视而不见，甚至微微勾起了嘴角："付同学是没预习，不会这道题吗？"

付云意给坡就下，狂点头，一副乖巧的模样："是的！老师，我会吸取教训，下一次一定好好预习！"

老王也笑了："那好，你看看第二道题会不会，不会的话还有第三、第四、第五道，刚好是五个类型，总有一道题适合你。"

付云意手一抖，粉笔在黑板上受了力被折成两截："我……"

绝了。

她严重怀疑自己在厕所里玩贪吃蛇上了头，振臂高呼"太棒了"时被路过的老王听到了，此刻他是在故意折磨她。

在她友情扮演一尊极富艺术感和戏剧性的静默塑像立在高一（9）班的黑板前整整十分钟后，老王终于放过了她。付云意自此一战成名，回到座位上的第一件事就是发誓自己和老王、数学函数单调性从此不共戴天。

"我再玩贪吃蛇我就是狗！"付云意把她的手机强制关机后摔进了桌肚的最深处，"今天放学后，我不买一张彩票都对不起我这绝世独有的运气！"

一旁的秦欢没搭话，默默地把自己头的辅导练习册翻到单调性讲解的那一页，然后推到付云意跟前："这一节其实蛮简单的，你好好看一下，估计下课时就会了。"

付云意往胳膊左侧看了一眼，这才算正儿八经地看了看自己的新同桌，小姑娘长了副冷淡的眉眼，偏偏比谁都耐心温柔。付云意接过她的辅导练习册，随口夸她："小欢欢真是人美心善的仙女！"

秦欢愣了两秒，大抵是没听过这么直白的夸奖，捱着唇害羞地笑了一下，恰好被付云意看到了。付云意是典型的看人先看脸的性子，此刻被秦欢的笑容一晃，顿时觉得自己对这小同桌的喜欢如同坐着火箭一般飞速升高。

好不容易熬过了全天的八堂课，学校没有硬性规定高一要上晚自习，付云意胡乱拿了几本书丢进自己的书包，第一个从后门冲出教室，冲到充斥着自由空气的学校外面。高中门口不再像初中那样有很多来接孩子的家长，因此付云意一眼就看到了拎着两杯奶茶站在学校大门旁边的祁景。

两条街外的第四中学要比附中早放学二十分钟，看来祁景是特意在这儿等她的。付云意加速蹿过去，二话不说拿走了其中一杯，撕掉塑封纸，拿出吸管插进奶茶里，这一系列动作行云流水。付云意咬着吸管含含糊糊地问："无事献殷勤，是不是在学校又惹到哪个你打不过的恶霸要我帮忙了？"

祁景挠了挠头："要听实话吗？我母亲大人逼迫我开学第一天必须和你一起回家，为了保证你的人身安全。"

江湖人称"付霸王"的付云意刚刚猛吸的一大口奶茶，差点全喷在祁景的书包上。

02

夏天还残留一点将散未散的尾巴，天黑得并不早，五点多放学时走在回大院的街道上，西方的天空边缘还留着一轮明晃晃的金色太阳。付云意三两口解决了奶茶，开始讲述自己一天的悲惨经历。在她说累了休息的空当，祁景似乎想起来了什么，没头没脑地说了一句："哎，听我妈说，今天大院好像来了一个和我们同龄的人，也不知道是男是女。"

付云意当时完全没把这句话放在心上，只是听了便过。

两个人住的大院是北京这一片有名的航空大院，祖父辈、父辈，或多或少和民航有点关系。大院里和她年纪相仿的孩子有五六个，大家小时候一起捏泥巴、打架，长大了一起爬树、翻墙、逗狗摸鱼，互相之间熟得不得了，她还从来没听说过谁家还有同龄的孩子在外面，并且现在还要回来的。

回了大院，院中心是棵上了年头的石榴树，付云意习惯每天看一看石榴的成熟程度。这天，她刚往上瞟了一眼，就惊讶地发现前一天靠近枝丫外侧还带了小片绿色的石榴已经泛起了透亮的红色。突如其来的冲动占据她的大脑，她把书包甩到祁景怀里，扬声笑道："在下边乖乖等着，姐上去摘两个石榴。"

对于付云意这想一出是一出的行为，祁景已经见怪不怪，乖乖地抱着她的书包站到了一边。付云意的个子其实不算高，不说话站在那里的时候显得娇娇小小的，连一张脸都是照着"清纯初恋脸"的模样长的，欺骗性极强，但她一旦动起来，就成了"脱兔"。

她找好了攀登点和着力点，两三下就蹿到最低矮的第一层树枝附近，灵活得像是本来就住在树上。她整个人几乎俯身在树枝上，伸手够外侧的几个红石榴，费了老大劲才揪下一个，正准备丢下去让祁景接着，她妈妈沈女士的车就停在了大院门口。

刚一进大院就看到自己女儿以一种诡异的姿势趴伏在石榴树上，沈女士气不打一处来："付云意，你给我下来！还能不能有点女孩样子了！"

正努力够着第二个石榴的付云意受了惊吓，手里的石榴掉了下去不说，人也险些直接从大树上来个自由落体运动。祁景那个有福同享、有难让她自己当的白眼狼，这会儿早就没了踪影，付云意往下面一看，只能看到自己的书包和她辛苦的劳动成果——那个孤零零的小石榴。

她翻了个白眼，不情不愿地从树上滑下来，被沈女士推着进了家门。

"把你那脏手脏脸都洗干净了，换身漂亮点的衣服，晚上家里要来客人。"

付云意随口道："什么客人啊？帅哥吗？"

她向天保证，这句话纯粹是没话找话，绝对没有半点其他意思。但这句话不知怎的戳到了沈女士的倾诉点，她泡茶的手一顿，便开始了以"夸赞别人家孩子"为主题的演讲："说起来，赵家的儿子也就比你大两岁，和你算是青梅竹马呢。"

仅是开头一句就让付云意猛地把一嘴石榴籽咽了下去："妈，'青梅竹马'这个词我初中时学过，要不我给您解释一下它的含义？"

沈女士完全屏蔽了她的话："知年才叫优秀，琴棋书画样样精通，就没什么不会的，脾气和性格也是没得挑，生得还好。等晚上他过来了你好好看看，多学学人家，别一天天野猴子一样就知道往树上爬！那石榴有什么好摘的？以后哪个好工作需要你有摘石榴的能力？"

付云意低着头看地板上的木头纹路，嘴上十分敷衍地哼哼哈哈地应着。

面上看起来好像在听母亲大人讲话，其实她心里非常不爽。

沈女士可从来没有这么夸过别人。

付云意是付家这一代年纪最小的孩子，又是这一辈唯一的女孩，和她年龄差距最小的哥哥也大学毕业了，她几乎是全家人宠着夸着长大的，沈女士平时骂她两句都是轻飘飘的，家里人从来没给她规定过目标、施加过压力，更别提这么夸别人家的孩子。

沈女士意犹未尽地发表结词："把咱们家屋子好好收拾收拾，尤其是被你搞得乱七八糟的客厅，待会儿好好接待一下知年。"

付云意翻了个白眼，把书包精准地丢在沙发上，懒洋洋地应道："啊——知道啦——"

十几年来养成的那股不服输的劲从心底冒上来，付云意撇着嘴把茶几上那些杂物归整到一起。

刚刚说的那人叫什么来着？赵执念？

她看沈女士对那人确实有执念。

付爸爸有飞行任务，这些天不在家。付云意以为沈女士要和她一起招待那个什么"执念哥哥"，没想到家里的时钟指向六点时，沈女士就摇曳生姿地出门去和姐妹们吃饭了，临走前还不忘交代付云意："不许摆出你平时和祁景那帮孩子鬼混时的浑样来，给我演个大家闺秀，听见没？"

还大家闺秀……付云意心里的白眼都能翻到天上去，面上倒是乖乖巧巧的，甚至笑眯眯地扯闲话："感谢妈妈给我创造和那位优秀帅哥独处的机会，我一定不会辜负您的期待，您就放心吃饭去吧！"

沈女士放心地出了门，走了还没十分钟，付家的门铃就被人按响了。

付云意没想到这个人来得这么快，只得打消去沈女士房间里的衣柜找出那件时尚的粉色豹纹奢华披肩的念头，她扭头走到门前，装模作样地问了一句："谁啊？"

门里女孩的声音软软的，赵知年想起来之前父亲对这个付家女儿的夸奖，不由得把声音放低放轻了一些，礼貌极了："您好，我是赵知年，今后大概要长住这里，来拜访一下。"

一句"还请多多关照"还没说，大门就猛地被打开，门里的小姑娘穿着简简单单的蓝白配色校服，脚上穿着一双带了兔子耳朵的拖鞋，看了他的脸两秒，突然露出一抹笑来："啊，是你啊。"

这语气又软又熟稔，好像两个人早就认识一样。

赵知年恍惚了两秒。

付家其实是他这一天拜访的最后一家。从下午开始，他就笨拙地抱着一箱排列整齐的玻璃罐子，里面装满了各种口味的水果糖，挨家挨户地敲门。在每一家门后出现陌生的面孔时，他就熟门熟路地换上礼貌的微笑打招呼，说那个千篇一律的开头。

这天上午，他刚住进父亲所在的民航大院时，就被他父亲教导，说他是院里这一拨孩子中年纪最大的，做什么都要照顾着弟弟妹妹。他低头应了，转身就去超市进口区买空了罐装水果糖。同龄人还是懂同龄人的心思，那糖果包装得漂亮，价格也对得起包装，对于一众小孩来说是可望而不可即的存在。

他挨家挨户地发糖，那些小孩一声声"知年哥哥"叫得比谁都亲，饶是他性子再稳重，心里也忍不住冒出汽水气泡一般的愉悦情绪，而这愉悦情绪在遇见这个声色柔软的小姑娘时达到了顶峰。

手上是最后一罐水果糖，看起来数量最多，赵知年冲她笑了笑，把罐子递上前去："这个是给你的糖，以后还请多多关照。"

那小姑娘没有马上接，两个人面对面地站在门口，空气安静了两秒。赵知年心里竟然隐隐约约地生出了些期待的情绪，等这小姑娘软软地说"谢谢知年哥哥"。

可现实总是偏离想象太远，空气还是安静的，直到小姑娘似乎是靠着门框靠累了，清清淡淡地点了点头："嗯，知道了。"

然后，她转头就往屋子里走。

嘴上说着知道了，但是她连糖都没接过去。赵知年没搞明白她这一套动作的含义，又耐心地重复了一遍："这是给你的糖，希望你喜欢。"

小姑娘停下了脚步，回过神来冲他挑了挑眉，本是乖巧的笑容这会儿竟带了些吊儿郎当的邪气："谢谢你呀，不过不用了，我不喜欢女孩子们热衷的这些花花绿绿的玩意。"

赵知年彻底愣住了。怎么回事？莫不成情报有误，这院里还有一个热衷男扮女装的小男孩？

付云意不知道因为那一句话她的形象已经完全崩盘，她自我感觉良好，还在恪守着沈女士的要求："要装出大家闺秀的感觉。"她走到茶几前，做作地倒了杯茶，然后冲站在门口的少年晃了晃玻璃杯："不是来拜访的？不进来坐一坐吗，我爸新买的雨后毛尖，第二遍茶最香了。"

赵知年没多说，礼貌一笑，把那罐糖放在了付家的玄关，冲她微微一低头就算是道别："今天太晚了，不多打扰，以后还会见面的。"

走的时候，他还不忘把付家的门轻轻带上。

门锁卡进锁扣里，一声清脆的关门声像是代表着封印被解除。付云意立马四仰八叉地瘫在沙发上，三两下甩掉不透气的校服外套。

还好沈女士不在家，没让她看到这位"执念"大兄弟的精彩拜访。

和他一比，付云意自愧不如，她觉得他才是真正的大家闺秀。

桌子上的手机振动了一下，付云意拿起来，发现是祁景给她发的消息："意姐，知年哥去你家了没？是不是送糖？我跟你说，里面那个绿色包装的味道绝了，我还没吃过这么好吃的糖！我刚刚查了一下这糖的价格，哇，简直比味道还绝！知年哥是不是大款啊，我现在抱他大腿还来得及吗？"

哦，原来他叫赵知年，不是执念。

听祁景这语气，"知年哥"都叫上了，她总算明白刚才赵知年在她家门口明显的愣怔，以及开口说了两遍"给你的糖"是为什么了，估计她是表现得最冷静的一个，以祁景为首的那帮小孩不知道说了多少好听的话。

付云意扯着嘴角，噼里啪啦地按键盘："要我领着你去他家门口亲自抱吗？他刚从我家离开没多久，你跑快点应该刚好能赶上。"

祁景回复得很快："意姐，你吃醋了？知年哥不会没给你糖吧，我和你讲，你千万别伤心啊，他没给你糖一定是因为他给你准备了别的礼物，说明你这个人是特别的、不一样的！"

付云意懒得把那一长段废话看完，简洁明了地跟他扯谎："给我糖了，还是两罐。"

发完消息她就把手机调成了静音模式，抬头看向玄关处那个流光溢彩的糖罐子，看着就不便宜。

付云意走过去，把罐子拎起来放到茶几上，想了想，还是从里面挑出一颗绿色的丢到嘴里。

应该是奇异果味道的，酸酸甜甜，是恰到好处的口感，确实很好吃。

糖果好吃归好吃，但和她从看赵知年第一眼起就看他不顺眼这件事没有任何关系。

03

这年的日子有趣，开学第二天就是周末。刚开学又没什么作业，只有英语老师留了抄写单词的任务。周六那天，付云意一觉睡到了上午十点，迷迷糊糊地洗漱完，吞了几口三明治和牛奶之后才想起自己丢在沙发上的书包。她拎着书包打算回自己卧室把作业写完，路过客厅侧窗的时候，好巧不巧就在窗户外面看到了一个熟悉的身影。

客厅的侧窗正对着大院中央的那棵石榴树，她往外看了一眼，就看到赵知年搬了一张小板凳，此刻正坐在大树的阴凉下，手上拿着的……似乎是一本书？

这人好像有点毛病，是自己家的书房不安静，还是自己家的客厅不舒服，偏喜欢在汽车车轮轧过马路声配合着嘟嘟的鸣笛声里看书，难道是为了锻炼自己的专注力？

付云意又看了他两眼，哼了一声。

——作秀。

她突然起了点别的心思，书包又被丢回了沙发上，拿了家门钥匙就蹑手蹑脚地下了楼。付云意特意穿了柔软鞋底的帆布鞋，走起路来声音微不可闻。她就这么做贼一样地绕过中心花坛，来到少年的椅子背后，完全没被他发现。

和他离得近了，付云意才发现他手上拿的竟然还是一本在她家落了十来年灰的少儿必读书目——《唐诗宋词三百首》。

午后的阳光热烈又温柔，少年眉眼认真，付云意怕呼吸声引起他的注意，故意与他保持着不远不近的距离，看的时间长了，她看人先看脸的毛病又犯了。沈女士扯的那一长串"琴棋书画样样精通，脾气和性格也没得挑"，她都不服气，但有一句她确实服气。

这人生得好看，是真的好看。

那一页应该是被他看完了，赵知年抬手翻到了下一页，是晏殊的词，说起来还是当年的必背篇目。估计是因为喜欢，赵知年轻声读了两句："昨夜西风凋碧树，独上高楼……"

付云意找到了机会，一个箭步从树后蹿出来，接过他的话："望尽天涯路！"

赵知年这次是彻底被小姑娘吓着了。

她冷不丁地扯这一嗓子，吓得他放在书上的手猛地一顿，食指没收住力气，把书页戳出了个小洞。赵知年把书合上，一抬头就看到付云意一张扬扬得意的脸，眼里的挑衅一览无余。

和昨天她倒了茶转头问他要不要留下来时的眼神一模一样。

和老赵夸她时用的那些"知书达理""温柔可爱""大家闺秀"之类的形容词可一点也不沾边。

赵知年站了起来，小姑娘见了他的动作，急速往后退了几步，用防备的眼神看着他，跟下一秒他就会揍她似的。

他突然觉得很有趣。

小姑娘的个子不是很高，整个人站直的时候，估计堪堪到他的肩膀。他把收好的棋谱随手夹进书里，直视着她的眼睛，宽容地笑了笑。他夸她，语气里没有半点别的意思："背得不错。"

付云意："……"

原本使这一招就是为了吓他、惹怒他，蹲在树后等待时机的时候她腿都要麻了，结果这人就是一句"背得不错"？

付云意顿时觉得心里更堵了，比在客厅看到他在树下看书的时候还堵。

小姑娘一声"再见"也不说就气势汹汹地上了楼，只留给他一个愤怒的背影。

赵知年没把这件小事放在心上，拎着凳子便回家吃午饭。

他看中那棵树底下，确实是因为那里很吵。

石榴树离院门不远，大院外就是笔直的沥青路，路上车辆来来往往，院门旁边的亭子里的警卫员不时跟人打招呼，祁景家的柴犬想出去遛弯不停地吠叫，树上没挂住的小石榴砸到地上发出"咚"的一声，而他要做的就是忽略这些声音，专注地做自己的事情。

学了十几年的围棋，赵知年从来没有间断过的一项练习就是锻炼自己的专注力。因此像看书、背棋谱，或者拉小提琴这种事情，他一般不会在安静的家里做，而是习惯于去嘈杂的环境里。通过对外界声音感知的多少来判断自己是否达到极为专注的程度，这也成了他检测自我的方法。他第一次在大院里这么做，就看到了面色不善地来挑衅他的付云意。

赵知年上楼时难得走了神，认真地思考了一下那棵树和付云意之间的关系。莫非她和石榴树之间有什么他不知道的故事，导致她觉得那棵树是她一个人的专属领地，外人碰不得？

可她对他的不善从他上门拜访的那一刻起就显露出来，他突然想起了今天早上他在树下时遇上了和朋友约着打篮球的祁景，他主动开口问祁景付云意是不是对自己有敌意，祁景挠了挠头，竟然语重心长地对他说："知年哥，这院里你惹谁也别惹意姐，你来得晚可能不知道，方圆一百里意姐的名号都响着呢，她可是民航大院的院霸。"

他怎么也无法把那个穿着兔耳朵拖鞋、声音柔柔软软的小姑娘和"院霸"这两个字联系起来。

"但我觉得你应该没惹到她吧……"祁景诚恳地看着他，"昨天意姐还和我说，你给了她两罐糖呢，她应该不会讨厌你啊。"

这么一想，刚刚小姑娘愤怒的背影应该和石榴树没什么关系了。

原来是因为他少给了一罐糖生闷气，果然是小姑娘。

到了最后一级台阶，他在脑子里列出下午的计划时，临时多加了一项。

——再去店里买一罐糖。

和付云意之间的关系并没有像赵知年想象的那样被又一罐糖拉近，等到他再次去付家的时候，足足按了两分钟的门铃，付云意的小脸才从门后探出来，她蹙着眉头一脸不耐烦："您有事吗？"

他把糖放在门口，这次聪明了一些，没等她拒绝就颔首离开，还不忘解释了一句："听祁景说，我应该给你两罐糖，不好意思，现在才补上。"

付云意低头看了一眼流光溢彩的玻璃罐子，再看看赵知年笔挺的背影，一个电话打给祁景就开始骂："祁景，你这个大嘴巴，你怎么什么话都往外说！"

电话那头的祁景一脸无辜。

周日上午，赵知年又出现在了院子中央的石榴树下，不过道具换了，不是小椅子、棋谱和书了，而是一把小提琴。

少年站在树下，穿着宽松的白衬衫，风卷起衣角，就像在拍偶像剧。比付云意低三个年级的阮时跟她描述的时候，眼睛都直了："知年哥真的绝了……意姐，你以后周末早点起吧，美男比周公好看多了啊！"

付云意揣着手，面无表情地听着阮时对赵知年拉小提琴的事情进行三百六十度全方位夸奖，心里那簇暴躁的小火苗顿时烧成了大火炬。

还没演够？那人还有完没完了，要不要她把自己爷爷最喜爱的古董二胡和祖传葫芦丝也给他送过去啊。

周末那天，赵知年拉了一上午小提琴似乎还没尽兴，午饭时间一过，熟悉的身影又出现在那棵石榴树下，似乎打算开始新一轮的演奏。

阮时再也忍不住了，扯着付云意的手生拉硬拽地把她弄下了楼。付云意因为昨天被赵知年那么一夸，坚决不肯再靠近他，就看到阮时像花蛾子一样凑到他旁边，仰头和他说了几句话。

赵知年似乎愣了几秒，随即微微垂下头来跟阮时说了几句。

付云意站在单元门口，看着和她什么关系都没有的温馨交流场景，转头就想打道回府，继续抄她的英语单词。阮时一看她要走，没控制住音量一嗓子就叫了起来："意姐别走啊，知年哥刚答应把小提琴借给我们玩呢！"

付云意脚一崴，不可置信地看了一眼拿着赵知年的小提琴的阮时："你会拉这玩意？"

阮时指了指身边笑得清风霁月的白衬衫少年："不会呀，但不是有知年哥吗，他教我们呀。"

"……"

赵知年的小提琴应该也上了年头，那木制琴面都因为长期和人接触有了温润的质感。

付云意一只手拿着琴弓，另一只手甩麻袋一样把琴架在自己的颈窝处，一抬手腕，气势十足地拉出了一道堪比工地上机器搅拌水泥后被起重机拉起来的刺耳声响。

短短的三秒过去，付云意放下琴弓，对站在对面的赵知年挑了挑眉："你觉得我拉得怎么样？"

赵知年对上她狡黠的双眼，倏地一笑，语气里半分戏谑半分认真："不错，天资聪慧，孺子可教。"

阮时腹诽：你们当我是聋的？

付云意也跟着笑，却一句话都没说。她懒得配合他演戏，把琴还给他就回了家，抄写完英语单词之后，心却怎么也静不下来，一个下午跑了五六次到客厅的侧窗前。

石榴树还是那棵石榴树，但是赵知年再也没出现在树下。

付云意眼珠子转了一圈，心里有了主意。

晚餐时间，付云意对沈女士殷勤至极，从洗菜、摆盘、盛饭到最后的洗碗，一条龙服务到位极了。沈女士有些受惊，组织了半天语言才认认真真地问她："你实话实说，今天我不在的时候又犯了什么事要我帮你收拾烂摊子？"

付云意拿出了必杀技，对着沈女士乖乖巧巧地一笑，把心里的愿望说了出来："没有没有，只是妈妈……我想学小提琴。"

仔细算算，付云意从小到大提过百八十回这种心血来潮的要求。

她做什么事情都没有太多的耐性，往往是开头一腔热血，三天之后就凉了个彻底，偏偏她这人还不服输。小时候看到班里的女孩子跳了一小段芭蕾得了两个棒棒糖，她转头就报了个舞蹈班，第一堂课龇牙咧嘴地被老师拉了两个小时筋之后，就发誓今后再也不会踏进少年宫一步，更别提学了两堂课的绘画，上了一个半小时的滑雪课，买来却根本没穿过的轮滑鞋……

沈女士放下碗筷："你又看到谁拉小提琴，然后你心动了？"

付云意大大方方地咧嘴一笑，露出一嘴小白牙："赵知年。"

她把上午眼冒星光的阮时三百六十度夸奖赵知年的那一套一字不落地给沈女士重复了一遍，说完之后就觉得左胸部位有点疼。

自我诊断一下，可能是良心都看不下去了。

沈女士那点原则在听到"赵知年"三个字后全部变成了海绵，她赞赏地拍了拍付云意的肩膀，感慨了一句："我之前就跟老赵说让他尽早把儿子接过来，果然榜样的力量是巨大的。想要什么牌子的小提琴？妈妈帮你问问你知年哥哥，也给你买一把。"

付云意假笑的时间太长，这会儿嘴角有点抽搐，只能重重地点了点头："好呀好呀。"

付家和赵家离得近，从厨房的窗子往斜侧方看就是赵家的书房，天气还没转凉，两家的窗子都打开着，赵知年弹出的一串音符就飞到了付家的厨房里。

付云意手脚麻利地把碗筷收到水池里，扭头一笑："嘿嘿，那这样的话，再给我加台钢琴好了。"

她要三百六十度全方位碾压这位温文尔雅的男主角，非把这种不食人间烟火的神仙从神坛上拉下来不可。

04

一晃就到了周一开学的日子，付云意差点一觉睡过早自习，幸好祁景在楼下连喊三分钟她的名字把她喊醒，她才迷糊着双眼机械地往身上套校服。

持续不断地喊她名字这一招确实有效，不过副作用也不小。在付云意醒来之前，整个民航大院的人基本上该醒的醒，不该醒的也被吵醒了。赵知年本是习惯早起温习棋谱的，不过再高的专注力也抵不过祁景如菜市场大爷一般高亢嘹亮、持续不断的叫早声。

他把棋谱折起来拿在手上，从客厅窗户往下看了一眼，就看到嘴里叼着个包子，手上握了一杯豆浆，书包和校服都歪歪斜斜的小姑娘从单元门口探出身来，给了祁景一拳，两个人说着闹着走出了大院。

他回想了一下这个鸡飞狗跳的早上，皱了皱眉。

周一第一堂课就是老王的数学课，拜上一堂课付云意五道题一道没写出来的光荣事迹所赐，老王对她简直是印象深刻，选课代表的时候，没有征求其他人的意见，就擅自决定了："就你吧，付云意，当我的课代表，数学没考到一百二十分可是要惩罚的啊。用你们语文的那个话怎么说，欲戴王冠，必承其重。"

付云意看着老王，眼神真诚极了："老师，我能辞职吗？"

老王选择性耳聋，假装没听见。

其实老王对付云意印象深刻和上一堂课没有关系，尚未开学她就在附中挺有名的，几个老师对她都有所耳闻。

这不仅是因为她是航空大院出来的，更是因为她文科真的特别厉害。初中的时候，她跨级参加省内的英语竞赛，轻轻松松就拿了个一等奖回来，更别提十四岁就在国家级刊物上发表文章，大大小小的文学夏令营参加过无数次。新生还没正式报到时教师开年级例会，年级组长特意提到了几个名字，说是参加国家竞赛的好苗子，让老师们多多关注。

文科那一栏里，只有"付云意"一个名字。

更有名的就是，付云意入学考试数学科目突兀的七十二分。

再少考一分，数学这一科就能直接把她从重点班送出去。

学校让老王去带高一（9）班，其实也是有照顾付云意的意思。他之前带的都是附中的数学竞赛队，属于那种讲得了高深竞赛题，也说得清数学基础理论的优秀教师，校领导觉得他治付云意这种偏科少女简直轻而易举。

第一堂课下课后，老王就以"要和课代表同学单独聊聊，加深了解"为由叫走了付云意，她在周围同学怜悯的目光中拿着自己的练习册和笔记本，跟着老王到了数学组的办公室。

办公室里没有其他人，老王冲她和蔼可亲地笑了笑："你的入学成绩和中考成绩我都了解过了，这次让你当数学课代表，相信你也知道是为了什么。来，让我看看你的数学练习册，了解一下你的听课情况，有听不懂的吗？"

付云意犹豫了一下，十分想建议老王换一种询问方式，比如问"有什么听懂了吗"，这个问题她更好回答一些。

老王一边问着，一边随手打开了她的笔记本，翻看了几页之后，抬起头来看向她："付云意同学，你是不是拿错本子了？"

付云意翻了一下本子的封皮，是一支戴着墨镜的大黄色香蕉，她为数学精心挑选的，一点没错："没有呀，老师。"

老王看了一眼坐得端端正正、一脸无辜乖巧的小姑娘，把本子翻到第一页："那你告诉我，我上一堂课就要求每一个人都必须记的数学笔记在哪儿？"

唯一一张有笔迹的白纸上，只画了一个栩栩如生的猪头，旁边龙飞凤舞地写了三个字：赵知年。

付云意："……"

老王要是不说她都忘了，上数学课太无聊，但她又不敢在老王的课上睡觉，为了抵抗自己的睡意，她挥毫泼墨创作了这幅反映了她心理的大作。

她咳了咳，弱弱地道："我觉得我可以解释一下。"

老王："那你解释吧。"

付云意挠了挠头，在脑海里搜寻了一下词库，悲哀地发现没有一个词适合此时此刻她的处境。

少女把头一低，认错态度良好："老师，我错了。我再也不在闪耀着知识光芒的数学笔记本上乱写乱画了。下堂课我一定好好听讲，好好记笔记，不信您下堂课再检查我的笔记本。"

老王被她这一系列认错加保证堵得愣了两秒，一时间也不知道说点什么好，只得把练习册和笔记本丢给她："回去吧，给我好好听课，尤其是数学课，好好记笔记！"

付云意拿过自己的东西，从椅子上站起来，一个九十度标准弯腰，答应得铿锵有力："好的，老师！"

老王的心情缓和了一些："开学第一天年级主任就和我说了从你们这一届开始成立学科小组的事，估计这周结果就能出来，你给我去数学小组好好学习，我不信你是真的学不明白数学。"

付云意又一次弯腰，继续铿锵有力地道："好的，老师……什么学科小组……还数学小组？"

提到自己看好的种子选手，老王眼里隐约带了些光亮："数学小组就是字面意思，打算占用每周一、三、五的晚自习时间给你们进行专门的数学辅导和数学练习。隔壁高一（10）班的周明煦你应该认识吧？我们打算让他暂任数学小组的组长。除此以外，咱们附中还有一个物理小组和生物小组并行，都是有竞赛经验和竞赛意向的重点班学生，我周三开班会时会详细说。"

付云意笑不出来了。

周明煦她确实认识，那一次省英语竞赛的第二名，但人家的头衔可不止一个，听说中考他数学考了满分一百二，还提前四十分钟交了卷，监考老师没见过这样的，让他检查，他都不肯再检查一遍，狂得简直不可一世。

老王的脑子一定是进水了，要不就是办公室的门实在太紧，他走进来时脑袋被夹了一下。

回去之后，付云意就把这个消息告诉了同桌秦欢，秦欢本来在预习下一堂物理课会讲到的几个知识点，听到这个消息，真心实意地笑着恭喜她："那很好啊，高中的竞赛可比初中的重要多了，拿了国家奖项，C9 联盟都能降分的。"

付云意挠了挠头："C 什么联盟？"

"C9，顶级高校联盟，保送制度被取消之后就只剩下自主招生降分了，竞赛若拿了奖，降分还是很容易的。"

付云意闻言笑了，扯过秦欢的袖角，让她的手指点自己的脑门："那是比较适合你这种数理化天才，你看看我，我去那个数学小组？你觉得我配吗？"

秦欢实在说不出来那些"相信自己一定能行""年轻就要全力拼搏"之类的心灵鸡汤，憋了半天才憋出了一句："你要努力呀，只要好好努力，这些都是能达到的！"

上课铃响了起来，两个人没再继续这个话题，坐直了身体装模作样地听起了课。

按照附中的惯例，高一上学期所有班级文科理科不分班，上的课也是九科混学，一直到期末考试结束之后才填文理科去向表。付云意从来没考虑过自己学理科的可能，物理、化学、生物课过得潇洒又自由，听不听课全看心情。

秦欢看不下去，用胳膊肘戳了戳她，提醒她多少听一点，付云意才把教材翻到对应的位置，脑子里想的却是和课程完全无关的东西。

她的小提琴今天应该到了，晚上回家肯定就能看到。

赵知年以后休想再和她抢石榴树下那块宝地！

不知道是不是付云意的心理作用，她觉得自从遇上赵知年之后就万事不顺，这要是放在古代，赵知年简直就是活脱脱的"付云意煞星"。

周三的班会上，老王果真说了学科小组的事情，秦欢毫不意外地去了物理小组，老王宣布付云意加入数学小组的时候，她觉得全班的目光一瞬间都聚集到了她身上。

付云意保持着端庄的假笑，十分想在自己面前摆一块"惊不惊喜、意不意外"的牌子。

学校的行动效率极高，第一次小组集会的时间就定在了本周五的晚自习。经过周一老王的一通教育，付云意学乖了点，开始记数学笔记了，虽然对她本人来说，记笔记对提高她的数学成绩毫无作用，因为她根本看不懂。

　　与此完全相反的，是付云意在英语课上的表现。她和秦欢两个人坐在教室靠后的位置，地理位置上的劣势丝毫不影响她和英语老师的激情互动，英语老师在三堂课之内就把付云意列为自己从教十几年来的首席得意门生，尤其喜欢点她读课文。

　　不同于大多数学生的美式发音，付云意自小学英文练的就是地道的英腔，元音发音自然饱满，听起来完全是一种享受。

　　不仅是课文，付云意的语法学得也比其他人要早，付家在她小时候就重视她的英语学习，上的幼儿园都是以英文为主的双语幼儿园，语法、词法、句法知识都极为扎实，高考英语那些选择题和语法纠错题根本难不倒她。

　　数学课上被打脸的痛苦都在英语课上得到了补偿。

　　英语课简直是付云意展示自我的天堂、人生快乐的源泉。

　　周五的最后一节正课就是英语，一想到快乐过后就要迎接数学小组的暴风雨，付云意无比想建议学校再成立一个英语小组。

　　晚自习前还有一个小时的休息时间，付云意在校门口买了两杯双份椰果的奶茶，和秦欢一边喝一边聊天，聊着聊着不知怎么的就扯到了"邻居"这个话题上。

　　提起这个，付云意就来劲了："你说的那些小孩吵闹、狗飙高音都不算什么，你不知道我的邻居，文能背唐诗宋词八百首再加棋谱，武能拉小提琴弹钢琴，我妈喜欢他喜欢得就跟自己亲儿子一样，每天能在我耳边叨叨八百句他的好。"

她这话其实有点夸张了，其实这一周她都没怎么见过赵知年。

秦欢小口小口地喝着奶茶，配合地问："所以，你讨厌他呀？"

付云意本应该毫不犹豫地点头的，却突然愣了一下，好像……也没办法直接说出来她讨厌赵知年这种话，但她就是看不惯他。

从小到大身边的好朋友，都和她一样是风风火火的性子，想说什么就说，想做什么就做，心里想着什么一眼就能看透，才不会像赵知年一样，什么都藏着，表现出来的样子根本不是本身的样子。

奶茶见了底，付云意一扬手，一条漂亮的抛物线把空奶茶杯精准地扔到了垃圾桶旁边，她只得卑微地过去捡起来扔进垃圾桶。

秦欢也没有纠结于邻居的话题，她推了推付云意的肩膀，轻声道："回去吧，学科小组活动要开始了。"

付云意一看表，才发现离开始只剩下两分钟了，两个人走进教学楼时，其实已经算迟到了。

数学小组在三楼阶梯教室，付云意推开门走进去，同学们齐刷刷地回头看她，最中间坐着的就是周明煦，见到她进来了，他撇嘴一笑，语气意义不明："你迟到了啊，付同学，是不是应该有点什么惩罚措施？"

付云意突然有一种不祥的预感。

周明煦把一张薄薄的纸推到她眼前，上面赫然是五道高三时才会学到的线性求导题："这是我们刚刚总结出来打算讨论的题，刚好五个题型，你做做看吧？总有一道适合你。"

付云意一脸茫然。

不愧是老王看中的种子选手，周明煦深得他的真传。

好在付云意这人脸皮厚得很，这点暗戳戳的嘲讽对她来说根本不算什么。她从善如流地把那张纸推了回去，耸耸肩，坦坦荡荡地道："我数学什么水平大家猜都能猜到，来这儿是老王决定的，我也不敢反驳，你们该干吗干吗，当我是这阶梯教室里独自美丽的一个花瓶就行。"

其他人轻声笑了起来。

周明煦脸上却一点笑意也没有，他看了看她的脸，从笔袋里拿出一支笔，在白纸上列出线性导数的基础公式："那怎么行呢，王老师说过，对小组成员要奉行'不抛弃不放弃'的原则。"

付云意："……"

许是两个人之前就交过手，或者是周明煦对她在英语竞赛上轻松打败他这件事耿耿于怀，总之整场数学小组活动期间，他就像极其了解她一样，一字一句都往她的好胜心上戳，愣是让她燃起了十几年都没有的、对数学知识的渴望。

小组活动结束之后，付云意攒着一肚子气踢踢踏踏地回到大院，刚一拧开自己家客厅门，就发现一周都没怎么见过面的赵知年此刻正坐在她家沙发上，旁边是她笑得热情灿烂的母亲沈女士。付云意还没来得及开口，就接收到了沈女士的眼神威胁："打招呼啊！"

赵知年眼看着小姑娘瞬间变脸，换上了那张乖乖巧巧的面具，冲他软软地叫了一声："知年哥哥好。"

沈女士很满意，这才想起来解释他为什么会出现在家里："你不是拜托我给你找乐器老师吗？我想了一下，不如直接找知年好了，咱们两家离得近，他过来也方便，知年也同意了，你们两个自己商量着这事啊，我去给你们做芒果布丁。"

付云意心想：好得很。

前两天她还在盘算着怎么三百六十度碾压这人，没想到风水轮流转得如此之快，两天之后命运就要她先拜他为师。

沈女士一走，那张乖巧面具就消失得无影无踪，付云意一屁股坐在沙发上，丝毫不管此刻两个人挨得极近。

见赵知年猛地往后一躲，付云意刚想嘲讽两句，就听见少年平静的声音响起："明天早上八点整，我在石榴树下等你。周末也别睡懒觉，这样周一早上才能起得来，不给别人添麻烦。"

付云意反应了半天，才想起来他说的是祁景每周一早上在楼下扯着嗓子叫她起床这件事，估计是吵到他了。

嗬，这人还挺记仇。

Chapter 4
她终于成功把这位"神仙"惹生气了……

01

付云意和赵知年暗戳戳不对付的小火苗依旧燃烧着。

眼看着赵知年就要以自己的多样才华征服整个大院，她却还没有从他身上挑出任何能撕掉他完美人设的弱点，付云意就非常丧气。

祁景对此感到匪夷所思："非找到知年哥的弱点干吗？他哪里惹到你了吗？"

付云意一个白眼瞪过去："我看不惯他需要理由？"

祁景准备的长篇大论被她这一眼瞪成了一句："意姐，你说的都对。"

付云意犯了小孩心理，也不知道想到了什么，突然不依不饶地问："祁景，你是站在赵知年那一边，还是我这一边？"

祁景被吓了一跳，哆哆嗦嗦地试探着道："你要跟知年哥约架？那你放心，我肯定站在你这边啊！"

付云意刚想笑着夸他两句，就听见他又加了一句："毕竟，喀喀，知年哥怎么可能打得过你。"

付云意一时语塞。

两个人又聊了几句，就听见赵知年的声音格外突兀地响起："在聊什么？"

他刚进大院就看到两个人在门口聊天，只是没想到两个人聊的是他，还打算和他打一架。赵知年无法理解这种莫名其妙的敌意，觉得自己完全跟不上院里小孩的思维，第一次体会到了代沟的感觉。

他这一声把付云意吓得不轻，她扫了他一眼，莫名有点心虚，扭头就上了楼，留下祁景一个人，卖队友卖得十分顺手。

心虚是因为上周末她真的八点起床了，来到和赵知年约定的地方，只不过是梗着脖子跟他说不用他教。说完之后，付云意感觉整个人都舒爽极了，上楼梯时都有一种走在云端的感觉。

她就不信这样他都能不生气。

这人平时冷淡得跟个假人一样，要是能生点气跳跳脚反而鲜活一些。

只是付云意没想到，接下来的几天，赵知年都没出现在大院里，问了其他人才知道他是去上海参加围棋比赛了，一去就是三四天，那几天，付云意自己的日子过得焦头烂额，完全没空回忆她之前怎么拒绝了赵知年。

现在是他回来之后她和他的第一次见面，付云意想也没想就当了逃兵。

她还没做好和他干一架的准备。

到家门口的时候，她看了一眼腕上的手表，恍然意识到今天是周四，没有数学小组的活动。

一想到那个数学小组，她就想以头抢地。

回到书房把当天的一点作业写完，付云意百无聊赖地坐在沙发上看电视，突然想喝可乐，想着大院外的巷子里就有一家小杂货铺，她一翻身披了衣服就打算下楼去买。

她刚推开单元门，就看到夜色里站着一个隐隐约约的身影，原本靠在墙上不知道在想什么的赵知年一下将目光投射了过来。

翻滚着昏黄色调的夜色里，她听见他低声说："现在方便吗？我想和你谈谈。"

付云意听到这话，身体猛地战栗了一下。

这语气她太熟悉了。

一般校霸老哥看谁不顺眼时，不都会先堵了人说"你放学别走，小树林见"，到了约定的时间，再跟这人虚情假意地说"我想和你谈一谈"吗？

付云意横行霸道了十几年，但和人实打实干架这事从来没做过。

一想到之前，他无声无息地出现在她和祁景身后，她根本不知道赵知年到底把他们的谈话听去了多少，但是他肯定听到了两个人顺嘴胡扯的打架话题，他现在把这个词付诸实践好像也合情合理。

经过一通分析，付云意在他看不见的角落里梗了梗脖子，轻咳了两声让自己的声音显得有气势一点，才开了口："要打架是吧？虽……虽然现在是文明社会，不崇尚动武，但你若是执意这么做，我也奉陪！"

赵知年一脸茫然。

这是他遇到付云意以来，第 N 次怀疑自己的表述系统是不是和其他人不一样，要不然这个小姑娘怎么三番五次听不懂他说的话呢？他怎么也想不明白，自己普普通通的一句想找她谈谈，到她脑子里之后怎么就变成两个人要打架的意思了？

单元门口的声控灯因为两个人的沉默熄灭了，赵知年从口袋里拿出一串钥匙轻轻磕了一下铁质的门把手，那盏灯重新亮起，两个人猝不及防地对视了一眼。赵知年开诚布公，语气很真诚："我们之间是有什么误会吗？我觉得你对我有敌意。如果有的话，你可以说出来，我们一起解决。"

付云意："啊？"

原来不是打架啊……

只不过他们误会什么，解决什么？

她应该说从他来的第一天，自己家妈妈把他夸得天花乱坠她就不服气，觉得他不配；说她就是看他不顺眼，觉得他这个人太假；还是说她不喜欢他一天到晚一副冷淡的样子，就是想把他气到跳脚，甚至和她干一架？

要不是赵知年冷不防地问她这个问题，付云意自己都没意识到，她表现出来的对他的敌意，论起缘由来竟然那么脆弱又难以启齿，甚至连一个能立得住脚的像样理由她都无法说出来。

付云意心里有点虚。

赵知年看着站在阶梯上低着头的小姑娘，她始终沉默着，不知道是心虚还是怎么。他们之间的气氛又恢复了那种诡异的安静，顶灯闪烁了一下又熄灭了，很快就被他再一次敲亮。

在这样的沉默里，赵知年突然反思了一下自己这么问是不是太咄咄逼人了，导致付云意不太好回答。她毕竟是个小姑娘，于是他缓和了语气："想说什么都可以，我没有威胁和勉强你的意思，只是大家毕竟朝夕相处，低头不见抬头见的，闹了矛盾也不太好。"

付云意还是不说话。

这也不能怪她，她实在想不出来自己能说点什么。

赵知年定定地看着她，心里涌上一股无力感。他叹了口气，也没兴趣和她僵持下去，看起来好像自己在为难一个小姑娘一样。

"不想说就算了，今天的事你也不用放在心上。"

付云意终于有了点动静，她低低地"嗯"了一声，算是应了。

赵知年换了个话题，想起她原本是要出门的，便随口问了一句："这么晚了，你出去要做什么要紧事吗？"

小姑娘抬起头来，在灯光的作用下，一双眼睛亮晶晶的，她看着他："想喝可乐，所以打算去杂货铺买一瓶，这个算是要紧事吗？"

赵知年愣了一下，随即笑了："要出大院呢，我陪你一起去。"

付云意喝可乐的渴望在这句话的作用下骤然减半。

赵知年的教养真是刻进了骨子，似乎是有意照顾她尴尬的情绪，他没有和她并肩走，他让她走到前面，自己在后面不远不近地跟着。杂货铺距离大院其实很近，几乎没什么安全隐患，付云意从冰柜里取出一瓶可乐，结账时想了想，又拿了一袋子蓝莓味的软糖。

付云意三两下拆开软糖的塑料袋子，拿出一颗塞到站在门口等她的赵知年手里："蓝莓味的，很好吃，没吃够的话，我再给你一颗。"

赵知年顺从地把糖放进嘴里，软糖的味道刚在口腔里散开，他就听见小姑娘又补了一句："对了，还有那个，你上次给我的糖……奇异果味的也特别好吃。"

这句话难得没牙尖嘴利地说出来，声音软软的，像他们第一次见面时一样。

他一下子就笑了。

02

周五原本是付云意最喜欢的日子，在没有数学小组之前。

她能理解老王的一片热情，但是把她直接送进数学小组这件事已经不算揠苗助长的范畴了，简直是直接把她绑到了火箭上。小组是正儿八经的竞赛准备小组，练的题都超出了高考范围，每次集会时，付云意不是拿着手机玩贪吃蛇，就是喝着奶茶看点"霸道总裁爱上我"的小说，从来没有参与过小组讨论。

唯一值得庆幸的是，老王本人暂时还没有来看过小组集会的情况，否则八成能被她精彩绝伦的表现气到当场爆炸。

只是付云意没想到的是，有人会比老王更看她不顺眼。

周五的例行集会，小组的人已经把线性导数和函数的交叉题型研究明白，周明煦拿来了新的题型。之前他们几个商量过了，打算一周攻代数一周攻几何，周明煦拿来的就是空间几何混杂圆锥曲线的题目。

付云意看到那张纸就犯晕，之前的导数题干起码大多是文字和数字，到了圆锥曲线，则变成了一个个长得稀奇古怪的图形，她十分有自知之明地打算退到后排勇闯贪吃蛇游戏的新巅峰，周明煦却突然叫了她的名字。

"付同学，我能问一下你来这里的目的是什么吗？"

付云意几乎是一瞬间就皱起了眉头。

她最近是犯了太岁？怎么一个两个的都要和她谈一谈？

她和周明煦是属于认识但不熟的关系，而且是非常不熟，是平常在学校走廊里遇见，招呼都不会打一个的那种。她来这个数学小组也有一周了，其他人在她第一次来时解释了一下自己当花瓶的用途之后就没有管过她，周明煦也只是在那一次用老王的"五道题"这个事呛了她一句。后来的几次集会大家都相安无事，各干各的，相处得十分和谐。

现在他这一句话说出来，挑刺的意思可就太明显了。

付云意没办法马上搞明白他冷不丁说这么一句的原因是什么，本着同学之间应该和睦相处的原则，她笑了一下，开起了玩笑："我的数理化智商实在不能和各位尖子生大哥相提并论，但是迫于老王的淫威，我只能次次都过来和你们待在一起，企图受一受高智商潜移默化的影响，让智慧通过空气从你们高浓度的大脑往我这低浓度的大脑渗透，中和中和。"

其他几个男生听了，有的忍不住笑了出来。

他们早就知道付云意是被老王塞进来的，虽然不知道具体原因是什么，但绝对不是因为她在数学方面天赋异禀。付云意性格开朗，经常给他们买零食买汽水，人长得美嘴也甜，大家对她的印象很不错，集会时她干什么大家也都睁一只眼闭一只眼。

周明煦还是冷着一张脸，听了她这一通鬼扯之后，甚至冷笑了一下："这就是你占用别人的名额在这里干耗着的原因？就因为你家有权有势，王老师都得让着你？"

要说之前周明煦那句话是挑刺，这句话一出来，就变成十足的引战了。

付云意拎着小布包，毫不畏惧地和周明煦对视，片刻之后，她也学着他的样子笑了一下，只不过是被气笑的："周同学的意思，是说我仗势欺人、胜之不武、走后门？"

周明煦那句话是真真切切地踩到付云意的尾巴了。

不只是她，大院里和她一起长大的几个孩子最讨厌的都是别人动不动谈论自己的家族，谈论他们老一辈建立过的光辉伟绩，末了再给他们安上"这就是×××的孙子/孙女，可厉害了"之类的话。

付云意是被家里人宠大的，性格虽然是嚣张跋扈了点，但是从小到大得过的所有奖杯、奖状含金量也是十足的，从不掺杂其他的东西，她得到那些就是因为她自己的能力和勇气。要真说十几年来有什么意外，也就是这个数学小组了。

这还是老王逼迫着她、没有经过她本人同意、强硬地把她硬塞进来的。她心里那点委屈还无人可倾诉呢，就有人阴阳怪气地指责她走后门了。他周明煦哪只眼睛看见她走后门了？

少女一向弯着的笑眼里此刻没有一分一毫的笑意，她一偏头，直视着周明煦，字字铿锵："拿这些子虚乌有的事情污蔑我，证据呢？

"你所谓的被我家的权势威胁着给我开后门的王老师办公室就在四楼转角，我陪你一起去当面问问他？

"我也想知道他为什么非要把我塞进这个数学小组，可能是我有什么连自己都没有发现的潜力吧，我也想快点发现呢。"

整个阶梯教室里十分安静，甚至沉穆。

只有付云意和周明煦两个人在教室最前面对峙着。

沉默了几秒之后，几个"吃瓜群众"总算是反应过来，手忙脚乱地分成两拨劝两个人，连劝词都如同互相对过一般一模一样。

"哎呀，都是同学，干吗呢这是，这火药味浓得，待会儿哪个校领导进来，还以为放炮了呢。"

"来来来，坐下坐下，歇口气，歇好了咱们继续征战数学世界，有什么是一道圆锥曲线题解决不了的呢？如果有，那我们就做两道！"

周明煦坐了下来，好像这事真的过去了一样。

付云意却再也没有留在这个教室的心情，她拎起包就打算离开，临走前留下一句："要是老王来抽查问我为什么不在，就让他问周同学。"

说完，付云意郁结的气顺了不少，雄赳赳、气昂昂地走出了阶梯教室，背影十分潇洒。

谁知还没走到三楼往下的楼梯，她就和赵知年打了个照面。

赵知年手上拎着一个类似便当盒的东西，他看了一眼明显不对劲的小姑娘，她整张小脸都有些泛红，气息也不太稳，眼眶和鼻尖也有着不正常的红色。

他一皱眉，声音也跟着沉了下来："怎么了，受欺负了？"

赵知年是来给付云意送便当的。

沈女士难得厨艺觉醒想做一顿饭，结果做完了，付云意却没回来。起初她以为付云意又去哪儿野了，打电话过去却是无人接听的状态，问了隔壁栋的祁景，才知道付云意是去参加什么数学竞赛小组的日常训练了。

听到"数学小组"这几个字的时候，沈女士觉得整个世界都玄幻极了。

付云意不是中考数学只考了七十二分吗，是怎么加入数学竞赛小组的？

估计是数学互帮互助小组，她听错了。

恰好赵知年此时拿过来一些基础的小提琴谱和钢琴谱，沈女士看着自己精心准备的晚餐，二话不说就要留赵知年吃一顿。可惜赵知年一个小时前已经吃过晚餐，沈女士失落之余，想到了一个好办法。

她翻出家里都落灰了的便当盒，洗干净之后装上饭菜递给赵知年，随便扯了个自己不方便的理由，让他帮忙把便当送到附中去。

大院离附中也不算远，赵知年几乎是毫不犹豫地应了。沈女士目送着他出门，心里为自己又能给女儿送去爱心便当，又能让她多和赵知年接触，这样一举两得的绝妙想法而鼓掌。

可谁知道赵知年把便当送过来，看到的就是付云意这么一副受了欺负的样子。

他这个人其实非常护短。

哪怕小姑娘看起来和他八字不合，每天都像个点燃的小炮仗，恨不得天天都呛他几句。

付云意没有回话，因为她被赵知年这一出弄蒙了。

这大哥怎么回事，她脸上写了"委屈"两个字吗？为什么他会觉得自己受欺负了？明明她刚刚吵架吵赢了啊。

这该怎么讲？说赵知年你误会了，谁也没欺负我，是我刚刚把别人欺负了，你看我脸红、眼红、鼻子红的，其实是因为气的？

付云意想到前一天晚上两个人的谈话，又想了想此时此刻她说出真话之后可能造成的后果，决定撒一个善意的谎言。

她做作地抽噎着道："没事，就是同学们都看不起我，呜呜呜……"

完了还不忘给自己增加一个"白莲花柔弱女主角"的人设："不过没关系，我会好好努力，向他们证明自己的！"

经过他们身边去上厕所的数学小组成员一脸茫然，以为自己出现幻觉了。

好在赵知年还算吃这一套，他伸手揉了揉小姑娘柔软的发顶，这才想起来自己来找她的目的，他把便当盒提到面前："要去食堂把饭吃了吗？你妈妈特意给你做的。"

付云意摇了摇头："直接回大院吧，反正我也不打算上晚自习了。"

两个人又一前一后地走在路上，付云意一直没出声，赵知年当她是心情不好，也没主动聊些什么，一时间两个人双双陷入沉默。

付云意确实没缓过来，她在路上还一直在想周明煦说的那些话。她虽然和周明煦不熟，却也没听人说过他的坏话，说明这人的人品应该是没什么问题的。这一次他突然这么激烈地针对她，她开始反思是不是自己平时表现得太张扬了。

想了半天也没想出什么特别的，付云意把这事压在心里，打算等第二天再找别人旁敲侧击地问问。

现在也只能这么处理了，只不过被人误会的感觉真的令人很不舒服啊。

付云意看向前面的赵知年，他还替她拎着那个装了便当的袋子，他比她高不少，这个走路速度分明是为了迁就她故意放慢了的。可能是这样经历过事情的夜晚，人的情感也纤细了些，她看着他的时候，突然有一种抱歉的感觉。

周明煦那两句子虚乌有的话就让她这么难受，那之前她对赵知年毫无缘由夹枪带棒的敌意会不会也让他很难受啊？

民航院里趾高气扬的付小霸王难得想要主动低头，刚叫了一声"赵知年"，前面的少年就回过头来，嘱咐了她两句："下次要是被别人欺负了，你就欺负回去。你不是打架挺厉害吗，不用客气的。"

那点歉意忽然间就烟消云散了，听了这话，付云意满脑子问号。

您是从哪儿听闻我打架挺厉害的？

赵知年见小姑娘没应声，以为她是默认了，又说了一句："这种时候不用怕，毕竟是别人欺负你在先，你也别怕被人骂或者被父母教育，找我去就行，我肯定会支持你的。"

付云意的心情简直极度复杂。

这年头小姑娘都喜欢给自己立一个小公主、小仙女之类的软萌可爱人设，付云意虽然装可爱发嗲技能几乎为零，但也没兴趣给自己立一个"校园恶霸地头蛇""方圆五百里姐是你大爷"这种猛男人设。

付云意挠挠头，深吸一口气，终于勇敢地说出内心的想法："我付云意从来没打过架！我虽然不是淑女，但也是君子！本君子以德服人，只动口不动手！你不要听祁景在院里造的谣，那都是夸大其词的谣言，假的！我待会儿回去就干……"

说到这里，她刚想逞一下口舌之快，就想起自己刚刚还说自己以德服人，赶紧话锋一转："就……就口头教育他。"

赵知年看起来像是被逗乐了，毫无预兆地露出一抹浅淡的笑容来，附和道："好，我相信你。"语气里却没有一点相信的意思。

付云意气得头疼，翻了个白眼，三两步走到了他前面，连背影看起来都气鼓鼓的。

赵知年十几年的人生里，还真没有和一个小姑娘长期相处的经验，付云意算是和他走得最近的一个了。

他这个人感情比较淡，对交朋友这件事都不热衷。几个好朋友都是在棋室里认识的，被他虐到不行还不死心地要再战一局，死皮赖脸地向他讨教技术，互相才慢慢熟悉起来。唯独这个小姑娘，从相遇那天起就像一颗小炮仗一样咋咋呼呼地闯进了他的世界。刚开始还没什么感觉，但是经历了前一天她别别扭扭地软声承认自己给的糖很好吃，还有此刻她气得像只小仓鼠一样的背影……

赵知年难得的恶趣味在心里翻滚了起来。

这小姑娘好像还挺好玩的。

03

他不再和她扯打架不打架的事情，随口问了句别的："我今晚听到祁景他们在那里商量，说是国庆放假想去水库那边捞鱼玩，你也要跟他们一起去吗？"

赵知年本来是想换个话题，谁知付云意完全不知道这个消息，胸口那一股浊气还没消散，他这话无疑又给她灌了一股。

祁景这人怎么回事？

从前哪一次出去玩不是她牵头集结大院里的几个朋友一起，像这种其他人都决定了，自己却一点风声也没有听到还是第一次。新账旧账集合在一起，付云意现在恨不得一个千米冲刺回到大院，让祁景好好认识认识"付云意"三个字到底应该怎么写。

碍于自己在赵知年心里岌岌可危的形象，付云意忍耐了一下，克制地点了点头："应该……会去吧。你也会和我们一起去吗？"

赵知年一挑眉，没有正面回答，而是说："我不会捞鱼，你们会欢迎我去吗？"

付云意嘴一咧，自作主张地道："欢迎啊！欢迎欢迎，热烈欢迎！我们急需你这样的全能天才为我们提供智商指导！"

赵知年看着小姑娘"狗腿"的做作样子，觉得更想笑了。

自从认识以来，两个人之间还从未如此融洽过，有一搭没一搭地聊着天，就这么晃晃悠悠地走回了大院。

到院门口的时候，正好碰上了祁景，付云意停下脚步，接过赵知年替她拿了一路的便当挥了挥，脸上的笑容真诚又乖巧："谢谢知年哥帮我带便当。你先上楼吧，我还有几句话要和祁景说。"

赵知年点了点头，他知道付云意和祁景的关系好，以为两个人就是谈一谈国庆假期出去玩的事情，完全没听出来小姑娘语气里咬牙切齿的意味。

但被堵住的祁景不一样，他是从小跟付云意在院子里"作天作地"长大的，简直不能更了解她的脾气，尤其是灵魂深处那股强烈的自救意识在此刻跑了出来，他知道付云意把他拦住，绝对不会有什么好事发生。

他下意识地就想跑。

付云意把自己轻飘飘的小布包放在地上，挑起眉来对他似笑非笑："祁小爷这是心虚了？"

祁景沉默。

"您最近又四处传播我的什么光辉伟绩了？"

祁景低下头，继续沉默。

"听说你和阮时、沈桉他们放假要去水库捞鱼？这是打算自由行动？还是付云意这号人从院子里搬出去了？"

祁景还是沉默。

"我不就是被迫进了个数学小组，你还真以为我一心投入数学怀抱，什么都不知道了？"付云意刻意压低了声音，"要造反？"

祁景："我错了，我错了，意姐，您冷静一点，咱们君子动口不动手啊！"

付云意找准了角度，脚尖猛地踩在祁景的滑板上，力道不轻不重，刚好让滑板翻了个面，轮子朝上，彻底断了祁景逃跑的最后一条路。

其实她也不是真的有多生气，就是最近这两天过得太不顺，偏偏祁景撞到了她的枪口上。

两个人在大院门口进行了一番"亲切友好"的交谈，最后祁景还是靠着把付云意从头到脚夸成了一个三百六十度无瑕疵、来人间渡劫的仙女的嘴皮子功夫才躲过一劫。

付云意心里总算顺了一些，甚至摆摆手，开了张空头支票："咱们几个一起玩了这么多年，估计都要腻了，这次赵知年不是要跟着一起去嘛，我也再找一个人过来。"

想到自己的可爱小同桌秦欢，付云意又压低了声音，悄悄地道："我要找的是个小姑娘，人长得漂亮，性格还软，谁抢去谁合适。"

祁景眨眨眼："意姐，你这朋友知道你这么说她吗？"

周一时，付云意就把这事情和秦欢讲了一下，正式向她发出邀约。

她仗着自己嘴皮子功夫一流，忽悠人时眼睛都不眨一下："不要纠结你自己会不会捞鱼、钓不上鱼会不会丢脸这种事情，这不是重点，重点在于有五个男生陪你捞鱼，你看看咱班男生的整体质量，全是歪瓜裂枣，令人忧愁，我给你找的都是咱班男生 10.0 版本的！"

秦欢大致列好了这一天的学习计划，把中性笔的笔帽合上，小心翼翼地回道："我也没打算拒绝你呀。"

听了这话，付云意一下子笑了起来："太棒了！今年出去玩总算有点新鲜感了！"

这抹笑还没在她脸上停留十秒钟，余光看见周明煦从他们班的后门走了过去，付云意的脸一下子垮了下来。

秦欢意识到了她情绪不对，轻声问了一句："你怎么了？"

付云意回过神来，冷哼一声："没什么大事，就是见着了一个盛世奇景。"

前桌猛地扭过头来凑热闹："什么盛世奇景，说来我也听听？"

付云意拍了拍前桌姑娘的头，笑眯眯地说："刚刚看后门，发现这年头垃圾竟然都能长腿走路了呢，真的是好科幻，好出乎意料哦！"

付云意那点嘲讽简直全部印在了脸上，秦欢知道估计是有人惹到她了，从桌肚里摸出一颗牛奶糖给她："吃糖呀。"

拜周明煦那一闪而过的身影所赐，本来被国庆假期游玩计划打岔而快要忘记的过节重新出现在她的脑子里，付云意把那颗糖接过来，撕包装纸的时候动作很粗暴，好像牛奶糖就是周明煦一样。

她就不信自己搞不明白周明煦昨天到底吃错了什么药。

当天数学课结束，付云意毫不意外地又一次被老王召唤到了办公室，旁边站着的就是周明煦，他看起来像是刚下体育课，校服外套松松垮垮地披在肩上。付云意扫了一眼他的脸，没有看出丝毫悔过的情绪，顿时觉得那股劲又上来了。

老王像处理班级矛盾一样正儿八经地问他们："听王扬说你们两个在上一次的数学小组集会上发生了一点矛盾，怎么回事？"

付云意假笑了一下，道："老师，您先问周同学吧，我对这事也挺好奇呢。"

老王不置可否，目光转到周明煦身上，又问了一次："你说说，是怎么回事？"

周明煦低下头，先承认了错误："老师，不好意思，这次确实是我的错。"

他转头看向付云意，又是微微一弯腰："付同学，向你说一句抱歉，真的很不好意思。"

付云意是典型的吃软不吃硬。周明煦这一句道歉就把她心里那簇小火苗浇灭了，她刚在心里赞叹周明煦还算个男人，挺有责任感的，一句"没关系"还没说出口，周明煦的下一句就出来了。

"我不应该因为付同学在数学小组集会上玩贪吃蛇和看《绝世帅男爱上我》而对她心生不满，她做这些其实没有影响到我们的讨论和学习。我更不应该因为对付同学一时不满就说她走了后门，真的非常不好意思，给老师和付同学添麻烦了。"

老王的目光此时此刻已经投向了付云意，如同舞台上那一束精准的聚光灯，他一字一句地问："贪吃蛇？《绝世帅男爱上我》？下一堂课你不用上了，我给你请假，你就站在这里给我把这件事情解释清楚，否则下下堂课你也不用上了！"

周明煦在旁边似乎轻笑了一声。

付云意震惊了，真相难道不是他乱说话，随意污蔑同学，往她身上泼污水，严重影响同学之间的和睦相处吗？下堂课不能上，该挨老王骂的人不应该是他吗？

好绝的一段话啊，他的课外读物怕不是叫《说话的艺术》吧？

周明煦已经被老王放回去了，接下来的一整堂课，付云意和老王当着数学组所有在办公室的老师的面就《绝世帅男爱上我》这本书进行扯皮。

付云意坚称这本书绝对不像老王想象的那样会影响当代中学生的心灵健康，造成不好的影响，并解释这本书其实非常有助于中学生在繁重的课业之余放松身心，是能够收获正能量的好书，并真心实意地建议老王不能因为这本书的名字就误会它。

老王一句话也没说，抱着胳膊看她激情演讲，甚至喝了半杯茶。

"如果真是这样的话，你一会儿就把这本书给我拿过来，我和办公室的其他老师一起品鉴一下。"

付云意："……"

"下周就是国庆假期，放假回来就是第一次月度测试，你摸摸你自己的良心，你觉得你准备好了吗，啊？"老王痛心疾首地道，"你现在可能还没办法体会我这种急迫的心情，毕竟你才刚刚上高中，但我教了十几年的书了，最知道偏科对一个学生来说有多严重，尤其还是偏主科。其他的科目你考得再好有什么用，还不是用来补你偏的这科的漏洞？"

付云意点了点头，虚心聆听教诲："老师，您说的这些我都明白，只是……"

只是数学我真学不明白啊，那我能怪谁啊？

老王虽然穿的还是开学第一天那一件喜庆的耐克红卫衣，但是表情一点也不喜庆，他冷着一张脸："只是什么？我不允许你有只是！下堂课下课后把你的数学练习册和笔记给我拿过来，我给你画一些类型题，你利用这个国庆假期好好查缺补漏！"

连着被打断了两次，付云意也学乖了，不再试图辩解，只是疯狂点头。

哇，老王竟然比《绝世帅男爱上我》里会说十八国语言的×国首富还要霸道呢。

04

国庆放假前一天，付云意整个人如同打了鸡血一般激动又兴奋。

秦欢看了一眼自己旁边下一秒就能起飞似的同桌，忍不住问："放假就这么令人开心呀？"

付云意看着秦欢瞪圆了眼睛一副好奇的样子，在心里叹了一口气。

像秦欢这种学霸，是根本不会懂她可以一周不见老王，也不用参加那个数学小组见到周明煦的快乐，她的快乐无人分享。

太孤独了。

出去玩的时间定的是十月二日，一群人借了一辆车，先去接秦欢，再去水库。祁景是惯会作妖的，甚至提前定做了一面小旗子，上面写着"秋游小分队"，一个人发了一面，拿在手里活像夕阳红老年团。

旗子虽然土气，但是一帮人钓鱼的装备准备得十分齐全。沈桉和阮时的父亲原本就有钓鱼这个爱好，平时也喜欢买钓竿当收藏，两个人没经自己爹同意就把家里的钓竿全部扛了出来，还带了一堆小鱼桶、捞网、鱼饵之类的东西，塞满了车子的后备厢。

水库是祁景一个表亲的，在城郊，车程不算近，属于私人开发的小水库，平时划分出一大半用来养海参、海虾一类的产品，直销给海鲜公司，剩下的部分弄了个模拟海岸，里面投了点小鱼苗和小螃蟹，平时也能过去抓着玩。

祁景看上那个地方好久了，奈何家人觉得危险，死活不让他去，这一次他把全院小孩的名字都报了出来，甚至连赵知年的名字都用上了，他爸才总算是松了口。

出发的时间比较早，车上很安静，大部分人七倒八歪地睡着。赵知年看棋谱看累了，刚打算看看窗外的风景换个心情，扫视一眼车厢内，发现醒着的竟然只有他和那个听说是付云意同桌的陌生小姑娘。

秦欢注意到了赵知年的目光，不好意思地笑了一下，冲他微微摇了摇手上的《高中必背物理公式》。

她坐的地方背光，赵知年眯了一下眼睛才看清封面上的字，他不由自主地看了一眼颈枕和眼罩一应俱全，已经睡得不知道今夕是何夕的付云意，突然有点想笑。

在高速公路上开了一个多小时，车子总算拐上了颠簸的石子小路，车里的人陆陆续续醒过来，秦欢估计着快到地方了，伸手推了推付云意，在她耳边轻声道：“付云意，醒醒。”

都快瘫座位上的付云意不舒服地扭了扭身体，十分不耐烦的样子：“祁景，你给爷闭嘴，今天又不是周一！”

坐在前面无缘无故被骂了一顿的祁景很无辜。

最后，秦欢只得把她脸上的眼罩摘下来，付云意的眼睛缓缓聚焦，看清窗外的景色，才想起来今天出来到底是干什么的。

到了地方之后，一帮人手脚麻利地把那些用具都搬下了车，用小推车推到了水库入口，那边有接应的人带他们进入了能捞鱼摸虾的模拟海岸线，几个男孩子顿时兴奋了起来，换上拖鞋、挽起裤脚、抢了鱼竿就往岸边跑。

付云意看了一眼那几个正在百米冲刺的人，随口骂了声“脑残”，就拿走了全部鱼饵，拉着秦欢的手，像在度假一样慢悠悠地往那边走去。

等到那些人搭好了凳子，支好了鱼竿，发现忘了拿鱼饵，再跑回来拿的时候，付云意拎着一袋子鱼饵冲他们笑得得意。

“要鱼饵？叫一声‘爸爸’给一粒。”

祁景这人能屈能伸，一声气壮山河的“曾祖父”回荡在水库上方，付云意还没反应过来，他就恬不知耻地凑到她跟前说：“你应该给我四粒。”

付云意一脸茫然。

祁景分析道：“曾祖父不就是爸爸的爸爸的爸爸的爸爸吗？”

秦欢听了这话，实在没忍住，一下笑出了声。

其他几个人也学会了祁景这一招，不是叫"曾曾祖父"，就是叫"曾曾曾祖父"，一圈下来，祁景居然还是辈分最大的那一个，鱼还没钓上，这帮人就撕扯着在海边搞起了辈分争霸赛。

付云意看着他们打嘴仗，总觉得好像差了点什么，一抬头就看到赵知年清清淡淡地站在一旁。

她凑过去，不怀好意地道："你不钓鱼呀？"

赵知年看了她一眼："一会儿可以试试。"

小姑娘笑了，露出一口小白牙："那你不要鱼饵呀？"

她那点捉弄人的小心思简直昭然若揭，赵知年心情好，便配合着她："哪有钓鱼不用鱼饵的？"

"那你……"付云意做作地咳嗽了两声，实在是还没做好直接命令这神仙叫她爸爸的心理准备，旁敲侧击地暗示，"可是鱼饵都在我这里啊。"

赵知年神色坦然："嗯，我知道。"然后他就冲她伸出了手。

付云意蒙了，居然有人把空手套白狼这一招玩得这么熟练。

然而，下一秒，她就听到赵知年平静又淡定地叫了她一声："爸爸。"

付云意吓得把一整袋鱼饵都丢到了他手上。

那边辈分争霸赛落下帷幕，钓鱼大赛随即开始。秦欢也拿了根钓竿和他们坐在一起，祁景本人对钓鱼这种安静又无聊的项目毫无兴趣，但本着照顾新朋友的心态，他还是打算关注一下秦欢的进展。只是他刚过去，就发现秦欢正专心致志地看着手上的小册子。

他扫了一眼页眉，《高中必背物理公式》？

他揉了揉眼睛，可那个本子还是真实存在的，秦欢甚至边看边念叨着，听起来像是在计算钓鱼竿的角度和位置。

这种极富文化气息的钓鱼方式，他还是第一次见。

祁景乐了，拍了拍秦欢的肩膀，自来熟地问："我想真诚地求教一下，付云意是怎么交上你这样的朋友的？"

秦欢没反应过来他这话是什么意思，扭过头来看着他，圆圆的杏眼眨了好几下。

祁景在心里叹了一声。

嗬，付云意这人还挺靠谱，这姑娘长得也太可爱了。

他转移了话题："你这个……喀喀，高中必背物理公式，钓鱼好用吗？"

"还不知道。"秦欢一本正经地摇摇头，回答得十分认真，"这都是在理论情况下计算的，实际情况还要钓上一会儿才知道。"

祁景欣赏地点了点头。

嚯，更可爱了。

这时，付云意拎着两个小桶，扯着嗓子对祁景道："你不是不喜欢钓鱼吗？往那里凑什么凑？过来和我一起捞鱼，搞快点！搞快点！"

说好的让他认识新朋友，还谁抢去谁合适呢？聊个天都被打断，他抢什么？

但付云意的命令祁景实在不敢违抗，生怕自己惹这祖宗不高兴，被她一脚踹进水库里和鱼虾螃蟹共舞。

秦欢声音细细软软地劝他："你去和小意玩吧，她一个人捞鱼该无聊了，等你们玩够了回来，我再告诉你这些公式好不好用。"

一朵烟花在祁景心里炸开，他也把声音放得不能更轻："好啊。"

付云意拿了一红一蓝两只小桶，兴致非常高涨，甚至要和祁景打赌比赛。

祁景敷衍地应了一声，这种突如其来的赌约他见得多了，反正最后的结果一定是付云意胜，他唯一的一点要求就是输了的惩罚能对他友好一些，不要让他完成什么石榴树下倒立洗头这种反人类动作。

付云意似乎也没想好赌注内容，俯下身自顾自地开始捞鱼，祁景看了她一眼，也不甘示弱地捞了起来。

捞鱼和钓鱼不一样，要贴近水面才能捞到。这片区域水深一米到十米不等，也没什么深度的警示牌子，甚至在浅水区搭出一条小路，方便来人走到更深处。岸边没什么鱼，付云意跃跃欲试地就要往里面走。

管理水库的大叔往这边扫了一眼，扬声冲付云意喊了一句"要不要穿救生衣"，自然是被拒绝了，救生衣穿着鼓鼓囊囊的，严重影响行动。

但凡有预测未来的能力，能预知半个小时后发生在自己身上的事情，她绝对不会拒绝得如此果断。

人专注起来似乎就会特别忘乎所以，付云意捞了一阵就找到了引诱鱼的诀窍，慢慢也放肆大胆起来，离深水水面越来越近。赵知年原本在不远处看书，一抬头就看到她正往深水区而去，他没敢直接喊她的名字，怕她被吓到之后直接栽进水里，打算走过去再提醒她。谁知他还没站起来，那边付云意脚下的石子松动了一下，她脚一滑，整个人就消失在了岸边。

离她最近的祁景整个人都呆住了。

付云意不会游泳，掉下去的时候就觉得自己不停地往下沉，脚下完全触碰不到池底，也不知道这一片水到底有多深。她尝试着挣扎了两下，努力往岸边靠，可是头好巧不巧地撞在了一块凸起的坚硬石头上，整个人顿时没了意识。

祁景的游泳技术也不佳，反应过来之后，扔了鱼桶就疯狂地喊"救命"。好在失去意识之后，付云意因为不再挣扎而止住了往下沉的趋势，赵知年跑过去时，还在水面上隐隐约约看到了一片她的衣角。他估计了一下救人的难度，以一个标准的入水姿势跳了下去。

那片区域说大不大，说小不小，付云意掉下去的地方虽然离那条小路很近，但是他没办法背着她爬上去，只能先游到浅水区，再游到岸边。岸边的沈桉等人赶过来接应，几个人合力，总算把付云意弄到了岸上。

几个人都不知道溺水抢救的方法，他们只能当场拿出手机搜索，然后试图让她先把呛的水吐出来。

付云意一直不醒，祁景急得不停地埋怨自己，不应该答应付云意和她搞什么捞鱼比赛。其他人也都是小孩子，从小到大磕磕碰碰虽然不少，但都没经历过这么大的事情，阮时直接控制不住地哭了出来。

哭声传到赵知年的耳朵里，他看了看付云意身边挤作一团的人，背过身去悄悄地走远了。只有他自己知道，他的手其实还是抖着的。

他在后怕。

救护车到得还算快，送到医院没多久，付云意就醒了。

秦欢被送回家，其他几个人也都找家长通报去了，付云意刚睁开眼睛，模糊世界还没聚焦，就对上了赵知年那双冷冷的眼。

他表情平静，一双眼睛凉得没有一点温度。

付云意畏惧地眨了眨眼。

赵知年的形象其实很狼狈，衣服还没干，头发也湿漉漉的，身上披着一条大白毛巾，换作别人，付云意一定觉得这形象很滑稽，但是放在赵知年身上，她就觉得那白毛巾非但毫无喜剧效果，反而让他有点像死神，马上就要找她算账那种。

她开始努力回想自己是不是掉下去的时候大脑发昏把赵知年也一起拖下水了，但好像事发的时候他们之间离得挺远的啊。

赵知年一言不发，付云意越来越疑惑，开始观察起他的脸。

这是什么表情啊？

是生气还是不生气，是担心还是不担心啊？她是不是应该说点什么稍微缓和一下气氛啊？

她还在绞尽脑汁进行头脑风暴的时候，那位披着白毛巾的"死神先生"终于发话了，他叫她的名字："付云意。"

他的语气太严肃，付云意下意识地想敬个礼，再答一声"到"。

赵知年的语气也凉凉的："这就是你争强好胜的方式？把自己争到十米深的水里去？"

这下她总算听出赵知年现在到底是什么心情了。

在和他相识一个月，在她进行各种暗戳戳的语言和小动作攻击都无法激怒他后，她付云意终于因为在水库捞鱼失足落水这种听起来就丢脸丢到太平洋的事迹，成功把这位"神仙"惹生气了。

Chapter 5

她当初为什么会脑子一抽莫名其妙讨厌赵知年？

太后悔了

01

附中国庆一共放了五天假，付云意在医院里躺了三天。

原本一天都不用躺，可这事实在是把沈女士吓坏了，她红着眼眶到了付云意的病房里，就看到自己的女儿正对赵知年装无辜："大……大哥，要不您坐会儿？"

付云意一抬头，母女两人脸对着脸，相看无言。

赵知年从付云意的学习榜样升级成了救命恩人，沈女士赶紧让人带赵知年去附近的酒店换了一身衣服，又把人送回了大院。她还没来得及问清楚事情的来龙去脉，付家父亲就回来了。

原本这个月他有太多飞行任务在身，是没空回家的，听闻了这件事，立刻就请了假。

付云意舔了舔嘴唇，觉得这事现在好像有点麻烦。

解释起来有点麻烦，主要是这原因说出来实在是太丢脸了。

从小被教导要实话实说的思想主宰了她的大脑，付云意咳了两声，在沈女士打算扑过来关心她之前坦白："那个……爸、妈，今天这事……都是我自己'作'的。我本来是想捞鱼，实在没料到把自己也捞下去了，真的是太意外了！"

老付和沈女士："……"

最后，付云意被沈女士勒令在医院里躺了三天，就为了沈女士要求的，确保她的脑袋真的没有摔出问题。要不是她拦着，付云意觉得沈女士下一秒就能去精神科偷一套智力恢复测试题给她测试测试。

手机泡了水彻底报废，她连贪吃蛇都玩不了，百无聊赖地躺了三天。好不容易挨到回大院，付云意觉得天气晴朗、微风轻软，她这辈子就没见过这么好的天气。

原本以为怎么着也能有个欢迎仪式，再不济她也能收获众星拱月般的待遇，可没想到大院里安静得要命，什么动静都没有。

不仅如此，她还碰到了赵知年。

一瞬间，那位披着白毛巾的死神先生的形象又一次在她脑子里闪过，连同那句凉凉的指责。付云意没来由地打了个寒战，飞快地跑上了楼，半点病人的样子也没有。

赵知年皱了皱眉。

她跑这么快，看来是好得差不多了。

不过就她这动作，怎么看怎么像是故意躲着他，明明之前他们之间的关系才缓和了一点。看来那天他气急了，在病房里对她说的话太重了，又吓到她了。

少年在心里轻轻地叹了一口气。

和小姑娘相处都这么麻烦吗？

当天晚上，赵家的门被敲响了。

老赵和付云意的父亲一样，是民航公司的现役机长，排班紧的时候一两个月不回家都正常，老赵在家的时候，还有可能和邻里喝喝茶、下下棋、聊聊天之类的，他不在的时候，一般也没什么人会敲门，更别提特意找赵知年。

赵知年问了一声"是谁"，就听到一道细细软软的声音。

"知年哥哥，是我。"是付云意的声音。

赵知年把门打开，就见付家一家三口齐齐整整地站在门外，付云意捏着一张薄薄的纸站在中间。

见到他，沈女士冲他礼貌又慈爱地笑了一下，伸出手推自己女儿的肩膀："你愣着干吗？说话啊。"

小姑娘梗着脖子，好像在下什么决心一样，赵知年搞不清楚情况，只能安静地等着。

下一秒，整条走廊里响起了小姑娘含着点委屈一字一句念检讨书的声音。

"针对三天前京郊水库不小心落水一事，我付云意在今天深刻检讨我自己，要检讨的主要内容有以下三点。

"第一，我不应该狂妄自大，缺乏安全意识，在管理员叔叔给我救生衣的时候拒绝他，我……"

赵知年听到这里，实在没忍住笑了出来。

不出意外地，小姑娘把脸从那张纸后露出来，凶巴巴地瞪了他一眼，实则一点威慑力也没有。

赵知年的笑容似乎扩大了一点。

小姑娘的腮帮子鼓得似乎更厉害了。

那天被父母赶鸭子上架的付云意在赵知年家门口念了整整三分钟的检讨书，丢脸丢到一定境界之后已经完全不在乎了，甚至念完之后，她还认真地问赵知年："知年哥哥觉得我写得怎么样啊？"

赵知年笑着，说的却是她意想不到的事情："写得很好，其实我也要和你道歉。那天你醒来后，我说的那些话有点重了，你不用放在心上，对不起。"

国庆假期的最后一天，就在付云意和赵知年两个人互相鞠躬道歉中结束了。

大院里的小孩们像是集体得了失忆症，谁也没再提那天水库发生的事情，该怎么玩还怎么玩，和从前没什么两样。

变了的人只有祁景一个。

连续一周在附中门口看到祁景之后，付云意才觉出他有点不对劲。

她故意绕到他后面，然后拍他肩膀打招呼："怎么回事？你又接到你母亲大人的命令来这里保护我的安全了？"

祁景含含糊糊地道："嗯……是……"

一见付云意挑眉，他又赶紧说："也不是。"

他一副"我很不对劲"的样子，又什么都不说出来，付云意觉得青春期少男的心思真是太难猜了。

她就陪着祁景站在附中门口，两人如同两棵活体迎客松。

放学时间过了一阵，眼看着学生走得差不多了，祁景还没有要走的意思，付云意不耐烦起来："祁大爷，您到底要干吗，给我个准信啊？"

祁景执着地诠释着"沉默是金"四个字。

要不是突然看到秦欢走出来了，付云意绝对会头也不回地回家，让祁景一个人在这里发疯。

那天晚上，秦欢说有事没和她一起出门，此刻付云意看见秦欢，赶紧举高了手喊她的名字："小欢欢，你怎么才出来呀？"

她边招手边跳起来，根本没看见祁景眼里放出了光。

秦欢没料到付云意会在学校门口等她到现在，心里又开心又感动，小跑两步到他们身边，轻声解释："物理小组那个指导老师叫住我，和我谈了一会儿话，就是这次月度测试的事情。"

前两天刚考完试，付云意没想到附中判卷效率如此之高，笑着逗她："那他干吗单独找你啊，不会是你理综考了全校第一吧？"

秦欢犹豫了一下，最后还是因为不会骗人而老老实实地点头承认了："是的。"

付云意的"彩虹屁"张口就来："太厉害了小欢欢，你太厉害了！

"我这样的学渣坐在你身边简直玷污了你身上神圣的理科光环，我觉得我不配当你的同桌！"

她说的其实是玩笑话，但是秦欢一下就急了，她拉住付云意的校服袖口，着急地开口："谁说你不配！你有什么不会的题，我都可以给你讲！物理什么的，只要认认真真学，其实很容易的。"

付云意觉得她既认真又可爱，刚想捏捏她的脸，再应一句"好"，身旁站着的那个表演了一晚上"沉默是金"的青春期少男突然插了一句话："那我有不会的题也可以问你吗？"

付云意和秦欢同时偏过头来看他，就见祁景面不改色，扯谎扯得那叫一个自然流畅："我物理也不太好。"

付云意一脸疑问。

上学期期末物理考了满分，蔑视地说"初中物理都是垃圾"的那个狂人是谁来着？

付云意最看不惯这种学霸扮演学渣的戏码，尤其那人还是和自己从小混到大的，她张口就想拆穿他："祁景你放……"

后半句阻断在祁景给她的眼神里。

她没见过那样的眼神，求人意味简直不能更明显，好像只要她不把这句话说全，明天她要星星，他都能马上搭梯子上天给她摘。

付云意咳嗽了一声，说："祁景你放……放松点，小欢欢的物理成绩这么好，初中物理对她来说肯定是小菜一碟，对吧？"

秦欢这才想起来祁景就是那天问她公式钓鱼可实施性的男生，果然和他给她的第一印象一样，他十分好学，她配合地点点头："嗯，你有什么问题也可以问我。"

祁景咧着嘴把手机递过去："我们交换一下电话号码吧，这样沟通也方便点。"

付云意心里那种不对劲的感觉更强烈了。

她就算对这种事情再迟钝，此刻也能感觉到祁景对秦欢说话时那种不一样的感觉，再结合刚刚她打算戳穿他时他的眼神，还有现在交换手机号码时殷切的表情，她突然就明白了。

扯什么他妈妈让他保护她的人身安全啊，这位少男怕是一开始的目标就是秦欢吧？

付云意在心里冷笑，面上装作什么都没看出来的样子，甚至助攻了一下："我这个弟弟很喜欢学习的，尤其对物理特别感兴趣，小欢欢你有了他的电话号码之后，可以和他多多交流呀。"

祁景看她的眼神里满是感激。

几个人各回各家，祁景和付云意并肩走回大院，高兴得想放声高歌。但付云意完全不给他这个机会，她凉凉地瞥了他一眼，祁景顿时有一种自己那点少男心思都被她看穿了的感觉，脸颊上猛地窜上点红意。

付云意意味深长地道："你加油呀。"

祁景回味了一下这四个字，觉得怎么听怎么不像一句好话。

月度测试结束之后的第二天，老王在早自习的时候提醒大家各科老师都已经改完了试卷，就差最后的合分统计，大概下午就会出成绩，让大家做好准备。

没什么可准备的，班里瞬间一片哀号。

考试之前，大家还抱着"毕竟是高中开学以来的第一次考试，老师们出卷肯定会手下留情"的心理，没想到上了考场，大家就感受到了全体老师的"诚意"。

那些题出得也太不客气了点。

付云意走出考场的时候，听到有人自言自语："我这是选修了日语吗？为什么卷子上的题干都不说人话呢？"

付云意对语文和英语向来很有把握，数学对她来说又一直是搞不懂的科目，所以心态非常放松，甚至中午买奶茶时还多加了一份布丁。只可惜下午她还没来得及坐在自己的座位上一边品着奶茶一边迎接教务处送过来的成绩单，就被老王叫去了办公室。

付云意去办公室的次数实在太多，起初还会怀揣着点不祥的预感走得畏畏缩缩，现在已经轻车熟路，连步子迈得都大步流星。

办公室里又是只有老王一个人，付云意刚走进去，老王头都没抬，一声气壮山河的"你明天把你家长给我叫过来"就传了过来。

付云意眨了眨眼睛，试探性地问："那个……王老师……我是不是来早了？"

老王终于肯抬起头看着她："没有啊，说的就是你。"

"付云意，明天把你家长给我找过来！"老王把一张看起来像是成绩单的东西摔到她面前，"你自己看看你考的这是个什么玩意！"

老王看起来真的很生气，付云意不敢乱开玩笑，赶紧拿起成绩单，深吸一口气，从底部往上找自己的名字。

过了十个没找到，她心里舒了口气。

不错，还没沦落到倒数十名。

再往上看十个，还是没找到。

再往上看五个，还是没有。

班里一共四十二个人，付云意严重怀疑这成绩单在打印过程中出了点问题。

总算在第十七名的位置找到了自己的名字，付云意一行一行成绩看过去，语文 132 分，英语 149 分，理综 201 分，文综 252 分，数学……

哦，32 分。

历史最低。

可喜可贺。

见她已经看到自己的成绩了，老王努力让自己平静下来，问她："付云意，你有没有什么想说的？"

付云意深深地鞠了一个躬："老师，您相信我，我明天就把我家长叫过来。"

老王一脸问号。

付云意简直是他从业十几年来遇到的最大的拦路虎、最强的滑铁卢。

02

回家后，付云意发现父亲难得在家，还给她做了糖醋鱼。她把书包放在沙发上，换了家居服，洗好手之后坐到餐桌旁的椅子上，双手托着脸看着老付卖萌。

付承最受不了自己女儿这样，笑着问她："小意怎么了？一条鱼不够你吃？那爸再给你做一条。"

付云意乖巧地摇了摇头："不是这事，是别的。我们今天发月度测试的成绩了。"

老付一副了然于胸的样子："考砸了？需要我配合你瞒着你妈？没问题！"

付云意："也不是……"

老付表现得这么自然，她看起来像是经常做这种事的人吗？

"没考砸，考了第十七名呢，年级前五十都进了，就是……喀喀，就是数学考了 32 分，我可能还没给你说过我们班主任，他是那种壮硕猛男，相扑冠军种子选手那种，特别凶。他对我的成绩非常不满意，瞪了我一天了，我怕他明天找个机会打我，爸，你跟我去学校保护我吧。"

老付和端着菜从厨房出来的沈女士都一脸疑惑。

付云意恳切地道："事情就是这么个事情，你们女儿的人身安全现在处于非常危险的状态，急需我爸的帮忙！"

老付轻咳了两声，开口时带了点愧疚："可是爸爸明天有任务，没办法过去，你要是这么担心的话，要不我帮你给你班主任请个假？"

最后还是沈女士去会见了一下老王。

进学校的时候，母女两个人像做贼一样，进去之后就果断地进入了"我们两个谁也不认识谁"的角色扮演游戏。毕竟因为数学分数太低而被请家长，付云意觉得自己可能是附中第一人。

老王没和沈女士聊很长时间，一个课间休息的工夫，沈女士就从办公室出来了，面色还有点凝重。

付云意心里一下就没底了。

原本家里人是完全不管她的学习的，她从小都没接受过那种"考到前×名就给你买东西作为奖励"的教育，家里人一致觉得她学成什么样都无所谓，付云意自然也从来没有惧怕过家长会。但是这次，她第一次看见沈女士在学校里露出凝重的神情。

付云意忍不住想老王到底说她什么坏话了，不会把她开学第一天在厕所里玩贪吃蛇的事情也说出来了吧？

她还在胡思乱想，就听见老王靠着后门的墙壁叫她："你干吗呢，付云意？马上就要上课了！"

她回过神来，赶紧回到自己的座位上坐好。

老王才没她想的那么无聊。

沈女士面色凝重是因为她知道老王说的都是心里话，他是站在付云意的角度为她着想。他给她看了（9）班的成绩单，然后痛心疾首地说："我真的没有见过偏科这么严重的学生，之前所谓偏科，也是理科强文科不强，或者文科强理科不强，像付云意这样语文和英语尤其强，其他科目在中上游水平，只有数学这么差的，我还是第一次见。

"所以我相信付云意一定不是她自己说的什么不懂数学，就是没办法提高成绩，这是不可能的，她就是不喜欢学。

"我一般不会给学生家长许诺你家孩子之后一定能上顶级的大学，这话其实没什么用。但是对付云意这个孩子来说，只要她找到了学数学的方法，她对数学感兴趣、肯好好学了，她的未来真的非常可期。"

老王说得掏心掏肺，沈女士也难得认真地反思了一下。

以前她不是没发现付云意数学差一截这个问题，起初她也学着别人家教育孩子的方法尝试着给付云意报了几个补课班，但是效果约等于无，不仅如此，付云意似乎对数学更厌恶了。

后来听说她去了那个什么数学小组，沈女士还以为她是想好好学学数学，但这股劲头没持续多久，才第一次月度测试就变成了这个样子。

沈女士回到大院之后很惆怅。

工作日的下午，大院里很安静，只有赵知年支了张小桌子在树下写写画画。她本以为少年又是在研究棋谱之类的，走近了一看，才发现桌子上摆着的是和高考有关的一些练习册，他正在做数学模拟卷。

沈女士这才想起来赵知年明年要参加高考。

像他这种段位的围棋手，其实完全可以以高水平运动员的身份去国内顶尖大学进修，但是赵知年似乎没打算走这条路，而是参加文化课的统一考试。

关于赵知年的成绩，沈女士其实并不了解，就隐隐约约记得他父亲曾经提过，虽然他初中时就没有再去学校跟着其他人一起学习，但是每次考试，他都能轻轻松松地拿到年级第一。

想到这里，沈女士试探性地问赵知年："知年啊，阿姨想问你一下……你数学怎么样？"

赵知年下意识地看了一眼自己放在桌面上的那套数学模拟卷，礼貌地回道："还可以，并不算优秀。"

明明那张改了一半的卷子上都是红色的钩，沈女士一时间都没有找到哪里做错了。

三番五次麻烦他，沈女士也有点不好意思，又试探性地问："不知道你有没有时间，偶尔帮我们家小意辅导一下数学？我今天被他们班主任叫去，说她这次月度测试数学才考了32分，和其他科目比起来可以说是非常差了，可是她又不喜欢上补课班，之前上过，效果也不好，不知道是不是因为自己学不好受欺负或者自卑了……"

她的话还没说完，赵知年就不由自主地想起了他第一次去附中找她时，小姑娘的脸颊和鼻尖都红红的可怜样子。

他问她是不是受欺负了，那时候她跟他说什么来着？

她说她的同学都看不起她，但是她会好好努力的。

心突然软了，明知道这事多半又是给自己找麻烦，赵知年还是答应了下来："好啊，我会尽力的。"

周二晚上没那个要命的数学小组活动，付云意一到家，就发现餐桌上摆满了丰盛的菜肴。

可老付早上才走，不可能晚上就回来，付云意把疑惑的目光从那些饭菜上挪开，就看到了坐在沙发上的赵知年，他手里还拿着一张"祖国江山一片红"的卷子。

那卷子她可太眼熟了。

那不就是她的月考数学卷子吗？

沈女士跟她解释，说找了赵知年来帮她辅导数学，付云意心里只剩下一句：果然，一个人的丢脸是无止境的。

她不再去参加数学小组活动，空出来的时间去赵家接受赵知年的数学辅导。原本付云意也想拒绝，可一想到自己和赵知年这一个多月来的纠缠，觉得实在没必要自找麻烦。

况且他起码还长得好看，大不了就当是欣赏帅哥的同时接受数学熏陶了。

付云意抱着敷衍的心态，赵知年却用了心。

第一堂课，赵知年拎着那一张惨不忍睹的数学卷子，把她每一道错题的错误点都总结了出来，还拿了一张纸让她写错误原因。

付云意不知道他葫芦里卖的什么药，老老实实地按他说的做，写完之后就发现他还买了新的练习册，要她做他画出来的那些题。

对上小姑娘错愕的眼神，赵知年忍不住解释道："可能因为从小学围棋，我遇到问题会下意识地分析出现问题的原因。比如这一次你因为算错数做错的题就有五六道，剩下的就是一些因为知识点掌握不够牢固而做错的，我觉得这些问题都非常好解决，只要你肯相信你自己。"

数学真的是困扰了付云意十几年的一个问题。

不知道哪里来的传言，说是班主任教哪一科，那么班里的人那一科成绩就会好一些，付云意觉得这句话可真是扯淡，她从小学到高中换了五个班主任，全是教数学的，每一个都没能拯救她的数学。

临近中考的时候，她的班主任用一种放弃般的语气对她说："付云意，你的数学也就这样了。"

自那之后一直到中考，付云意没做过一道数学题。

至于那些补课班的数学老师，见到她的第一句话都是"没问题的""肯定行的""绝对能提高成绩"……

付云意从来不信这些随口说出来的许诺。

当那个向她许诺的人变成了赵知年，她却莫名地相信。

可能有的人天生就给人能信任的感觉吧。

付云意轻轻应了一声，然后拿过那本练习册，认认真真地看着那些复杂的题干，努力找解题的思路。

那就试试吧，万一像他说的那样，其实都很好解决呢？

03

数学成绩没那么容易提高，期中考试都过去了，付云意的成绩仍旧不见起色。因为突然增多的见面机会，付云意和赵知年的关系好像在飞速变好。

她终于肯承认，赵知年这个人和"装"这个字一点关系都没有，他完全不需要装。

他就是优秀。

他就是琴棋书画样样精通，好像就没什么是他不会的。

他甚至能一边让她在一旁有针对性地做数学题，一边在另一张桌子上复盘新一轮围棋世锦赛的比赛棋谱。他给她限定了做题时间，付云意本想在手机上设置一个倒计时，没想到赵知年拒绝了："你做你的，到时间了我会叫你。"

他半点也没有记时间的样子，等到他告诉她"时间到了"的时候，她偷偷看了一眼手机，竟然真的一分不差。

付云意认真地问："您是吃钟表长大的吗？"

赵知年一脸茫然。

付云意"狗腿"地把自己的练习册递上去："当我什么也没说。"

赵知年没和她计较，低头看起了她的练习册。他似乎很容易就能进入一种很专注的状态，帮她改题的时候他微微蹙着眉头，另一只手有意无意地叩着桌面。

付云意看了一眼他的手，帅哥果然哪里都好看。

她实在是无聊，便拿出手机给秦欢发短信："小欢欢，在吗？"

秦欢很快回了一句："怎么啦？"

付云意问："你还记得我们国庆一起出去玩那一次吗？那么多男生里，平心而论，你觉得谁长得最好看？"

隔了一分钟那边还是没回复，付云意以为秦欢不认识那些男生或者不好意思，干脆直接问："你觉得赵知年长得好看吗？就是救我的那个男生。"

这次秦欢回复得快了一点："好看。"

付云意高兴了，弯着嘴角回道："嘿嘿嘿。"

秦欢下一条短信过来得也很快，一本正经的语气："小意，你才刚上高中，可不能早恋呀。"

这时赵知年看完了她做的所有题，抬起头来冲她笑了一下："这一组做得不错。"

赵知年很少露出这种真心实意的笑。

付云意平时见到他的样子都是面无表情的,偶尔礼貌地弯一弯嘴角,笑意也不达眼底。这抹笑容和秦欢刚刚给她发的"老母亲操心"短信的作用叠加在一起,付云意手一抖,手机就被甩了出去。

真是太巧了,甩到了赵知年的脚旁。

付云意瞄了一眼依旧亮着的手机屏幕。

丢脸果然是没有止境的,她应该把这句话奉为人生格言。

赵知年捡起手机递给她,付云意接过来,此地无银三百两地说了一句:"那个……那个什么,你别信,我们是开玩笑的。"

其实根本没看到手机屏幕上有什么的赵知年疑惑地"嗯"了一声。

冬天悄无声息地来了,北京的冬天没有北方那么寒冷,但羽绒服还是必需的。这种日子起床变得越发困难,付云意设置了五个闹铃,再加上祁景坚持不懈地给她打上十个电话,她才慢吞吞地从被窝里爬起来。

因为这一年的春节有点早,期末考试也会相应地提前,原本存在于期中考试和期末考试之间的第二次月度测试被取消了,付云意一大早上听到了这个好消息,高兴得当场就把做到一半的数学卷子丢进了桌肚,拿出她买了很久却还没来得及看的英语杂志。

秦欢看着她这一系列行云流水般的动作,忍不住软声提醒了一句:"期末考试还是照样要考数学呀,而且你现在可是老王的重点关注对象。"

"这你就不懂了。"付云意挑了挑眉,像大哥揽着小弟一样搂过秦欢的肩膀,"知不知道有个词叫及时行乐呀,小姑娘?"

秦欢无力反驳。

其实老王最近也没怎么找付云意的事、挑她的刺。

付云意最近上数学课时简直太乖了，让记笔记就记笔记，让做作业就做作业，像被什么附体了一样，老王心里既高兴又疑惑，但又实在不知道该问什么，生怕把她那点好不容易展现出来的好学心理问没了，只能每天慈眉善目地对她笑，笑得付云意心里发慌。

英语课结束后，是原本用来跑步和做操的大课间，因为冬天气温低，学校也就停了这项活动。学生会文艺部的人拿了一大摞传单一样的东西走进来，一张一张传下去，付云意发现是年末元旦艺术节的传单。

元旦艺术节算是附中很有名的一个活动了。

主要还是学校肯花钱，每次都在大操场上搭舞台借音响，学生裹得严严实实地坐在操场中间和跑道旁边的阶梯上，荧光棒、闪光头饰随便买，甚至可以带KT板（一种泡沫板），架势完全不输小型演唱会。

付云意翻来覆去地看了几遍那张宣传单。

她心动了。

晚上，赵知年继续辅导她数学的时候，付云意顺便提了一下艺术节的事。

赵知年抬头看了她一眼，轻而易举就看穿了她的心思："你想参加艺术节？"

付云意佯装害羞，没有说话。

他似乎也觉得挺有意思，放下练习册，问她："你打算表演什么节目呀？"

付云意装出一副自暴自弃的样子："我能表演什么呀？无水钓鱼，然后掉进池子里，还是小提琴、钢琴瞎弹装修曲目二重奏？"

她说话是真的有趣，和她聊天的时候，他总是忍不住想笑。赵知年忍了忍，认真地给她出主意："这有什么难的，你要是有什么想表演的节目，但是又不会的话，我可以教你。"

付云意听了这话，突然想到了一句话，叫"在某个瞬间，我看的小说男主有了脸"。

不错，此时此刻的赵知年，就是《绝世帅男爱上我》里那个绝世帅男。

此刻，赵姓绝世帅男还完全不知道她心里的那点想法，认真地给她提起了建议。

付云意没有演下去，跟他坦白自己早就报名了的事情，只是还需要他提供一点乐器方面的指导。虽然附中艺术节形式很自由，但是在选歌方面老师们还是极其保守的，听说前年一个学长拿着吉他打算唱一首舒缓的情歌，但是连副歌都没唱到，就被校长一脸冷漠地拔掉了话筒连着音响的那条电线。

她吸取了教训，决定和他人配合高歌一首励志歌单必备、正能量爆棚的歌曲——《向往》。

原版的歌里伴奏用到的乐器本来是以小提琴和钢琴为主，赵知年想了一下可操作性，决定教她用小提琴拉出几个基础的和弦音当作伴奏，难度不算太大，还能满足她想要展示自我的愿望。

数学课变成了乐器教学课，为此，付云意又从自己家里搬来了那把快积上灰的小提琴。

沈女士当初猜得一点没错，付云意对小提琴的热爱并没有超过三天。在对着据说是零基础也能拉出来的《生日快乐歌》刻苦钻研了三个晚上后，她屈服于自己毫无起色、依旧听起来像是起重机拉扯钢筋一样的美妙技艺之下。

当时付云意安慰自己，仙女也不是完美的，术业有专攻嘛。

一定是她和小提琴不合适。

所以赵知年让她先做一个最基础的 C 调和弦出来时，付云意迷茫地看了他一眼："什么 C 调？什么和弦？"

赵知年耐心地解释了一下："沈阿姨不是说给你找了小提琴老师吗？

你先让我看一下你现在的水平。"

"哦——"付云意拖长了尾音,"我的水平你不是知道吗?"

赵知年:"嗯?"

"就……就那天在石榴树下,阮时不是借了你的小提琴吗,我不是顺便给你演示了一下吗……我现在就是那个水平。"

赵知年:"嗯?"

付云意缩了缩脖子,觉得要是那两句是别人跟她说的,她可能现在就按捺不住要打爆那人的头了。可是赵知年还是一副十分耐心的样子,帮她把琴抬起来放在肩膀上:"那我教你。"

付云意觉得不可思议,说:"哎,等等……你不生气?不想打爆我的头?"

赵知年心想:这又是什么他无法理解的想法?

他懒得问了,知道只要他不说话,小姑娘过一会儿就会自己给他解释,但解释他没等到,倒是等到了又一句真情实感的夸奖:"赵知年,你脾气可真好。"

赵知年:"……"

"你脾气可真好"这句话,在接下来的一周里被验证了无数次,具体表现为:她用小提琴拉出的声音很难听,他也不生气;她本人自暴自弃,他都不放弃;教了好些天却毫无成效他也不失落。

神仙的脾气可能也是神仙级别的。

付云意是真的和乐器这类玩意不搭调,完全没有乐感,找不着节拍,握琴姿势僵硬得如同冰雪大世界里的冰雕,没有一点美感。学数学的时候,她起码还能记住那些基础公式,做题的时候再照猫画虎地用上,到了小提琴这儿,她连照猫画虎都不会。

手腕都是那么动一动,手指都是那么压一压,脖子都是那么扭一扭,怎么赵知年那把琴发出来的声音就那么自然又动听，到她这儿就又是装修现场？

付云意感到很挫败，扯了扯赵知年的袖口："你觉得我现在跟文艺部说我退出还来得及吗？"

赵知年的身体猛地僵硬了。

付云意这人自来熟，来过他家这么多次，早就把这儿当成了自己的第二个老窝，一不高兴就在地板上盘腿一坐，鼓着腮帮子生闷气。这会儿她就坐在地板上扯他的袖口，一双眼睛湿漉漉地看着他，像森林里的迷途小鹿。

他不着痕迹地避开她的目光，嘴里说着千篇一律的鸡汤："不用退出，离成功已经很近了。"

赵知年的鼓励政策对她似乎特别有用，付云意一骨碌从地上站起来："真的？"

假的。

他想着能不能用更简单的方法把几段独奏的背景音乐弹出来，换一种方式教她。

附中艺术节留给他们的准备时间并不多，满打满算只有一周半，现在已经不剩几天了，付云意突然淡定了起来，接过他的话说："没关系，尽力就好啦。"

赵知年点点头，突然听见她又问了一句："那赵知年，你那天会不会去啊？"

不知道她这句话是什么意思，赵知年疑惑地挑眉。

"虽然说只有附中学生才能进去，但是真到了那天管得根本不严，我把校服外套借给你，你披着就能进去！"她说了一通，又问他，"所以，你去不去呀？"

又是那双湿漉漉的眼睛，眸底清澈，似乎真的没带上任何其他情绪。

赵知年知道艺术节举办的时间，那一天按惯例，他是要按照外公的嘱咐去棋室看一眼的，在此之前，他从来没有答应别人什么事情又反悔，可是一对上付云意那双眼，他鬼使神差地说："好，我去。"

想了想，他又问了一句："祁景他们也去吗？"

付云意瞪大了眼睛，疯狂摆手："当……当然不去！万一我演砸了呢，那得多丢脸啊，我花了十几年才建立起来的绝对威严岂不是一下倒塌了！不过你就不一样啦，反正我在你面前脸已经丢尽了，不差这一回。"

赵知年又被她逗笑了。

04

附中元旦艺术节那一天，整个操场堪称锣鼓喧天、鞭炮齐鸣。

前一天舞台就已经搭建好了，这会儿正在试音，付云意拿到了晚上的表演顺序，可能是她的节目深受校领导的喜爱，给她排到了第三个出场，跟她搭档的男生是一班的，江湖人称"附中金嗓子"，两个人倒是有模有样地排练了两次，付云意对他这个江湖称呼严重存疑。

上场前她有点紧张，看向自己的搭档，企图从他身上找到一点安慰："我们一定没问题的，对吧？"

男生看了她一眼："我觉得不一定。"

付云意："啊？"

还有这么安慰人的？可真是另辟蹊径、别具一格呢。

五分钟后，主持人报幕，轮到他们两个人上场，付云意完美地拉完了开头的一段小提琴独奏，男生举起话筒飙出第一个音符的时候，她才意识到上台前他那句根本不是在安慰她。

确实是实话啊。

这位金嗓子大哥唱得未免也太感人了一点，不知道是因为过度紧张还是自身实力不济，当场跑调、忘词、破音三连击，付云意就算再怎么超常发挥，也完全拯救不了这哥们儿稀碎的表演，中途她恨不得把小提琴丢地上，抢过他的话筒自己来。

一个正能量的节目就这么变成了调动气氛的搞笑节目。

谢幕下台的时候，付云意一句话也没说，脸上面无表情，脚上三厘米高的小皮鞋把铁质梯子踩得砰砰作响。那个男生跟在她后面，张了张嘴想说点什么，但是看到她拒人千里的气场，暂时把话憋了回去。

丢脸倒是没什么，毕竟她这场算是练习以来发挥得最好的，丢脸的人也不是她。

她就是心里堵着，不舒服。

怎么说也是辛辛苦苦练了小半个月，还挑战了自我的项目，当然希望有个好结果。当初和他合作也是学生会文艺部给她安排的，说是特意给她找的高水平选手，结果最后就成了这个样子，活像一场闹剧。

舞台上那块巨大的 LED 板后面就是简陋的后台，付云意想找到自己的羽绒服披到身上，刚走到后台，就看到了拿着自己羽绒服正等着她的赵知年。

有些情绪好像一下子就忍不住了。

让赵知年过来才是她最后悔的。

她宁可叫祁景、阮时、沈桉他们过来，没准他们还能一边吐槽那位大哥"美妙"的歌声，一边赞颂她的绝美小提琴表演，可她偏偏叫了赵知年。

他会不会也觉得失落，甚至是失望啊？

付云意突然不太想面对他，可是自己的羽绒服又在他手上，她只能低着头走过去。

赵知年看到平时趾高气扬的小姑娘此刻像一只小鹌鹑一样朝他一步一步蹭过来，以她争强好胜的性格，表演被搞砸了一定不开心，他把手掌放在她头上安抚性地揉了揉，像是小时候逗外婆养的那只小猫一样：

"没关系，你今天晚上做得已经很好了。"

付云意一抬头，眼泪一下就冒了出来。

她哭得完全不受控制。

其实她自己都觉得莫名其妙，可她就是想哭。

她未免也太悲剧了一点，这种倒霉事都能被她遇上，以后她看到"艺术节"三个字估计都会有心理阴影，再也不想展示个人才艺了。

她动作缓慢地穿上自己的羽绒服，看着赵知年，难得没叫他全名，而是说："知年哥哥，我难受。"

赵知年抿着嘴唇，没回话。

那种护短的情绪因为小姑娘哭得上气不接下气的样子而从心底疯狂地冒出来，甚至滋养出某种不受控制的戾气。

那个跑调、破音、忘词三连的小子跑哪儿去了？他现在就想找他打一架。

赵知年也不知道到底应该说点什么，十八年的人生里安慰小姑娘的经验实在是一点都没有，他只能笨拙地握住她的手腕："不在这里待着了，我带你去别的地方玩。"

付云意点了点头，她也不想在现场看别人的精彩表演，尤其是唱歌节目，别人唱一句，就好像往她心里扎一刀。

和赵知年一起离开的时候，付云意突然有点期待他会带她去哪里。

坐上公交车的时候，她认认真真地研究了这一路的站名，最后看到了一个看起来比较像目的地的站，歪着头问赵知年："你要带我去游乐场？欢乐谷好贵，现在去不太合适呀。"

赵知年没说话，带着她转了两趟公交车，到了一个她从未去过的地方，下车又走了七八百米之后，付云意看了一眼面前建筑上的牌子，上面写着四个字：之行棋室。

棋室？

赵知年，不愧是你。

赵知年平静地从口袋里拿出了一串钥匙，按下按钮把卷帘门升了上去，拧开玻璃门上的锁就带着付云意走了进去。

从外面看只有一家奶茶店那么大的小门面，付云意一走进去却发现棋室里的空间其实很大，甚至有楼梯通向复式的二楼。

整个一层放了十来张矮桌，桌上都摆了空棋盘和两盅棋子，屏风隔断前面的桌子上还点着未燃尽的香，墙壁上错落地挂着一些书法作品。付云意对陌生的环境都特别好奇，在棋室里转了好几圈，恨不得看遍每一个角落。

赵知年解释了一下为什么会带她来这里："游乐场这会儿应该没什么设施可玩，室外公园又有点冷，就带你来棋室了。这里算是我长大的地方，应该……还挺好玩的。"

付云意看了一眼手上的《围棋进阶棋谱》，心想，觉得这里挺好玩的没准就你自己。

赵知年坐在一张矮桌前，执着一颗黑子敲了敲桌面，问她："要不要试试和我下一盘棋？"

付云意下意识地就想拒绝。

她对围棋的印象还停留在小时候看过的动漫，里面的人感觉都智商超群、天赋异禀，对着在她看来平平无奇的局面能分析出一大堆东西来，看完之后，她只觉得自己可能就是来世上凑数的。

赵知年给她讲了讲基本规则："小时候玩过五子棋吧？前半部分的规则是一样的，一方执黑一方执白，每一次走一着，棋子必须放在线与线的交叉点上。每一颗棋子周边的四个点是棋子的'气'，只有有气的棋子才能留在棋盘上，没气的棋子必须从棋盘上拿走，最后占得多的那一方获胜。"

付云意点了点头，表示听懂了。

"你自己和自己玩吧，我的水平太差了，不配和你这样的高手下同一盘棋。"

主要还是丢脸丢得太多了，她都丢累了。

赵知年倒也没勉强她，从棋室抽屉里拿出一台平板电脑给她玩，然后自己在手机上找到"LG 杯"九月份决赛的对弈视频，复盘了起来。

付云意没玩平板电脑，就坐在不远处看着赵知年。

每张桌子上都吊着一盏散着光的小灯，少年垂眸思考，偶尔抬头发现她在看他，以为她是对这盘棋感兴趣，就轻声给她讲了几句。

"你看现在正在下的这步，其实通常黑 16 应该改在 17 位挡较为有利，像这样的下法，黑 16 应该算是缓着。

"黑 22 可以 23 位扳，看形势是把右边的星号棋的一子放弃了，黑 22 因为恋了这一子而被白 23 位冲出，上面黑空因此减少了很多。

"黑 26 这一步算是有些失误的一着。像这种为救一子而背上包袱的下法不是很聪明，埋下了后患。黑 26 走 30 位或者 A 位更好……"

为了照顾她，他尽量解释得通俗易懂，但付云意依旧一句话也听不懂，听得云里雾里的，却还是偏着头认真地听着。

棋室里只有他们两个人，却也不觉得空旷，赵知年声音低缓，让她突然意识到原来他的声音是这么好听。

这是赵知年的世界啊。

这个世界和付云意置身的那个肆意的世界一点也不一样。他的世界又沉又静，充斥着她不喜欢的元素，可是真正走进来了，她也没觉得有什么令人不舒服的点。

她分心看了一眼香坛，坛里的香已经燃尽了，还有丝丝缕缕的烟自下而上飘出，糅在空气里。赵知年面前那原本空荡荡的棋盘正随着那场比赛的推进被黑白两色的棋子一点一点占据，少年还没觉察到她的分心，依旧轻声分析着每一步的走法。

　　付云意托着腮，她从来没有如此感激赵知年的好脾气和不计较，然后忍不住开始思考起了一个严肃的问题：竟然会有人讨厌赵知年？还是她自己？

　　这人到底戳到了她什么点，她当初为什么会莫名其妙地讨厌赵知年？她现在后悔了。

Chapter 6

你是不是心情不太好啊？那你要不要抱抱？

01

那天，付云意和赵知年在棋室待到晚上九点多，才坐公交车回了大院。

刚进大院，付云意就看到了神色焦急的祁景，他逮到她就噼里啪啦地问："你去哪儿了？怎么这么晚才回来？"

付云意一脸茫然："我今天晚上不是参加艺术节吗，然后和赵知年去他的棋室看了看。"

祁景："哦……"

她这才知道原来祁景也偷偷地去了艺术节，结果他一直没有找到她，快散场时他看到了秦欢，然而秦欢也不知道她去了哪儿，还说她的节目出了点问题，心情肯定很不好。

付云意听完之后，佯装感动地点了点头，随即就一脸冷漠："然后呢？"

"然后反正也找不到你嘛，看秦欢也没什么事，我们两个就聊……聊了会儿天。"

付云意微笑着对他竖起大拇指："真有你的，这才是你想跟我说的重点吧。"

祁景看她有意把话题往这个方向引，整个人来了劲，十分不解地问："意姐，现在的小姑娘都这么难接近吗？她应该知道我和你是好朋友吧，我也没长着一张坏人的脸啊，聊着聊着我买点零食和奶茶什么的给她吃，这难道不是很正常的吗？为什么她就对我避之不及呢？"

付云意反问他："你换个角度想，我是你哥们儿的朋友，我和你认识了几个月，见面次数一只手能数出来。有一次，我突然和你在机缘巧合之下单独见面了，聊着聊着，我突然说要给你买杯奶茶，你会有什么想法？"

祁景斩钉截铁地道："她对我有意思！"

付云意挑了挑眉："这不就结了？"

祁景哀号一声，把头靠在了墙上："这事可太麻烦了，我还是先多问她几道物理题缓冲一下吧，再去搜索一下如何伪装成一个学渣。"

付云意冷嗤一声："你能有我麻烦？"

祁景嗅到了一股不寻常的气息，把头靠过来，如同在交换重要情报一般压低了声音："难道意姐您也……"

付云意学着他的样子靠着墙，冷风把她鼻尖吹得有点红，她说："我没有，我就是觉得我可能有眼疾，我有眼不识泰山，我慧眼不识珠，我反思、我检讨、我悔恨。"

祁景一脸疑惑地看着她把头偏过来，一本正经地问："我也有问题要问你。我想问，如何吸引青春期男生的注意？"

祁景："啊？"

在这个北京普普通通的冬日夜晚里，只有民航大院的北侧院墙知道，有两个人就"如何科学有效、自然不做作地吸引青春期异性的注意"这个严肃而深刻的话题讨论了一个多小时。

两个人给对方出了一堆可操作性基本为零的损招，最后谁也不肯采纳对方的建议，还顺手打了一个赌。

谁成功实现了目标，就给对方买一学期的早餐。

分别的时候，两个人对视了一眼，都看到了对方眼底燃烧着的小火苗。

这赌打得可太热血了，简直是为尊严而战的那种。

艺术节结束后，就迎来了元旦假期，这意味着期末考试也不远了。

期末考试不再是附中自己出题，而是区域十五所高中联合考试，排名也分为校排名和区域排名，力图让大家从高一开始就对自己的水平有个了解。

付云意从小到大对考试这件事就没有紧张过，倒是秦欢有点紧张，她觉得奇怪："月度测试和期中考试你蝉联第一，期末考试有什么可怕的呀？闭上眼睛考也能比我考得好。"

秦欢用黑笔在草稿纸上面画圈，犹豫了一下才说："我听说期末考试排名高会有奖学金，我想考高一点。"

付云意对秦欢的家庭情况其实没什么了解，听她这么一说，便明白了，"哦"了一声之后鼓励道："相信自己！"

两个女孩子对视一眼，都笑了起来。

期末考试前一天，老王临时开了一场班会。

付云意不用想也知道老王开这班会一定是为了鼓舞士气，说一堆"相信自己的能力，相信附中重点班的实力，相信每一个人都能考出好成绩"之类的口号，然后大家热血沸腾地奔赴考场。

她有一搭没一搭地听着，随手把自己的考场号和座位号塞到笔袋里，手上也没闲着，练起了英语作文标准字体。

虽然是全市联考，但是并不需要串学校考试，就在本校考，付云意因为嫌搬东西麻烦，元旦放假时，就把大部分练习册和教材搬回了家，只剩下一点模拟题、笔记和错题本，眼看着老王要收尾了，她把自己调整到放学铃一响起就冲出去的状态。

老王该说的都说得差不多了时，才想起来自己忘了一件事："这可能是我们高一（9）班最后一次开班会了，稍后我会让班长把文理科选择意向表发下去，等到返校的那一天，大家记得让家长在意向表上签字，然后带回来。"

本来有些喧闹的教室突然安静了下来。

付云意也后知后觉地意识到，一个学期已经过去了，要文理分科了呀。

班长接过那一摞表格，挨桌分发下去，一人两张，颇像一式两份的重要合同。

　　付云意和秦欢拿到表格的时候，秦欢突然看了她一眼，似乎想说什么，但又没有说出来。

　　付云意能猜到她想说什么。

　　是不是就要离开（9）班了？是不是不能再和她做同桌了？是不是以后连见面次数都会变得很少了？

　　拜付云意一骑绝尘的文科成绩所赐，大概所有人都认为她会选文科。

　　她看了一眼欲言又止的秦欢，笑了一下："先好好准备期末考试。"

　　秦欢点了点头。

　　因为是分科前的最后一次考试，所以依旧是九科全考，不过为了方便大家选择以后的方向，会按照文科榜和理科榜分别排出名次。

　　考试前一天晚上，付云意回家，在单元门口见到了似乎是在等她的赵知年。

　　他低声问她："明天就期末考了吗？"

　　付云意点了点头。

　　赵知年从口袋里拿出几颗糖，是之前她说好吃的那种奇异果味的水果硬糖，递到她手上："不要紧张，考试加油。"

　　虽然是逗小孩子一样的招数，她却特别受用，眯了眯眼，冲他笑得甜甜的："好呀。考好了会有奖励吗？"

　　她只是随口一问，赵知年却认真地答道："会。"

　　那天晚上，付云意的复习效率特别高，第二天早上出发去附中时，她觉得整个人神清气爽。

　　他给的糖她还一颗没吃，数了一下刚好五颗，对应语文、数学、英语、文综和理综五场考试。

她难得迷信了一回，每场考试发卷子之前压一颗糖到舌底，好像平白无故增添了点属于赵知年的沉稳和淡然气质。

　　期末连着考了两天半，第三天上午出校门的时候，付云意只觉得天蓝云白，天气好得和她从医院里出来那天有一拼。

　　祁景拎了三杯奶茶在校门口摇头晃脑地张望，付云意一巴掌招呼上了他肩膀："别看了，秦欢给我发了短信，说她提前交卷回家了。"

　　祁景失落地"哦"了一声，把三杯奶茶都塞到她怀里："那你有没有告诉她假期一起出去玩的事啊？"

　　付云意挑了挑眉，故意逗他："你自己是没她手机号码还是不会组织语言，不会自己给她发消息？"

　　祁景不说话，付云意心情好了一点，从口袋里拿出五张糖纸来向他炫耀："你不行啊祁小爷，还没有我行呢。"

　　祁小爷的头垂得更低了。

　　他有秦欢的手机号码，也不是不会组织语言，这些都不是问题，问题在于她根本不理他。

　　起初他学着网友们的建议对她嘘寒问暖，今天问衣服穿得多不多，明天问饭吃得好不好，他问十条，秦欢能迟钝地回上一条。他以为她不喜欢这种唠唠叨叨的聊天方式，又问她物理题，手机键盘切换数字符号和文字麻烦又费事，他敲了五分钟才把一道物理题目敲上去，这次比嘘寒问暖得到的回复快了一点，刚发过去没多久就得到了一个页码数和例题数，告诉他书上有那道题的标准解法。

　　后来她似乎是烦了，或者看穿了他就是故意想跟她说话，干脆连消息也不回复了。

　　他祁小爷活了十几年，头一次想自然不做作地引起一个姑娘的注意，结果却出师不利，还没有后续。

　　付云意不理会他的少男心思，蹦蹦跳跳地往大院里去。附中今年比较慷慨，寒假足足有三十二天，只需一周之后返校拿成绩单，再把分科表交上去就行。而且因为刚文理分科，所以没有寒假作业，她可以随心所欲地玩了。

付云意回到家就把书包甩进床底的抽屉，然后窜到餐桌旁吃老付给她做的午饭。

大院里其他孩子也陆陆续续放了寒假，院子里又热闹了起来，封印了一个学期的滑板、吉他、爬梯纷纷登场。付云意跟着他们疯玩了好几天，才意识到赵知年一直没出现在大院。

那时她也没多想，以为他又是去哪里参加她不了解的比赛了，也没问自家爸妈，听见祁景在楼下叫她，嚷嚷着要去滑冰、吃冰糖葫芦，她套上厚厚的羽绒服就冲下了楼。

02

一周过得很快，到了返校前一天上午，付云意才想起了文理科分科表。她从书包里拿出那两张被压皱了角的分科表，行云流水地把自己的大名填上之后，看了一眼那条要求填空的横线，毫不犹豫地写下了"理科"两个字。两张表都填好之后，她又去客厅找沈女士签名。

沈女士看了一下她递过去的表格，起初还以为自己更年期提前到来了眼有点花，反反复复地看了几遍之后才确定她填的是"理科"两个字。沈女士毕竟见多了比自己家女儿文理分科大多了的场面，倒也没有多少意外，只说："你想好了？学理科？"

倒是付云意非常不满地叫了起来："哎？你怎么就这个反应？不应该揪着我的领子骂我拿自己的前途开玩笑，简直大逆不道之类的吗？"

沈女士把自己的名字签在了家长签名那一栏，然后冷漠地抬头看了她一眼："以后少和祁景吵架，你们两个是打算以后成立一个相声社吗？"

付云意："……"

沈女士的冷淡表现让付云意十分没有成就感，她不再胡扯，收起分科表格就回卧室思考人生去了。她想给秦欢发一条短信，想了想还是觉得明天当面告诉她更刺激一点，就把手机收了起来。

第二天的场面可比她想象的刺激多了。

老王先发了期末考试的成绩单，随着成绩单从前到后一排一排地传过去，越来越多的目光聚集到付云意和秦欢这一桌，付云意觉得有点奇怪："我考了倒数第一吗？干吗都用怜悯的目光看着我？"

秦欢看起来很紧张，没有接她的话。

两个人的位置很靠后，被迫接受了一分钟的目光洗礼之后，成绩单才传到了她们这里。付云意第一件事就是看秦欢的成绩，发现她还是校理科的第一名之后松了口气，才想起来找自己的名字。

也就是视线那么一偏，她就在文科校榜的第一行看到了自己的名字。

文理双雄？

她和秦欢极有默契地同时把视线从成绩单上挪开，均为对方感到骄傲："考得真好。"

秦欢还想再说点什么，这时老王用黑板擦敲了敲讲台："自己的成绩都看了吧？心里有数了？我们一会儿再分析这次考试，大家把文理分科的表格拿出来，等一下收。付云意，你先跟我出来一下。"

完全没想到返个校也会被点名的付云意一脸茫然地跟着老王到了走廊上，两人相对无言了五秒钟，老王还是没有开口的意思。

付云意觉得更蒙了，她完全不知道老王此刻内心的纠结程度。

成绩单发放到各位班主任手里的时候，他首先看的就是付云意的理科成绩，尤其是数学成绩。

一百一十二分。

虽然和那些考了一百三四十分的尖子生还有差距，但她毕竟是考过七十几分甚至三十几分的人，并且月度测试之后她对数学的上心程度他也是看在眼里的，完全没有任何可挑剔的地方，她本身又是一个能力强，只要肯努力，就一定能提高分数的学生，所以即便单独看理科榜，付云意也能排在校榜的前二十名里。

换作其他人，他一定会建议选理科。

理科的就业范围更广，专业的选择范围也更广，可上的院校更多，学科优势整体要比文科更大，这些都是不争的事实。况且他们还是重点班，有着全校最好的师资力量和教学资源。

可这个人是付云意。

文科轻轻松松就考了校榜第一，在区域排名都名列前茅的付云意。

老王看着老老实实地穿着校服的女孩一双眸子渐渐浮现出疑惑，忍不住在心里叹了口气。

他有点舍不得。

付云意实在是忍受不了这种尴尬的气氛，歪着头试探着问："王老师，您是还要和我家长谈一谈吗？别不好意思，我妈随时有空。"

还在因为舍不得这么个好苗子而忧伤的老王瞬间回过神来。

明年的艺术节别让她拉什么小提琴了，当主持人或者演小品吧。

老王沉沉地看了她一眼，总算开了口："其实把你叫出来也没有别的想说的，就嘱咐你两句，毕竟文科数学和理科数学学的不一样，但要记的笔记还是一定要记，基础练习题一定要做。高中数学的难度是循序渐进的，只有把基础打好，以后才能提升。这一次你的数学虽然考得不错，但我觉得你还有很大的进步空间，一定不要松懈，要一直努力。

"文科重点班的老师阵容我也看了，尤其是教数学的陈老师，是经验丰富的老教师了，学习上有什么问题可以随时来办公室找陈老师，找我也可以。我不担心你的其他科目，就是数学这一科一定给我看紧了，好好学习，两年半后给附中争光……"

付云意安静地听着老王噼里啪啦说了一通，歪着头问："老师，您说什么呢？"

老王还沉浸在自己的情绪里，没有管她的问话有多傻，继续说："说点以后你去文科班的事情啊，别嫌我唠叨，要不是看你天资聪慧、天赋异禀，我还懒得说这些呢。"

付云意点了点头，话题一转："您说得挺对的，但是现在有个大问题，就是我不打算学文啊。"

老王："啊？你不学文？付云意你选了理科？你疯了？你是对自己的文科成绩没数，还是没看到你的文科成绩？要不要我再给你两张单子，你重新填一下？"

少女一副漫不经心的样子："我心里有数啊，刚刚也看见我的文科成绩了。"

"然后呢？"

付云意笑了，拖长了声音："然后——我还是决定学理呀。莫非老师您嫌弃我了，不欢迎我？"

老王："……"

为了防止再收到秦欢的临别赠言，付云意回到教室就告诉了秦欢自己决定选择理科的消息。

眼看着秦欢眼里的开心藏都藏不住，付云意的心情也特别好，她揽着秦欢的肩膀："学霸以后要罩着小弟呀！"

付云意把意向表交了上去，两个人又约定了寒假一起去玩的事情，就快快乐乐地回家了。

一想到祁景吃瘪的样子，再想到自己的小同桌和自己"好姐妹一家亲"的亲昵样子，一股优越感油然而生，付云意脚下的步伐更加欢快了。

回到大院，她本想呼朋唤友晚上一起吃火锅，视线掠过那棵枝叶干枯的石榴树时才猛然意识到，算上期末考试那几天，她已经十天没有见到赵知年了。

她的第一反应是给他打个电话或是发条信息，但很快她又意识到她没有赵知年的手机号。

祁景起码还有秦欢的联系方式，哪怕秦欢不理他，可她根本就没有赵知年的手机号，想找人都不知道去哪里找。

脚下的步伐突然就不再欢快了。

付云意问了一圈小伙伴，落寞地发现没有一个人有赵知年的联系方式，最后只能去问沈女士。

为了显得不那么刻意，她还找了个冠冕堂皇的理由："妈，你知道知年哥哥这几天去哪儿了吗？我期末考试的卷子发下来了，有几道数学题搞不明白。"

沈女士简直太感动了。

赵知年简直是神人！她女儿什么时候这么热爱数学！榜样的力量果然是巨大的，等到付云意高考结束了，她一定要定制一面锦旗给赵家送过去！

沈女士欣慰地拍了拍她的头，跟她解释："你知年哥哥的外公前一阵子生病了，没有人照顾，他就去那边住几天，等到过年应该就会回来了。"

提到过年，沈女士猛地想到，赵知年父亲近一个月好像又要长期执飞，老人又在医院里，那赵知年去哪里过年呢？她自言自语道："要不让知年来我们家吃年夜饭吧，他一个人也怪可怜的。"

付云意恨不得举双手双脚赞成："哇！太好了！"

沈女士疑惑地看了她一眼。

付云意从善如流："我又能学数学了，好开心！"

赵知年回大院那天刚好是大年二十九。

付云意一下楼就看到了熟悉的身影，一时间按捺不住欢乐的心情，叫了一声"知年哥哥"。赵知年看见她穿得鼓鼓囊囊的样子，忍不住露出一抹笑来，走过来拽了拽她羽绒服帽子上的兔耳朵："放假啦？期末考试考得怎么样？"

他关心她的样子和她七大姑八大姨也没两样。

付云意一梗脖子，骄傲地道："我数学考了一百一十二分！一百一十二！"

赵知年刚从医院回来有些累，原本打算上楼补觉，看小姑娘一脸邀功的样子，他的笑容更深了："考得不错。"

下一秒，小姑娘就一伸手："然后呢，奖励呢？"

赵知年口袋里什么都没有，只能笑着向她许诺："年后给你。"

付云意不想要花花绿绿的糖果，干脆地说："你现在就可以给我，我要的奖励就是你的手机号。"

赵知年愣了一下。

得到了赵知年的电话号码之后，最后一点被祁景比过去的不舒服也没有了，付云意本打算继续出门买饮料，刚迈出脚步，突然想起来忘了向赵知年发出盛情邀请。

她旁敲侧击地问："你明天有没有事啊？"

赵知年思索了一下，摇了摇头，问她："怎么了？"

外公病情稳定之后就被舅舅接走了，原本也想把他带过去，但他实在不想麻烦舅舅，便回了大院。最近大家都忙着准备过年，没有比赛，学习任务也不是很紧，所以他反而比平时清闲一些。

付云意早就料到他会这么回答，咧嘴一笑："那你来我家吃饭吧！"

赵知年下意识地就想拒绝，付云意挑挑眉，一副什么都知道的样子："你拒绝我也没关系，反正过不了多久我爸和我妈就会亲自上门邀请你，我现在就是随口跟你提一句，你要是现在答应了的话，还免得他们两个再跑一趟。"

她以为他还要推辞一下，谁知道他答应得很痛快："好啊，替我谢谢叔叔阿姨。"看到她似乎要去杂货铺，他又道："我和你一起去。"

付云意眯了眯眼，隐约觉得他好像变了。

03

往常的春节，付云意一家都是回奶奶家的老宅子过，老人都喜欢一大家人聚在一起热热闹闹的样子。今年因为赵知年过来，加上老付的假期满打满算就三天，付云意一家干脆在大院里的自己家过了。

因为大家四散去其他地方过年，年末的大院显得比往常清冷了些，赵知年和付云意拎着一大堆装着蔬菜和肉类的塑料袋走进去的时候，难得没在院子里听到打闹的声音。

走到那棵熟悉的石榴树下时，付云意叫住了他。

赵知年把那些食材放在地上，就看到小姑娘鬼鬼祟祟地从口袋里掏出了一个小袋子。他皱起眉头，以为她买了什么违禁物品，等到她把手伸过来的时候，才发现是一袋跳跳糖，还是草莓味的。她一副和他兄妹情深的样子，倒了半袋在手心，示意他把嘴张开。

他无奈地笑了一下，还是顺从地蹲下身，任她把那一把糖粒倒进他嘴里。糖粒在口腔里爆裂跳动的时候，他看见小姑娘蹦蹦跳跳、一副十分开心的样子，莫名想到半年前他刚搬进这个大院时，她还怎么都看他不顺眼，恨不得天天在他耳边阴阳怪气地呛他，此刻倒是和他完全不见外了。

糖粒跳到最后只剩下甜甜的草莓香气，他替她掸了掸袖子外侧不知道什么时候蹭上的白灰，温声说："走吧，我们上楼。"

付家年夜饭分工明确，付云意择菜，赵知年洗菜，老付切菜，沈女士炒菜，流水线操作，效率高极了。沈女士和老付怕赵知年在他们家待着不自在，便和他聊起天来，聊着聊着就聊到了付云意小时候的事。

一场饭前准备风格逐渐跑偏，变成了"付云意小时候的迷惑行为欣赏大会"。

老付讲着付云意小时候穿着裙子和一帮小男生勇猛爬墙，最后卡在两米高的墙上因为恐高死活下不来的丢人事迹，然后兴致勃勃地对赵知年说一会儿要把家里的相册拿出来给他看。

付云意脸皮再厚也是个小姑娘，加上她觉得自己在赵知年那儿的形象本来就岌岌可危，气得从口袋里拿出另一袋跳跳糖，二话不说就全部倒进了老付嘴里，刺激得他手一抖，菜梗切得乱七八糟，险些在厨房表演一段舞蹈。

赵知年一边仔仔细细地洗着菠菜和小白菜叶子上的泥土和灰尘，一边看着付云意没大没小地和自己父亲打闹的样子。

他大抵能明白小姑娘咋咋呼呼的性格是从哪里来的了。

沈女士原本正在焯排骨，看到两个人的样子，挥着锅铲就要把他们赶出厨房。付云意见到她脸上有那么一点不悦表情，立马放下手里的土豆，一通单口相声就把沈女士夸得天上有地下无。

老付见赵知年嘴角噙着笑，耸耸肩解释道："这绝对不是我教出来的，我和她妈妈加在一起都没有她一个人能说，可能这就是生物学上的那个什么，基因突变吧。"

赵知年没忍住，一下笑了出来。

晚餐要准备的菜一道道出了锅，摆到客厅的大桌子上，电视也被打开，放着春晚前的一些预热节目。付云意一边从餐厅里搬凳子一边放声高歌《难忘今宵》。老付不知道从哪儿拿来了一些窗花贴纸，叫赵知年和他一起贴到家里的玻璃上。

好像做的都是寻常人家迎接春节会做的事情，但对赵知年来说，其实都是新奇的。

这是他第一次认认真真地过春节。

他对母亲的记忆几近于无，父亲则一年四季地忙，根本不可能赶回来过年。从前外公没有生病的时候，过年的时候就他们祖孙二人，也没有什么特殊的活动，年夜饭就是一碗饺子，外公也不喜欢看春节联欢晚会，就在棋室里下棋，顶多在下棋时让他一着，过了半夜十二点侧耳听着北京城里的鞭炮声，就算是过年了。

眼下他坐在付家的客厅里，看着老付笑着逗付云意喝他珍藏的葡萄酒，沈女士一边骂他们两个胡闹一边往付云意碗里夹糖醋排骨，小姑娘举起装满冰镇汽水的杯子要和他碰杯，饮料在撞击中洒了两滴出来，很快又融到不知道哪一盘菜里。

明明一滴酒都没沾，付云意整个人却兴奋得像喝了二两白酒一样："祝大家新年快乐！爸爸、妈妈，还有知年哥都新年快乐！愿新年胜旧年！"

老付第一个配合女儿，老老实实地把杯子里的酒一口气干了，笑着调侃她："哪儿学来的这句话呀？真好听。"

付云意大大咧咧地一笑，也不隐瞒："小说里，那小说可好看了，叫《绝世帅男爱上我》！"

下一秒，沈女士就用一只虾堵住了她的嘴。

赵知年不太习惯这样的场面，一顿饭下来说的话也就是"谢谢"，要么就是"新年快乐"。

付家人是真的很照顾他的情绪，怕他觉得太闷，沈女士戳了戳付云意的胳膊："你之前不是说见不到你知年哥，有几道数学题都没法问了吗？这会儿人就在这儿呢，有什么问题赶紧问吧。"

原本在向老付炫耀自己玩贪吃蛇的战绩的付云意愣了一下，瞪圆了眼睛，不敢置信地问："不是吧，妈，你一定要我在大年三十的晚上学学函数单调性吗？"

一桌人都笑起来，赵知年替她把饮料倒满，看小姑娘弯着眼睛冲他开开心心地笑。

电视里正在上演老付喜欢的小品节目，桌上的饭菜也吃得差不多了，老付一下桌就招呼沈女士陪他坐在沙发上看，饭桌上只剩下赵知年和付云意，她问他："沈女士的手艺怎么样？你吃饱了没有？"

赵知年剥了一只虾放在她碗里，笑了笑："很好吃，吃得很撑。"

过了一会儿，他问她："对了，哪几道数学题你不会？"

付云意一口饭卡在喉咙里，弯下身咳得惊天动地。赵知年吓了一跳，赶紧拍了拍她的背给她顺气。

付云意缓过来后，一脸的无奈："期末考试后我就没见过你的人影了，也没有你的手机号，我想见你总不能直接问沈女士你到底去哪里了吧，当然要……喀喀，找个借口。"

难怪他回来后，她第一件事就是问他要手机号。

赵知年轻声应了，随后低下头，慌乱地喝了一口冰镇汽水掩住泛上脸的红晕。

她把"我想见你"这四个字说得平淡坦然，好像在说"喝可乐吗"一样。

因为自小学习围棋，初中时就没有再待在学校里和大多数同龄人一起念书，只参加必要的考试，所以他接触的人实在太少，也不知道其他十六岁的小姑娘是不是都和付云意一样随随便便就能说出一句"我想见你"。

这样的话他自然是问不出口的，只能继续沉默地和付云意一起吃饭。

后来她觉得无聊，搓搓手对他发出邀请："我们出去走走吧。"

原以为她会和自己父母一起看春晚的赵知年愣了一下，随即答应下来，两个人裹得严严实实地下了楼。

北京城内今年出了禁燃烟花的规定，少了往年噼里啪啦的鞭炮声和空气里的硫黄味，好像年味都差了一点。

赵知年以为付云意说的走走只是在街上随便逛一逛，谁知她让他在单元门口等着，然后转过身就不知道跑到哪里去了，等到再回来的时候，她手上抱了一小把冷烟花。

"从沈桉那儿偷的，是他去年私藏的，原本打算有了喜欢的小姑娘讨人家欢心用的。"付云意竖起食指，放在唇边比了个"嘘"的手势，然后向他解释，"我合理怀疑等到这烟花过期了他也用不上，不如我们帮他解决了。"

打火机跳出一团小小的火苗，付云意点燃一根冷烟花棒递到他手上，说："听说在它燃尽前用它写的愿望能实现，信不信就由你咯。"

说完之后，她也给自己点了一根，明亮的金色光芒从烟花棒顶端迸出，她正想着要许什么愿望，手里的那根烟花棒就猝不及防地被赵知年的碰了一下。

她问他："这是在干吗？"

"许愿啊。"少年面容清淡，又碰了她的烟花棒一下，"希望你的数学成绩越来越好。"

付云意："……"

她学着他的样子，也回碰他的烟花棒："哦，那我也许个愿吧。希望明年赵知年还能和我一起吃年夜饭。"

两簇金色的火焰碰到一起，像是完成了一个浪漫的约定。

赵知年别过身，轻轻地咳嗽了一声。

现在十六岁的小姑娘都这样吗？

04

　　赵知年在付家吃了一顿年夜饭，放完了沈桉的冷烟花棒，许了一堆乱七八糟的愿望后，就回了自己家。

　　第二天，赵知年受生物钟影响，六点一到就准时醒了过来，却觉得家里有点不对劲。

　　他打开卧室门，刚下楼，就和客厅里的赵明德打了个照面。

　　赵知年习惯了自己父亲不一定什么时候就出现在家里，低下头沉沉地叫了一声"爸"，然后走到厨房给自己准备早餐。

　　赵明德看了自己儿子一眼，随口问了一句："你外公身体状况怎么样？"

　　赵知年把牛奶倒进玻璃杯，语气无波无澜："没什么大毛病，年前出院，接去舅舅家了。"

　　赵明德应了一声，随即说："这次休四天假，明天你带我去你舅舅家看看，拜拜年送点年货。"

　　赵知年还没来得及说什么，口袋里的手机就振动了两下，他接听完了之后把刚倒好的牛奶放回冰箱里，转过头平静地说道："不用等明天了，想去的话，现在就去吧。"

　　见自己父亲皱了皱眉头，赵知年解释了一句："外公心脏病复发，这会儿正送往医院，要和我一起过去吗？"

　　赵明德因为他的语气眉头皱得更紧："你外公也是我的亲人，用不着用这么生疏的语气跟我说话。"

　　他这句话像是戳到了赵知年一样，他凉凉地笑了一声，脸上却丝毫笑意也没有："原来是，现在也不是了吧，您这次回来不是准备和我妈谈离婚的吗？"

　　赵明德沉默了一会儿，没有接话。

他实在说不出来那句经典的"即使爸爸妈妈分开了，也都会一样爱你的，给你的爱并不会减少"，赵知年不是什么都不懂、一两颗糖就能哄好的小孩子。最后他沉沉地叹了口气，绝口不提自己夜航刚结束执飞的事情，拍了一下赵知年的肩膀："我们先过去吧。"

车是赵明德开的，一路开到医院，赵知年收到了舅舅发来的病房信息，两个人上了电梯，赵明德沉默一路之后总算开了口："如果过几个月我娶其他人，你会支持我吗？"

赵知年猛地怔在了原地，似乎没听明白他说了什么："这话是什么意思？"

赵明德叹了一声："之前带你回大院，只是因为和你母亲协议离婚了，但是具体的离婚手续还没办，明天你母亲也会从国外回来，我们把这件事情彻底了结一下，也算开始彼此新的人生阶段。"

赵知年打断他的话："我问的不是这件事，我问的是，你说你要娶其他人，是什么意思？"

赵明德想着他已经十八岁，也没必要向他隐瞒这些，干脆地道："就是字面意思。"

赵知年扯了扯嘴角，终究是没克制住发出了一声冷笑："原来这就是你说的新的人生阶段。"他突然换了敬语，"我记得小时候您跟我说过，父亲的作用就是给自己的孩子做一个表率，做一个榜样，原来这就是您给我做的表率和榜样吗？"

电梯里的气压骤然降低，赵明德严肃地道："我自认为没有做对不起你母亲的事情，只是两个人之间不合适。为了尽量不影响你，我们共同抚养你到十八岁，现在大家好聚好散，仅此而已。"

赵知年低着头不再说话，电梯到了病房所在的楼层，他率先迈了出去："先看外公吧。"

舅舅早上打来电话，说外公刚刚在家进行了简单抢救，这会儿已经过了危险期，移到病房观察，病房内不允许太多人共同探视，赵知年先走了进去。

算起来，他最亲近的人就是外公了。

小时候刚有记忆，他就被送去了外公家。外婆去世得早，外公大半辈子又都在下围棋，完全不知道怎么哄小孩子，他哭一下，外公就让他拿一颗黑棋，表现好了笑一下就给他拿一颗白棋，甚至有模有样地搞了一套奖励制度，说是攒到多少颗棋子就可以兑换小孩子喜欢的玩具。

后来他长大了一点，就一直待在棋室，从四岁起开始和外公对弈，短短几年，外公钻研几十年的棋法他几乎全学会了，十四岁时，他第一次正儿八经地下赢了外公。

心里只有围棋的老人不会讲童话故事，不知道怎么玩遥控汽车，也不懂得教育，赵知年懂得的全部人生道理，其实都是外公通过围棋教给他的。很小的时候，他还埋怨过为什么不能在爸爸妈妈身边长大，获得其他小朋友也有的那种宠爱，慢慢长大了，这些情绪就都变成了感激。

沉稳淡然和不卑不亢，都是那个黑白子的世界带给他的。

赵知年走进去的时候，外公是清醒的，见到他过来，难免要先嘘寒问暖："这个年过得怎么样啊？外公这次没陪你，是不是觉得很孤独？"

他温和地笑了笑，回答老人："没有，去邻居家吃了年夜饭，很好吃，也很热闹。"

老人似是放了心，点了点头，大抵是收到了消息说他父亲也会过来，问："你爸在外面？"

赵知年点了点头，以为他要找自己父亲说话，就站起身来："我帮您叫他。"

"不着急。"老人拉了一下他的袖口，让他坐下来，"你父亲和你母亲的那些事情，外公很早就知道了，但是那时候你还小，怕对你有影响，就没和你说，现在……"

后半段话赵知年其实没怎么听清楚。

短短一个早上，两位长辈在谈起过去的时候都用了一模一样的措辞，把隐瞒归结于对他的保护。

他对这样的说辞有些不理解。

他们为什么会觉得在他年纪小的时候瞒着他，他就不会受影响呢？有些影响明明是潜移默化的。

赵知年无意顶撞老人，只是垂着头"嗯"了一声，当是自己听见了。

外公又絮絮叨叨地说了些其他的事情，和春节前他来陪护时说的内容大同小异，无非是好好学习，不要忘记练棋，好好和新朋友相处。赵知年耐心地听着，等到老人讲够了，才统一答应。

赵明德也没和老人聊上多久，赵知年不过在外面等了十几分钟就看到他出来，父子两个沉默地对视了一眼，最后还是赵明德妥协地说："最近也不忙吧，有什么想去的地方吗？爸带你去。"

这样的语气，是他小时候都没有过的待遇。

赵知年突然感到很疲惫，他摇了摇头："没什么想去的地方，回家吧，我昨天还有棋局没复盘完。"

回到大院的时候，正好看到付云意和老付出门丢垃圾，小姑娘看到他们，蹦蹦跳跳地过来打招呼："赵叔叔回来啦？新年快乐！"

然后她看向赵知年，笑眯眯地说："知年哥哥也新年快乐！"

赵知年看了她一眼，不禁想到前一天在付家吃饭时热热闹闹的场景。说不羡慕是假的。

他也冲她笑了笑，然后和赵明德一起上了楼。

回到家之后，赵明德似乎还想接着早上的话说，又问了他一次："知年，早上我和你说的那件事情，你还没有给我答复。"

赵知年静静地看了他一眼，说："我的答复有用吗？如果我说我不支持，您就不会去做吗？"

赵明德发号施令惯了，最不喜欢别人用挑衅的语气说话，他的脸冷了下来："我会尊重你的意见。"

赵知年答得干脆利落："好，那我不同意。"

赵明德脱大衣的手一顿，他猛地把大衣丢在沙发上："赵知年，你怎么回事？"

"我在回答您的问题啊，我不同意。"少年脸上很平静，"不是气话，您不是要我说实话吗，这就是实话。"

父子两个人大眼瞪小眼，气氛骤然冷了下来。

赵知年从来没有如此厌恶过他所生活的环境，沉默地打开家门走了出去。

新年才过去三天，付云意就发现赵知年又不见了。

大年初三那天，其他人陆陆续续地回了大院，商量着一起出去玩的事，付云意去敲赵家的门，开门的是赵知年的父亲。

她礼貌地叫了人，问赵知年去哪儿了，就看见他父亲的眉头皱了起来，如同想到什么令人生气的事情一般告诉她："不知道跑哪儿去了，他前天就离家出走了。"

付云意："啊？"

赵知年离家出走这件事情的冲击力跟她知道四肢不协调的祁景突然能爬上院里那棵石榴树一样。

她忍着惊讶老老实实说了"再见"，转头就拨打了赵知年的手机号。

短暂的呼出声结束之后，就是提示对方手机已经关机的声音。

付云意计算了一下时间，想着赵知年要是真的离家出走，估计也不会带着手机充电器，手机应该是没电了。

她拒绝了祁景他们一起玩的邀请，回家揣了一兜子硬币就开始回忆艺术节那天晚上他带着她坐公交车去棋室的线路。

街道上空空荡荡的，付云意坐在只有三个人的公交车里，满脑子都是那句"不知道跑哪儿去了，他前天就离家出走了"。

这个消息简直太令人意外了。

这年头，神仙都会离家出走了？

她乱七八糟地想着，跟着公交车晃晃悠悠地坐到了之行棋室附近那一站。出了公交车站就是一家小便利店，付云意想了想，在拐进小巷之前去便利店里买了两瓶汽水和两袋软糖。

他要是离家出走，一定是因为心情不好吧。

其实她也不知道赵知年会不会在棋室，但她和他一起待过的地方，除了大院就是这里。

快走到棋室门口的时候，她心里莫名有一种拆盲盒的感觉，好像刚刚填了一张数字彩票，现在要去看开奖结果。她闭着眼睛往前跑了两步，又猛地睁开。

面前就站着那个身姿挺拔的少年。

正准备出门丢垃圾的赵知年恰好目睹了她闭眼猛冲的全过程，疑惑地问："你在干什么呢？"

付云意反应极快，咧嘴一笑："练习，练习！我在练习我们学校开春趣味运动会中的一个项目，叫作蒙眼跑步，我勤奋吧？"

赵知年才不可能信她的鬼话，他把手放进外套口袋里，看着她的眼睛："你怎么突然来这里了，这次也是因为有数学题不会？"

付云意借坡下驴，冲他摇了摇手机，故意委委屈屈地说："你不接我电话，我想找你出去玩呀。"

她这么一晃，赵知年才想起自己的手机没电了。

棋室里没留适配的充电线，他出来得又急，想着平时也不会有人特意找他，就没把手机没电的事放在心上。

付云意看着他沉默的样子，径自进了棋室，把汽水和软糖放在靠近门口的桌子上，撇撇嘴："你这离家出走得也太没新意了，我随便一找就找到你了。"

赵知年抿着唇："谁说我离家出走了？"

"你爸啊。"她撕开软糖的外包装纸，示意他过来一起吃，"你不知道我被吓了一跳。当时我心想，天哪，赵知年竟然还能离家出走！"

他被她逗笑了："我为什么不能？"

付云意看他心情如常，并没有她一路上担心的低沉抑郁、自闭自残、歇斯底里等一系列不正常行为，整个人也放松下来："你不知道我们私下里都叫你'赵神仙'呀？"

赵知年挑了挑眉，看起来很感兴趣，示意她继续说。

"就是因为你平常那个样子嘛。"付云意思考了一下，努力模仿他面无表情的样子，"就差把'无欲无求'四个字写在脸上了，我怎么气你，你都不会理我一下，让人特别没有成就感。谁知道神仙也能离家出走啊！"

他终于肯出声说一句："我不是离家出走。家里最近事情有点多，就想找个地方一个人静一静。"

付云意扫了一眼放着檀香的台子，果然有新香袅袅，不远处的桌子上也有落好子的棋盘。

神仙离家出走之后做的事情也是神仙才能做的。

她突然想到自己买汽水和软糖的初衷，说："那你是不是心情不太好啊？"

赵知年一时间没跟上小姑娘跳脱的思维："嗯？"

"家里事情多，想要自己静一静的话，心情一定也不太好吧。"

付云意盘腿坐在矮桌边，大义凛然地张开了双臂："那你要不要抱抱？"

赵知年呆立当场，不知道应该说些什么。

他对真正的家的渴望，并不是第一次出现。虽然父母没有在他面前吵过架，同时出现在家里的时候也是一副和和美美的样子，可是真正的家的感觉是装不出来的，与那种伪装的和睦是完全不同的，真正的家是热闹的、温暖的。不过，他从来没有戳穿过他们的伪装，因为他知道有些事情说了也没有用。

说了也不会改变，不如由着他们去吧。

后来他逐渐长大，父母也懒得伪装，一年到头一家人也不会同时出现。他也习惯了，习惯和外公两个人过年，习惯大多数时候只有自己一个人的家，习惯了目睹别人家的热闹和睦，即使有的时候难免心态失衡，但跑到棋室安安静静地下几盘棋似乎也就过去了。

可是这一次，从付云意出现在棋室门口，闭着眼睛莫名其妙地冲刺开始，就好像和之前都不一样了。他不知道她为什么会来，对他来说她来这里的原因似乎也不是很重要。

重要的是，有人能陪他一起。

小姑娘坐在他习惯性待着的那张桌子前，弯着眼睛认认真真地看着他，好像真的要给他一个拥抱。

有一瞬间，他突然觉得嘴里的软糖都没有她甜。

最后自然是没有真正拥抱，他走过去揉了揉她披散着的头发，象征性地捏了捏她的手指，认认真真地回答她："谢谢你。"

赵知年以为她对他张开双臂只是把他当成了一个心情不好、心理脆弱的小孩子，根本不知道为了这个动作，付云意还提前跟祁景商量怎么才能自然地做出来。

为此，她在来的路上还不断地和祁景发短信确认："这样真的好吗？赵知年会不会觉得我脑子进水了？"

祁景不停地安慰她："放心吧，不会，你平时做的那些动作都比这个更不正常。"

付云意愤怒地关掉了手机。

她已经尽量表现得自然了，结果还是没有骗到他的拥抱，这人实在是太不解风情了，他和她握手的时候，她都生怕下一秒钟他再给她鞠上一躬。

少年继续去丢垃圾，付云意垮着脸给祁景发消息："最新进展汇报——计划失败。"

Chapter 7
我觉得……你是一个非常可爱的小姑娘

01

大年初三那天，付云意还是把赵知年从棋室拉了出来，和她这样的青春美少女一起去冰场享受"活力人生"。

这是一个临时的决定，两个人在一群戴着帽子、围巾和口罩，全副武装的游客里显得格格不入，甚至在租冰车的时候阿姨都再三确认："你确定你就这个样子玩，不去买双手套？大过年的可别冻感冒了啊。"

付云意潇洒地摆摆手："不用不用，我就随便玩玩，一会儿就走。"

她带着赵知年走到冰车旁边，礼让地要他坐在前面。赵知年踌躇了一会儿之后对她说："我从前没玩过这个，还是你坐前面吧，我在后面帮你。"

付云意没想到有人在北京住了十几年，竟然连冰车都没玩过，目瞪口呆地看着他。

上了冰车，付云意就沉浸在无尽的后悔之中。

隆冬的北京气温配上助兴的小北风，十分钟之后她就开始感受不到握着铁质支撑杆的那双手的存在，她滑得越来越敷衍，但一看坐在后面的赵知年没有丝毫松懈的样子，只能打起精神继续撑着杆让冰车向前滑动。

看在他心情不好的分上，她就当舍命陪君子了。

何况之前她也没少做对不起他的事情。

付云意发挥"牺牲自己，成全他人"的伟大精神，越滑越起劲，一口气超越了三支小朋友队伍，还企图和小学生比拼速度，最后因为手腕实在没有力气了而暂时休战。她一副非常不满意的样子，不惜跨越半个冰场走到小学生弟弟面前约定半个小时之后正式开战。

她穿了一件红色的羽绒服，在冰天雪地里特别显眼。赵知年看着她弯着眼睛和小学生说话，把冻僵了的手放在口袋里取暖，怎么也说不出让她早点回家的话来。

她跑这么远来找他，还是多玩一会儿吧。

半小时之后，他们去约定的地方集合，小学生气势十足，俯身在冰车上做出一个"冲刺"的姿势，付云意引领全局："听我倒数啊，数到'一'时，我们就往前冲！"

"三——"

赵知年握杆的手紧了紧。

"一！"

她猝不及防地说出这个数字，然后就往前猛滑。赵知年愣了半秒，随即跟上了她的节奏。还在等待倒数数字"二"的小学生看到两个人滑出去了二十多米才反应过来，一边尖叫着"你们耍赖"一边追他们。付云意分心扭了一下头，喊道："我怎么就耍赖了呀？"

最后自然是付云意他们赢了，那小学生气得抓起雪就往她身上砸："赖皮姐姐！"

付云意言之凿凿地道："你别污蔑我哦，我说了数到'一'就开始，又没说我一定要从'三'数到'一'。"

赵知年看着她和小学生唇枪舌剑的样子，忍不住弯起嘴角，那小孩眼看着说不过她，捧起雪就劈头盖脸地砸向她："我生气了！"

付云意今天穿的是圆领毛衣，没有戴围巾，那一捧雪一定会落进领子里让她着凉。赵知年想也没想就从冰车上站起来跨到她面前，用后背帮她挡住了那一捧雪的攻击。

小学生叫得更厉害了："臭姐姐，你还有救星！哥哥还护着你！我再也不要和你玩了！"

付云意从赵知年身后探出头来，撇着嘴巴做鬼脸，一副小人得志的样子："对呀，就是有人护着我，羡慕也没用，嘻嘻嘻。"

小孩都快被气哭了。

赵知年笑着虚虚地揽了一下她的肩膀，佯装劝架："好了，小意，别说了。"

他这个动作做得突然，加上付云意因为探头本来就没有坐稳，整个人便不受控制地往他怀里扑去，赵知年伸手一接，两个人就结结实实地抱在了一起，在冰天雪地里上演了一场绝美相拥。

小学生捂着眼睛尖叫："爸爸、妈妈，这里有哥哥姐姐谈恋爱，快让老师来抓他们！"

付云意在赵知年怀里笑得上气不接下气。

她还没笑够，就听到头顶上有清淡的男声响起，温言提醒她："小意……"付云意这才反应过来两个人到底是个什么姿势，赶紧松开他的腰，下一秒脚一崴就膝盖着地地跪在了赵知年面前。

付云意眨眨眼。

这个姿势还不如刚才那个呢。

她笑嘻嘻地从冰面上爬起来，当作什么事都没发生："我给您拜个晚年呀！"

赵知年彻底服了她的一张嘴。

经过这一出，冰车也玩够了，他们把车拉回入口处，拿回了押金，就从冰场离开了。

付云意的双手已经毫无知觉，想到刚才赵知年笑了那么多次，应该是开心起来了，便问了一句："赵知年，你现在开不开心呀？"

小姑娘整张脸冻得都有点泛红，鼻尖更是红红的，赵知年随手帮她把羽绒服的帽子戴上，然后非常给面子地答道："开心，今天特别开心。"

付云意蹦蹦跳跳的："那你要不要和我一起回大院啊？祁景他们好像又有新奇的玩意了，我们一起玩呀！"

赵知年想了一下初一时赵明德说的要待四天，伸手揉了揉她帽子上柔柔软软的白毛，说："今天不回去了，我过两天再回去。"

付云意垂下头，小声地说："可明天是我生日哎。"

赵知年还没说出口的安慰话一下子就堵在了嘴边。

送她去最近的公交站时，他妥协般说了一句："我明天会回去的。"

回家的路上，付云意一直回想着冰场上她靠在少年胸膛上的情景。

回忆的次数多了，她甚至能给自己加戏加出胸膛的温度、赵知年注视她时柔和的目光、她颤抖的双手、小学生弟弟羡慕的眼神……

她把脸贴在公交车冰凉的玻璃上，傻笑着解锁手机。

未读信息里，第一条就是祁景的安慰消息，说什么一次不行还可以有第二次，人生的终极目标就是要勇闯天涯、勇攀高峰，末了还不忘让她不要失落，一定要调整好心态，用好的心态决胜未来。

换作几个小时之前的付云意可能会被安慰到，现在她只想炫耀。

她切到回复信息的界面，言简意赅地打了九个字过去："不好意思，现在成功了。"

祁景的电话下一秒就打了过来。

付云意心情很好，当场就做起了祁景的指导老师："我跟你讲哦，其实要达到目的很简单，只需要一个冰场、一辆双人冰车，还有一个争强好胜的小学生弟弟。"

她绘声绘色地把全过程重复了一遍："我觉得你明天就可以试试，搞快点！"

祁景的心情很复杂："不是，意姐，你的意思是我要当着秦欢的面跟小学生弟弟要赖，让她帮我挡雪，还要她给我们劝架？我不要面子的啊？"

付云意"哦"了一声，非常不真诚地道了个歉："对不起啊，我忘了你是男的了。"

有祁景这一通电话助兴，付云意觉得自己的好心情指数又飙升了几个点，一路感慨着"生活美好、人生无憾"回到了大院，脱了外套换上睡衣就缩进被窝里听音乐，听着听着就沉沉地睡了过去。

再醒来的时候，她发现窗外暮色都垂落了。想起自己一天都没怎么吃饭，她打算去餐厅找点食物，迷迷糊糊地从床上下来的时候只觉得腿一软，差一点给自己家卧室的红木大门再拜一个晚年。

她眨了眨眼睛，把手背放在额头上，好像有点烫，身上也没什么力气。

付云意四仰八叉地又倒在了床上，在心里叹了一句：哦嚯，这可真是舍命陪君子，都不记得她有多少年没感冒过了。

缓了几秒之后，她又从床上下来，去隔壁沈女士的卧室讨药吃。沈女士被她的狂野鸡窝头吓了一跳，好一会儿才听明白她是来干吗的。好在家里备有感冒药，她给付云意找了两片，煮了碗白粥，看着她喝完之后，就又把她赶回卧室去接着睡觉。

这一觉再睡过去，醒来她就十六岁了。

在付云意关于自己十六岁生日的无数种幻想里，没有一种是以发着高烧、全身疲软、如同无骨动物缩在床上一动不动为开头的。

她看了一眼手机，早上八点一刻，正犹豫着要不要再瘫一会儿的时候，手机铃声响了起来，她没看是谁打来的就按了接听："喂？"

电话是秦欢打来的。可能是因为发着烧，又刚刚醒来，付云意的声音嘶哑得像中年摇滚歌手。那头的秦欢愣了一下，才礼貌地说："叔叔您好，我是付云意的同学，也是她同桌，想问问她现在醒了吗？我想和她说几句话。"

付云意笑得肚子疼："我就是付云意啊，小欢欢。只是昨天去冰场玩冻到了，有点感冒。"

秦欢的声音一下子焦急起来："你没事吧？感冒严不严重呀？"

"不严重不严重。"付云意摆摆手，接着问她，"你打电话过来是想跟我说什么呀？"

秦欢也想起来了正事，说："啊，就是想祝你生日快乐，十六岁快乐呀，希望你每天都快乐。生日礼物可能要开学再补给你啦。"

付云意不在乎这些形式，抓住了她话中的重点："礼物不重要，重要的是……不对，为什么要开学后才能给我？难道整个假期你都不打算跟我见面吗？你就这么抛弃了深爱你的同桌吗？秦同学……"

秦欢似乎想解释两句，但是这时电话那头传来了一道尖厉的女声："秦欢你干吗呢？快点过来帮忙！一天到晚就知道偷懒，什么时候才能有点用处！"

那声音太大，付云意听得清清楚楚，她一下子皱起了眉头："小欢欢，你现在很忙吗？"

过了五秒，秦欢的声音重新传过来，带上了一些抱歉和遗憾的意味："是啊，家里有点忙，所以只能开学后再见面了。"

付云意"哦"了一声，那边的电话已经挂断，她坐起身来，怎么想都觉得不对劲。

秦欢一定有事瞒着她。

她还来不及细想，楼下就敲锣打鼓了起来，付云意在一片乱七八糟的乐器多重奏里挪到窗台边，就看见她的几个真"青梅"和真"竹马"吹口哨的吹口哨、拍腰鼓的拍腰鼓，站在中间的祁景和沈桉拉了一条大红布，上面写着"敬祝付云意十六岁生日快乐"，不伦不类，简直可以登上"行为艺术大赏"的榜单。

付云意看了十来秒，就把窗户打开，伸出头去向着下面喊："都退下吧，朕一会儿再陪你们玩！"

见寿星出现，几个人从口袋里掏出糖果和巧克力往她的窗口丢。付云意的卧室在二楼，有一块巧克力丢得实在是准，正好砸到她脑门上，她顿时感觉眼冒金星。尽管如此，她还是撑着墙把楼下的每一个人的脸都看清楚了。

没有赵知年。

前一天他说会回大院，这会儿却连个人影都没有。

他不会也感冒了吧？

付云意赶紧给他发了条短信，发出去之后才想起来他手机没电了。

她随手剥了颗硬糖丢进嘴里，又倒回床上。

02

因为付云意过生日，沈女士和老付早早就在家里安排好了自助火锅宴。

白天付云意撑着昏昏沉沉的脑袋和他们一起玩闹，聊够了就拿着手柄玩起了《超级玛丽》和多人赛车比赛，她原本就擅长玩这些小游戏，加上他们故意放水，到最后她赢得都不想赢了，于是大家热热闹闹地凑在一起吃火锅。

吃到一半，蛋糕端了上来，祁景带头起哄要她吹蜡烛许愿，付云意一口气吹灭了全部蜡烛之后，双手合十想愿望。

他们起哄的声音没停，还嘱咐她愿望要许得宏大一点，先定个小目标，比如中个几百万之类的。付云意集中精力思考，脑子里的愿望飘来飘去的却只有几句。

想让赵知年也陪她过生日。

想收到赵知年的生日礼物。

想听他对她说"生日快乐"。

除此以外，什么暴富、暴瘦、变美之类的，她一条也没想。

许完愿之后，大家继续吃火锅。

作为和她打赌的对家，祁景正好坐在她的身边，挤眉弄眼地问她："一学期早餐的事，怎么样了？意姐许的愿望是不是和他有关啊？"

冷不防被戳中了心思，付云意难得没有恶语相向，只是白了他一眼："吃完饭就给我回家去，不玩了，我头疼，让我清静点。"

不过晚上六七点，一帮人就被她鞠躬假笑着一个个送出了门，沈女士和老付给她包了红包，此刻正在收拾餐桌。

付云意头晕了一整天也没有缓解的迹象，丢了两片药到嘴里就着水喝下去就打算继续回房瘫着，手无意中碰到了手机的屏幕键，屏幕亮了起来，上面赫然显示着一条未读消息。

是赵知年发来的。

他问她，院里没人，是不是都在她家里。

付云意一个鲤鱼打挺从床上起来，飞快地把电话拨过去，那边接通得也很快，一句"喂"还没说全，就被她兴奋地打断："你回来啦？"

赵知年的声音带着浓重的鼻音，他低低地应了一声，问她："你现在方便吗？我有礼物给你。"

付云意炮仗一样冲下楼去，一路跑到赵家楼下，笑着说："我已经在你家楼下了！"

没过多久，单元门就被拉开，赵知年穿着厚厚的黑色大衣，看到她的一瞬间弯起眉眼，露出一抹温润的笑来。

付云意眨了眨眼睛，期待地看着他藏在身后的手。

一抹摇曳的橙黄烛火一点一点露了出来，是插着一根蜡烛的小小蛋糕。

赵知年在烛火后的脸看起来有点苍白，他咳嗽了几声才解释："猜你肯定已经吃过蛋糕了，但是过生日还是要程序完整一点，再许一次愿吧，万一许两次实现的机会更大呢。生日快乐，小意。"

付云意也冲他笑："哇，你的蛋糕可太及时了！刚好我的上一个生日愿望已经实现了，现在正好许下一个！"

她闭上眼睛装模作样地思考了一下，然后吹灭了那根小小的蜡烛，四周一下子暗下来，所以她没看见赵知年因为她的话而变了的神情。

下一秒，她敲亮了单元门口的声控灯，有清凉的触感出现在他的脸上，赵知年愣怔了一下，才发现是付云意挖了一小块奶油抹在了他的下巴上。

"变成了赵爷爷！"小姑娘笑嘻嘻地说。

赵知年别过头去，压下骤然冒上来的某种欲望。

最后他们坐在大院东边的低矮围墙上，好像完全忘记了都感冒着的事实，分着把那个小蛋糕吃完，赵知年从口袋里拿出一盒感冒胶囊递给她："回去别忘了吃药。"

付云意怪叫："不会吧！这是我的生日礼物？你还不如送我一本数学练习题！"

他把一个袋子塞到她手上，温声说："这个才是。"

袋子里装着一本书，寡淡的黑色封面上写着"从零开始学围棋"。

"你可以看看，下次再去棋室就可以和我下棋了，省得你觉得无聊。"

付云意歪着头道谢，说："我想了好久好久你会送什么给我，没想到竟然真的被我猜中了，这本书果然符合你的人设。"

赵知年接着她的话问："什么人设？在你的眼里，我是什么样的人啊？"

他说话的语气从来不带玩笑的意味，她自然也不敢随随便便地回答他的问题，思考了一下之后，她试探性地说："就是很厉害呀，让我心服口服那种……全能神仙？性格也很好，我怎么气你，你都不生气，我都想自己削自己了。"说完之后，她又补了一句，"还好你没上学，否则现在的什么大神啊，校草啊估计都要靠边站了，一天能有一百个小姑娘围观你。"

赵知年被她的话逗笑了："是这样的啊。"

付云意还以为他不相信，强调道："就是这样的，我没有夸大哟！"

一阵夜风吹来，赵知年脱下大衣披在她的肩上："别着凉，感冒该更严重了。"

付云意下意识就想说"明明你也感冒了"，思考了一瞬之后，她还是顺从地披上了他的外套。外套上有浅淡的檀香气息混杂着像是某种柔顺剂的香气，是离他足够近才能闻到的香气。

付云意觉得自己沉寂了十六年的少女心终于活跃起来了。

"那你觉得我是什么样的人呢？"她突然回问了一句。

赵知年撑着围墙，看了一眼天幕。

月色很好，甚至有几颗遥远的、闪烁着的星。

从前出于教养，在和人说话时他都会安静地看着对方的眼睛，这一次他没有看她，而是看着某一颗不知离他究竟有多远的星。

"我觉得……你是一个非常可爱的小姑娘。"

过了元宵，整个年便过去了，离开学的日子也不远了。

高中生活过得飞快，晃一下神好像就是几个月过去，眨一眨眼高一一整年就溜走了，暑假也要来了。

课程越来越多，假期越来越少，仔细想想的话，每一天过得好像都千篇一律。

倒是也有一点不同的。

文理分科之后，（9）班和（10）班进行了整合，周明煦成了付云意的同班同学，甚至是前后桌。付云意怀疑老王是故意这么做的，但苦于没有证据，只能咬牙切齿地和周明煦相处着。做前后桌的时间长了，两人竟也培养了一点革命友谊，甚至能互相讲讲数学和英语。

在赵知年的辅导下，她慢慢摸到了数学这个科目的窍门。赵知年后半年几乎没有参加任何围棋比赛，安心复习文化课，付云意便和他一起在赵家的书房里上晚自习，偶尔她遇到不会的数学题就折好，等他复习完了，她再统一问他。

高考要比中考早二十天，付云意给了赵知年四颗水果糖，让他考一门吃一颗。

高考考完那天恰好是周六，付云意丢下写到一半的英语卷子，跑到赵知年的考点门口等他，远远看到他的身影就使劲招手。

赵知年笑着向她走过来，然后他们一起回家，一路上谈了好些关于未来的设想。付云意问他想考哪所大学哪个系，赵知年却笑着跳过了这个话题。

秋天的时候，她依旧能在大院里看到在树下安静地看棋谱的赵知年，那个时候她才知道他参加高考只是想让自己不比同龄人缺少文化知识，他人生的主调其实还是围棋。

彻底地结束高中生活之后，赵知年几乎全身心地投入围棋中，她经常发现他从大院里消失，就知道他不是去棋室集训，就是去外地参加比赛了。

她自然知道围棋对他的重要性，平时有什么出游计划也不会叫他，两个人相处的时间反而比刚开始那半年少了许多。

但是付云意自己心里知道，这和之前不一样。

半年过去了，秦欢依旧是她的同桌，老王依旧是班主任，也依旧是没收一分钱代言费的耐克品牌忠实代言人，卫衣颜色都能凑出一条彩虹来。

要说这一年里印象最深刻的，还是祁景的中考。

之前她问过他要不要考附中，被他以"考不上"三个字堵了回来。付云意也没当回事，她知道祁景偏科比她还严重，语文和英语的成绩也就能凑个数学、物理的零头，祁家对他的成绩要求也不高，一心打算等他满十八周岁就送他去参加空军体检，好像他的人生就这么被安排下来了。

恰好那个夏天赵知年也要高考，付云意这种"重色轻友"的人自然没再管祁景的中考模拟成绩，只是把自己以前的英语语法笔记翻出来热情地赠予了他。

等到中考结束，她放学时刚好看到玩滑板回来的祁景，随口问了一句："考得怎么样？"

祁景做作地吹了声口哨："意姐放心，上附中没问题，等着我做你的小学弟吧。"

付云意听了这话，吓得手上的冰激凌圆筒直接砸在了地上。

那时她还对他这句话半信半疑，等到半个月之后中考成绩出来，付云意看到祁家一片快乐祥和的景象时，才意识到他还真做到了。

祁景中考确实是超常发挥，不仅能上附中，甚至可以去另一个区的一中，祁家父母本来想让他去一中寄宿，被祁景以"我要和意姐共进退"这种鬼扯理由拒绝了。付云意听说自己莫名其妙成了挡箭牌之后，要挟祁景买了一整个暑假的奶茶。

暑假过去，付云意发现，祁景和秦欢的关系似乎得到了飞速发展。

明明几个月前，祁景还垂头丧气地和她抱怨秦欢不解风情，结果高二一开学，她就发现从前站在学校门口的"活体迎客松"祁景移到了她们班级门口。开学还没一个月，她又听说了祁景成为他那一届物理小组组长的消息。从此他往她们班跑得更勤了，给秦欢送零食和奶茶也毫不避讳。

不仅如此，以前祁景和付云意关系好得不行，每天聊的内容能装满一卡车，他还时不时地和她抱怨一下自己无处安放的少男心思。结果现在他都不找她聊天了，每天就抱着自己的手机按来按去，一问就是在和秦欢聊天，也不知道具体聊了些什么。付云意每次想看，祁景都眼疾手快地关掉手机屏幕，还说"这是个人隐私"。

付云意不屑地道："爱说不说，大不了我给你买一学期早餐。"

"那倒不用。"祁景眨了眨眼睛，一副纯良好少年的样子，简直和从前吊儿郎当的祁小爷判若两人，"我们说好了，先做好朋友。"

付云意觉得这世界太魔幻了。

03

付云意还没来得及搞清楚他们两个人的关系是怎么突然变得这么好的，就遇上了一件更大的事情。

赵知年要去日本比赛了，一去就是半个月。

这听起来好像不是一件大事，赵知年十七岁就是职业八段的水平，为了高考忙了一年之后，自然要去挑战九段。这事大就大在从前他参加比赛都是和自己外公一起去，如今他外公年纪大了，为了避免舟车劳顿，赵知年只能和他师妹陆琬一起去，并且只有他们两个人。

付云意可太讨厌赵知年那个师妹了。

赵知年的外公程之行是很有名的围棋手，开了之行棋室之后，自然吸引了一大帮家长把自己的孩子送来学学围棋陶冶情操。程之行开的是很基础的少年班，雇了几名老师负责平常的教学，自己很少亲自收徒教徒。

听说陆琬就是程之行的关门弟子。

付云意和她在棋室打过几次照面。因为对围棋一窍不通，付云意每次跟着赵知年过去，大多数时候是玩他的平板电脑，等他练够了，两个人再一起去吃饭，要么就是看赵知年心情好，付云意坐到他旁边听他讲棋局。

女孩子的直觉最敏感，付云意轻易就发现她一个人的时候，陆琬看都不看她一眼，一旦她和赵知年说话，陆琬的眼神就会有意无意地往他们这边瞥。

为了印证这一点，她故意对赵知年没话找话了几次，说话时则看向布棋的陆琬，果真对上了她看过来的目光。

陆琬迎上她坦荡的目光，做贼一样把视线移开，装模作样地继续布棋。付云意看了一眼墙上挂着的一幅写着"静心、专注"的字画，"嗤"了一声。

看起来，这个关门弟子也不够静心和专注啊。

付云意眼里揉不下一粒沙子，发现陆琬对赵知年的那点小心思之后，她就几乎没再和陆琬正面接触过，连赵知年的棋室都很少去了。

只是，即使她知道自己不去棋室陆琬只会更开心，她也没办法对赵知年说出"要不你别去棋室了，在家里练吧"这种话，借她十个胆子，她也不敢拿赵知年的前程开玩笑。

因此，付云意听说了两个人要一起去日本待上半个月这个消息之后，直接去网上搜索了"青春期男女生亲密共度半个月会发生什么""如何不动声色地搞断别人的腿""断腿了是不是就不能上飞机"……

网络上没什么有用的信息，付云意也没找到机会不动声色地搞断陆琬的胳膊和腿之类的。不知道是不是因为她不想让他们一起去的想法太强烈，出发之前两天，陆琬家里突然发生了点事，所以没办法和赵知年一起去了。

付云意得知这个消息之后，恨不得把东南西北的各路神仙都拜一遍，她快快乐乐地奔向赵家，自告奋勇地道："赵知年，我陪你去吧！"

"我从小就喜爱日本动漫，十几年来最大的心愿就是去那片诞生了那么多我喜爱的人物的土地上看一看。"付云意说得情真意切，甚至抽噎了两下，演技越发逼真，"一想到马上就十七岁了，我还没有完成这个愿望，我就觉得我的人生好失败啊。"

赵知年抿着唇没说话。

付云意继续激情飙戏："知年哥哥，你也不用担心护照的问题，我去年就办好了，听说你这种去国外比赛的，我可以跟着办理随行签，所以签证也不是问题。"

连他自己都没想这么周全的赵知年一时无语。

"寒假只有二十三天，这次期末考试我前进了五名，数学也考了历史最高成绩，我爸爸妈妈一定希望我劳逸结合、趁着寒假好好放松自己一下。"小姑娘说完一抬头，一双眼睛亮晶晶地看着他，里面盛满了期待，"你说我阐述的这些理由是不是特别有说服力？我都说到这份儿上了，要是你再拒绝我的话，是不是显得特别冷血无情？"

或许是真的被她这一套说辞打动，或许是因为酒店之类的早就订好，少去一个人也是浪费，赵知年竟然点了点头："你想去就和我一起去吧。只是我会很忙，可能没有时间照顾你。"

付云意一挺胸脯："我不需要人照顾，我都可以！"

她吼着"祁景你家前年没放完的一千响大红鞭呢？快给我拿出来，虽然说了节日里禁止燃放烟花爆竹，但是又没说平日里不让放"，就蹦蹦跳跳地下了楼。

赵知年无奈地看了她一眼，转头回客厅继续收拾自己的行李。

他之所以同意付云意跟他一起去，并不是因为她那个"追逐儿时记忆"的理由，而是出于自己的私心。

只要她能少闯一点祸，带上她倒也不是什么大不了的事。

两天后，付云意拎着自己的二十寸小行李箱，在大家的注视下和赵知年一起坐上了去机场的车。

看到祁景冲她疯狂挥手的样子，付云意没来由地有一种强烈的优越感。

这人还"任重道远"呢，她都能和赵知年双人旅行了。

想到过不了多久就是当初她和祁景的"一年之约"到期的日子，一学期的早餐她志在必得。

可惜她到底还是年纪小了点，一路上遇到的各种麻烦事让付云意的这种志在必得的激情从到达日本那一刻起就呈阶梯式下降。

作为参赛选手，赵知年一下飞机就被组委会接上一辆大巴车去酒店核实身份、确认签到。他原本想带着付云意一起过去，但她如同脱缰野马，坚持要自己先在外面玩上一圈再回酒店。赵知年拿她没办法，只能拿了一张写了酒店地址和他新手机号码的便签让她带好。

两个人在机场分别，付云意到国际货币兑换柜台换了一些钱，又随着英文指示牌轻而易举地找到了出租车乘坐点，老老实实地排了几分钟队之后，就上了车直奔东京塔。

她上课的时候偷偷看了不少日本少女漫画，对这个几乎出现在每一本恋爱漫里的地方再熟悉不过。上车之后，付云意有些兴奋，忍不住用英语悄声问司机大叔："听说两个人一同看见东京塔灯光熄灭的瞬间，就会一直幸福，有这样的说法吗？"

大叔显然不熟悉她的英式发音，付云意慢吞吞地重复了好几遍，大叔才总算明白了个大概，他在后视镜里看到了她学生模样的打扮，笑眯眯地对她说："Kiss, kiss！"

生怕她听不懂，他还用两个大拇指做了一下贴在一起的动作，执着地为她表演接吻会更灵验这件事。

付云意一边道谢一边疯狂摆手："No，No，No……"

大叔只当她是太害羞了，又快速地说了一堆她听不懂的日语。直到下车时，大叔还对她的问题念念不忘，一边对她使眼色，一边握紧拳头："がんばる（加油）！"

付云意搜索着大脑里贫瘠的日语储备，一边点头哈腰地说着"ありがとうございます（谢谢）"，一边飞快地跑开。

理智和自知之明她还是有的。她毕竟不是恋爱少女漫中的女主人公，就算来这儿前灌了一瓶二锅头，也不敢对那位赵姓神仙做出如此胆大包天的事。

想到这儿，付云意苦涩地叹了一口气，挠了挠头。

她能在离开之前把赵知年顺利骗到东京塔来就不错了。

接下来的几天，赵知年忙着做一些赛前准备，付云意就在东京的大街小巷乱窜。每次出门都要被赵知年唠叨几句"注意安全"，但眼看着她每天都高高兴兴地回来，还会给他带一堆大阪烧、鳗鱼饭团一类的街边小吃，他慢慢也就放下心来。

他刚一放心，就出了事。

那天，付云意探索奥秘的心作祟，没有像前几天一样去城区繁华的商业地带，而是在酒店附近的小巷里游荡。

酒店坐落在有些偏僻的郊区，出门后在巷子里走上好一阵才能看到街边的几家小吃店和便利店。付云意随便买了一点东西当作游荡干粮，背着自己鼓鼓囊囊的小包继续乱走着。

或许是前几天的游玩经历让她放下了戒备，听到越来越近的杂乱脚步声时她也没意识到危险的到来，直到后背受到了一阵大力拉拽，那个小包被人抢走，她才后知后觉地反应过来自己在异国他乡遇上了抢包客。

她一边追一边呼出手机上的紧急联系人，狂跑着磕磕绊绊地用英语说："我……我的包在 RC 酒店附近的村上奶奶饭团店这边被人抢了，我要和他们干……干架……"

她以为打的是警察的电话，完全忘记了自己在来日本的第一天就把紧急联系人的第一位换成了赵知年。

原本在酒店里专注备战第二天比赛的赵知年接到电话，被吓坏了，丢下棋谱就往外跑。

他一路风驰电掣地冲过去，远远地就隐约听到了扭打的声音。

付云意以一敌二，气势上勇猛无比，实际上根本打不过。

她越是想夺回那个小包，抢走她包的两个少年就越觉得里面装着好东西，死活不肯还给她。两个人并未打算伤害她，只是看她实在是太难缠了，就顺手捡起路边散掉的栏杆中一根带铁钩的棍子，威胁性地在她眼前晃了一下。

赵知年却误会了，以为他们要伤害付云意，想也没想就把她拉到身后，右手刚好迎上了那根铁棍在空中挥舞时的一击。

两个少年见真伤了人，趁着付云意关心赵知年伤势的瞬间，头也不回地逃离了现场。

最后不仅那个包没追回来，还害得赵知年成为围棋比赛史上绑着绷带上赛场第一人。

回酒店简单地包扎了伤口之后，赵知年冷着脸问她："你是因为身份证还有护照在包里才去追的吗？"

付云意摇了摇头。

"那是因为你的钱包在那个包里？"

付云意又摇了摇头。

赵知年即使有着再好的脾气也压抑不住怒气："什么都没在包里，你抢回它做什么？不要命了？！"

付云意避而不答，企图为自己解释："我本来没打算打扰你的……我忘了自己把紧急联系人第一个设置成你的号码了，以为是报警呢，听说这边治安很好，我不会有事的。"

这一通解释完之后，赵知年看起来更生气了。

他把她的钱包、护照、身份证件全部放进自己房间的抽屉里，然后沉声说："明后天在酒店好好休息，哪儿也别去了。等比完赛之后，你想去哪里，我再带你去。"

在她的印象里，赵知年永远是温和，甚至是温润的，能包容她犯下的大部分小错误和身上的小毛病，但就是这样的人，她成功把他惹生气了两次。付云意自知理亏，老老实实地答应了，就小碎步挪出了他的房间。

包里有一样东西，她还没来得及和他说，那是她前一天特意买的"必胜御守"，打算晚上给他，祝他比赛顺利的。

但现在看看他包得像白萝卜一样的右胳膊……付云意就觉得丧气。

"御守"灵不灵她不知道，"御守"丢了之后的后果倒是显现了。

这比赛还没开始，就已经很不顺利了。

两天的正式比赛结束之后，她也不敢问赵知年结果，她十七年来都没这么乖巧过，赵知年走到哪儿她跟到哪儿，活脱脱的人形小尾巴。

赵知年似乎也没有再生她的气，吃早餐的时候还主动给她倒了一杯甜豆奶。

付云意见他似乎心情不错，赶紧道："我们晚上去看东京塔好不好？午夜十二点去看那种。"

赵知年听了之后皱了一下眉头，大抵是把她的这个想法和某个儿时的执念联系到了一起，但他没有多问，点点头就算答应了。

冬天的夜晚温度还是低一些，塔上也没什么人，付云意一边搓手取暖，一边等着塔内检修完毕之后不知会何时到来的灯光熄灭瞬间，手腕就在此时猝不及防被人捉住。

为了好看，她没有穿羽绒服，而是披了一件大大的斗篷，斗篷没有口袋，她的手自然也没处放。赵知年见她一直搓着手，双手捉住她的手腕就把她的手放进了自己大衣的口袋。

小小的口袋里多了一只手，空间变得更加狭窄，好像她伸一伸手指，就能和他的碰到。

因为她的两只手放在了他的两个口袋里，他们从并肩站着变成了面对面的姿势，就好像她被他抱在了怀里一样。在这种暧昧的姿势下，付云意的心跳瞬间加速了，怕被他发现自己的异样，她只能踮着脚越过他的肩膀佯装向往地继续注视着依旧灯火明亮的庞大铁塔。

灯光熄灭就是在某一个猝不及防的瞬间，付云意眨了一下眼适应突然袭来的黑暗，有点惊讶地说：“哇，这就熄灭了哎！”

赵知年没有说话，她怕他没看到，用侧脸蹭了蹭他的胸口，示意他回忆刚刚发生的事情：“你看到熄灭的那一瞬间了吗？”

她的动作幅度大了一点，手指一松，不小心就触碰到了他的手掌。

赵知年感受到她指尖传来的寒意，不动声色地把她的指尖包裹在自己的左手掌心里，然后轻轻应了一声：“嗯。”

看灯光熄灭的游人陆续离开，他们却一直保持着面对面的姿势站着。付云意能清楚地听到他温润的嗓音自她头顶传来，甚至能感觉到他的下巴偶尔擦过她的发顶。

付云意傻笑了几声，赶紧深呼吸几口缓解一下因为他做出的小动作而产生的窒息感：“那你知不知道为什么我一定要带你来一起看东京塔灯光熄灭的瞬间啊？”

赵知年配合着问：“为什么？”

她不肯告诉他，故意卖了个关子：“明年我再告诉你，明年我就十八岁啦！”

赵知年垂头看到她亮晶晶的眼睛，忍不住弯起嘴角笑了一下，口袋里的手松开她的指尖，改成了和她碰了碰指尖。

他答应她：“好，那我等你明年告诉我。”

Chapter 8
他突然有点想那个咋咋呼呼的小姑娘了

01

付云意和祁景那个"一年之约",最后以谁也没有真正成功、两个人各自负责自己的早餐告一段落。

从日本回来之后,赵知年待在大院的时间明显增加了,若非必要,他大多数时间待在家里练棋。而且那一场比赛他成绩不错,距离升到职业九段只差一个机会。

最高兴的自然是付云意。

只可惜从高二下学期开始,作为附中的"准高三生",还是在重点班级,他们被迫上晚自习上到晚上十点,而且还有一个小时的自愿延长自习,周末也被残忍剥夺,只剩下一天的月假。赵知年即使住在大院,两个人见面的次数也并不多。

老王一进教室就听见一片哀号,他气不打一处来,两步跨上讲台就拿黑板擦狠狠地敲了两下黑板:"这都什么时候了,你们能不能上点心?今年你们还能看着别人高考看看热闹,等到明年这时候要上战场的就是你们自己!你们扪心自问,自己准备好了吗?"

坐在付云意前面的周明煦懒洋洋地接话:"我觉得我准备好了。"

他的声音不大,老王没听见,付云意却听得清清楚楚,她一伸腿就踹向了他的凳子:"你准备好了关我什么事?数学好了不起?给爷闭嘴!"

周明煦也不生气,转过头来冲她笑得吊儿郎当:"你别怕,数学上有什么不会的,哥教你呀。"

付云意翻了个白眼,又是一脚过去:"承蒙关照,我智商在线,自己能研究明白。"

两个人一来一往交流得正热烈,台上老王怒不可遏的声音猛地传来:"周明煦和付云意,你们两个又在聊什么?对这个规定有什么意见就大声说出来,别在下面交头接耳!"

两个人看都没看彼此一眼，异口同声地道："报告老师，我们觉得新规定棒极了，没有任何意见！"

老王觉得自己离心肌梗死不远了，一挥手："不管你们对这个规定有没有意见，老师在上面讲话的时候，不允许在下面交头接耳，给我去走廊上站着反思等我！"

两个人又是同时一个鞠躬："好的，老师！我们等您！"

同学们哄堂大笑，笑声大到几乎响彻走廊。

老王又拿黑板擦狠拍了一下黑板，班里总算安静了下来，然后他走出门，打算教训一下两人。

当年遇上一个付云意就够他受的，没想到文理分科之后两个重点班合并，又给他送来周明煦这么一尊大佛。最令他头痛的是，高一时还因为闹矛盾被他叫到办公室调解的两个人，不知道什么时候握手言和了，还时不时地联合起来一起气他。

这两个人一个是一个月三十天，二十天都要踩着七点二十那道铃声才会进教室的迟到大王，一个是让他干点什么事情，不到最后一刻坚决不做的拖沓大王，混在一起简直是绝了，让他一点办法都没有。偏偏这两个看起来吊儿郎当、一点都不上进的人，又和秦欢一起牢牢地霸占着校榜前三的位置，从来没下来过，搞得他时不时就深刻反思一下是不是学霸都有点奇奇怪怪的小毛病。

可人家秦欢怎么就没有呢？

周明煦和付云意完全不知道老王复杂的心路历程，逮住了机会有一搭没一搭地聊着天。外人看来两个人的表情都十分认真，好像在郑重地讨论着与学习有关的话题，实际上周明煦是在皱着眉头问付云意："为什么你们女孩子都那么喜欢喝奶茶啊？还一边喝一边说自己太胖了，喝奶茶难道不会长胖吗？"

每天就靠奶茶续命的付云意翻了个白眼，无语地道："这两者之间有矛盾吗？你们男生还不是一边吵着自己都没钱吃饭了，一边给游戏里'氪金'，这难道不是一个道理吗？"

　　对于她举的例子，周明煦表示十分认同，点点头，又问："那你最喜欢喝什么奶茶啊？"

　　提到这个付云意就来劲了："那要看喝哪一家的了。要是西门那家奶茶店，我最喜欢他家的三分甜茉香奶绿加布丁和波霸，夏天的五分甜去冰水蜜桃绿茶加椰果也不错；要是南门那边的话，他们家冬天的芋泥波波奶茶简直是人间绝品，不需要另外加糖就超级好喝！"

　　她以为他就是随口一问，自己也是随口一答，根本不知道少年已经默默地把她的话记在了心里，和物理公式以及化学反应式放在了同样重要的位置。

　　老王抱着胳膊默默地听完了付云意关于学校周围奶茶店的测评，在越来越渴之前忍不住咳嗽了一声，提醒他们自己的存在："你们两个，对自己的期末成绩都很满意是不是？"

　　这种班主任的经典问题一问出来，付云意就迅速换上了一副笑脸，完美应对："那怎么可能？我觉得我还有很大的提升空间。"

　　老王听惯了她这话，知道她张口就来，根本不上当："少跟我说这些虚的，你们当年政治不是都学过做人要实事求是吗？你给我实事求是地分析一下自己的问题！"

　　在周明煦和付云意被迫在走廊里深刻反思了自己在上一次期末考试中各科暴露出来的问题，痛心疾首地斥责了自己犯下的低级错误，纵情展望了一下自己的美好未来之后，老王总算是放过了他们。

　　当下午的放学铃响起时，老王的身影也消失在了走廊尽头的楼梯口，付云意伸了个懒腰："累死我了。"

周明煦看着她，似笑非笑地说："高考英语什么时候有过翻译题了？还说自己因为知识面不够广导致翻译题的关键词没写出来？"

付云意摆了摆手，一副毫不在意的样子："随口胡扯嘛。我前两天练四六级的翻译来着，期末考试我的英语就作文扣了一分。你不也是乱说了一通嘛。"她看了他一眼，"拜拜啊，我回去喝口水，然后就去食堂吃饭了，刚刚说了那么多废话，渴死我了。"

周明煦"嗯"了一声，也冲她摆了摆手。

等到付云意吃完晚饭，和秦欢一起回来的时候，赫然发现自己的桌子上摆了一杯西门奶茶店的饮料。她从塑料袋里拿出那杯饮料，看到杯壁上打印的纸签上写着三分甜的茉香奶绿加了波霸和布丁。

付云意"哇"了一声："这谁送的啊，也太贴心了吧，小欢欢，你背着我偷偷给我买奶茶了？"

秦欢摇了摇头："我晚上一直和你待在一起啊。"

付云意皱了一下眉头，随即排除了祁景，他只会买全糖的珍珠奶茶，好像他的世界里只有这一种奶茶一样，而且如果是他买的，不可能没有秦欢的份。她的好奇心被勾了起来，端起那杯奶茶细细观察，像侦探一样猜测到底是谁送的。

过了一会儿，从老王那里拿了数学晚测卷子的周明煦走了过来，自从他来了（9）班，数学课代表这一光荣的职位就落到了他身上。他扫了她一眼，奇怪地问："你怎么不喝？难道我记错了口味吗？"

付云意一愣："啊？奶茶是你给我买的？"

周明煦点了点头，抽出最上面的两张卷子递给她和秦欢："我按你说的买的，没记错吧？"

付云意立刻把那杯奶茶放到他的桌子上："还给您还给您，无事献殷勤，非奸即盗，我可受不起。"

周明煦笑了："你有被迫害妄想症？我这是补偿你最后一堂课因为

和我聊天被老王叫出去，还被迫编了一串自己在各个科目上的问题，才给你买的。"

付云意又迅速把奶茶拿了回来，笑眯眯地夸他："您真有良心。"

"你要是喜欢喝的话，"周明煦一边给别人发卷子，一边漫不经心地说，"我可以天天给你买。"

正在做卷子的秦欢促狭地看了她一眼。

付云意装出一副恶寒的样子，颤抖了一下："你说这话，文科班小班花不会吃醋吗？"

那一年，她和周明煦发生矛盾就是他莫名其妙地说她进入数学小组占了别人的名额，当时付云意还奇怪他是怎么得出这个结论的，教导主任又没有公布每个小组有多少个名额。后来她辗转打听了一圈，才发现是当时和他一个班，现在在文科重点班的陈璐瑶四处散布消息说她自己差一点就能进数学小组了，结果被老王硬塞了一个什么都不会的付云意进去，才把她挤了出去。

平心而论，陈璐瑶确实长得很美，付云意这样的视觉动物也完全能理解周明煦"冲冠一怒为美人"的行为。

周明煦大概是嫌一张一张发试卷太麻烦，干脆把卷子分成四摞让大家传，然后皱眉反问了一句："你又是打哪儿听到的八卦？我什么时候和陈璐瑶扯上过关系？"

付云意挑了挑眉，只当他是害羞了，戳戳他的肩膀："你赶紧做卷子吧。"

一套晚测卷子做完，再做一点当天的作业，整个晚自习也就过去了。付云意自然是不会上最后那个小时的自主延长自习的，和秦欢碰碰拳头告了别，她就利落地背上书包走出了教室。普通班连晚自习都并非强制，因此这个时间校园里的人并不多。

付云意扯着书包带子快快乐乐地往校外走去，突然听到一道熟悉的声音叫了她的名字。

"小意。"

她偏头往声音传来的地方看去，就看到赵知年一身黑色风衣，安静地站在路灯下。

走夜路确实不安全，原来都是祁景主动跟她一起回家，但是这一周因为祁家奶奶心脏犯了毛病，祁景就没有上晚自习。付云意本以为这周要自己一个人回家，此刻却惊喜于这神仙竟然亲自来接她放学。

赵知年看到她高兴的样子，心情也很放松，冲她摇了摇手上的袋子："听祁景说，你喜欢吃西门对面鸡排店的番茄孜然味鸡排和奶茶店里的奶茶，就买了给你。"

付云意收到的惊喜加倍，于是毫不客气地接了过来，看到奶茶纸签上面写着的"茉香奶绿"四个字，忍不住嘀咕了一句："怎么又是茉香奶绿？"

四周很安静，赵知年清楚地听到了小姑娘这一声浅浅的抱怨，皱起眉问她："还有谁给你买了茉香奶绿？"

付云意当然不肯说实话，"嘿嘿"一笑，赶紧扯了点别的把这事糊弄了过去。

02

赵知年接她放学持续了整整一周。

每晚十点，他都会在校门西侧的第一盏路灯下等她，还会带一些她喜欢的小吃。

有一天两个人一起回家，付云意满足地喟叹了一句："啊，有一种爸爸每天接我放学的感觉。"

赵知年面无表情地看了她一眼。

"没有冒犯您老的意思。"小姑娘笑嘻嘻地靠了一下他的胳膊，吸了一口奶茶，含混不清地说，"可靠。"

赵知年轻笑了一声，似乎还真认领了"爸爸接放学"这么个设定，关心起她的成绩来："月度测试考得怎么样？平时数学还有哪里学不明白吗？"

他的数学辅导课只持续了整个高一，从他高考结束的那个夏天起，她就没再因为学习的事情去他家找过他。他知道付云意的底子，只要耐下心来认认真真学肯定都能学会。

果真听到她满不在乎地回答："没什么问题，都能学明白，考试也没有压力。"

他知道她说的都是实话，象征性地说了一句："继续努力。"

奶茶见了底，付云意随手丢进路边的垃圾桶，低着头看他们被路灯照着投射在沥青路上的影子。

看着看着她就起了别的心思，故意往赵知年那边靠近一点，果真影子也靠近了一点，胳膊的部分重叠在了一起，像牵着手。

赵知年没注意到影子，对她做的小动作毫无察觉。

见他依旧平静地走着，付云意的胆子更大了一点，她干脆伸手牵住了他的右手袖口。

赵知年走路的姿势僵硬了一瞬。

付云意自然感受到了他的变化，笑嘻嘻地给自己找借口："知年哥哥，我手冷。"

从前她叫他，都是连名带姓地叫，只有在长辈面前或者有事求他时才会软软甜甜地叫他一声"知年哥哥"，但最近她频繁地这么叫他，其中的原因和小姑娘的心思，他不敢深想，只是疑惑地看了她一眼。

她拽他的袖口拽得起劲，甚至晃了两下，重复道："知年哥哥，我手冷。"

他今天穿的衣服袖口宽大，完全能放进去两只手。付云意不管不顾地想把自己的手伸进他袖口，赵知年却抬手避开了。

"现在是春天，马上都五月了，室外温度适宜，不会冷。"少年沉声说。

付云意听到他的话，撇了撇嘴。

果然在东京塔上梦境一样的记忆，只不过是赵神仙在那一刻短暂地下凡，一回国他就又恢复清冷禁欲的神仙模样。

天上的赵知年坚定地守着自己的神仙人设不肯下凡，地上的普通人周明煦在萎靡了一阵后，又蠢蠢欲动起来。

付云意觉得他最近好像越来越不对劲，尤其是在数学小组里，她回归之后的数学小组里。

高二上学期的期末考试之后，老王就又找她谈了一次，问她有没有兴趣重新加入数学小组。虽然她这一年半参加的竞赛项目应付自主招生初试阶段早就绰绰有余，没必要非要去挑战自我参加数学竞赛，但一想到近来的晚自习不是数学晚测就是理综晚测，比起做那些没意思的试卷，好像还是数学小组更有趣一点，想明白之后她也就同意了。

再一次回到熟悉的阶梯教室，周明煦依旧是组长，坐在第一排最中间的位置。看到她走进来，周明煦大手一挥，后面几个组员一人举起一张A4纸，上面歪歪扭扭地写着"欢迎付云意回归"。

付云意被这阵势唬得愣了一秒，假笑着拍了两下手掌说："谢谢、谢谢，这仪式可太盛大了。"

周明煦也笑着鼓了两下掌，文绉绉地说："这叫什么？这叫'士别三日，当刮目相看'。"

付云意冷漠地看了他一眼，毫不领情："不好意思，当年您第一天就给我五道我连题干都读不懂的数学题，还有莫名其妙和我吵架的事，我可还都记着呢。"

她一来，整个阶梯教室的氛围就特别欢乐。数学小组的人大多数是他们本班的同学，王扬带头嘲笑起周明煦来："周哥，你不行啊，你看看你特意嘱咐我们搞欢迎仪式企图唤起小付对数学小组的美好回忆，结果人家只记得你挑刺的事了。"

周明煦笑着向付云意道歉："过去的事情就让它过去吧，要不我今天晚上再给你买一杯奶茶？"

听起来好像是随口一说，但付云意知道他绝对不是随口一说，她要是真点了头，他晚上一定会拿着奶茶回来。

要说他们两个的关系，确实从一开始的水火不容到了相对和睦的程度，但是在付云意看来，她和周明煦还没有熟到他随随便便就要给她买奶茶的地步。

他一提到奶茶，付云意就想起了那天赵知年的那句"还有谁给你买了茉香奶绿"，后面还加了刻意压低的鼻音，轻飘飘的威胁语气。想到这儿，她就有些后悔，她当时就应该添油加醋地说学校里有好几个男生抢着给她买奶茶，她一天只大发慈悲地接受一个人的奶茶。不是说判断一个男生在不在乎你，就要看他会不会吃醋吗？万一赵知年深藏不露，没准她再说什么自己手冷想伸进他袖口，他就不会拒绝了。

失策啊失策。

六月悄无声息地来临了，付云意又是一个多月没有见到过赵知年，估计他又一心扑在棋室上了，他也没给她发信息，在她手机的短信信箱里，他的电话号码早就被各种各样的消息挤到了底部，像一个摆设。

她想主动问问他最近在忙些什么，想了想还是先征询了一下秦军师的意见："你说，如果你正在忙事情，我给你打电话或者发短信关心你，你会不会觉得我烦啊？"

付云意自己都觉得惊奇，她从前什么时候考虑过这种事，好像整个地球都是围绕她转动的一样，只有别人嘘寒问暖关心她的份，哪有她主动关心别人的。

教室里吵吵闹闹的，秦欢没听清楚，付云意又好脾气地重复了一遍，秦欢笑了："你要关心谁学习忙不忙啊？那你直接找那个人问问就好了呀，打电话发短信多浪费钱呀。"

付云意随手扯了一张前两天买的猪鼻子便利贴就贴在了秦欢的嘴上："你当我像你一样啊，想找祁景下个楼到高一部就好。我心有所属的那个人又不在学校，每天连人影都看不到，我可太难了。"

过了好一会儿秦欢才意识到她说了什么："你你你……"她压低了声音，"不会吧小意，你胆子居然这么大。"

付云意一摆手，冲自己的小同桌眨了眨眼睛："嘿嘿，成年之后再告诉你。"

秦欢看到她笑嘻嘻的样子，也忍不住对她说："那我也告诉你一个秘密吧。"

付云意猛地直起身来，就听到秦欢道："成年之后再告诉你。"

"……"

两个人有一搭没一搭地聊着天，最后秦欢感慨了一句："时间过得好快呀，我们竟然就要上高三了。"

上周末，原高三的学长学姐们高考结束，彻底搬出了高三那栋教学楼。等到期末考试结束，他们就会抱着自己的书搬到那栋楼里了。

付云意点了点头，也跟着感慨了一句："是啊，以后祁景给你送点什么吃的喝的，还要多跑几步路，可怜的孩子。"

秦欢："……"

秦欢和祁景的关系变好，说起来还是多亏祁景实在是意志力坚强，堪称死缠烂打。

起初，祁景每天给秦欢发短信，短信内容全是各种物理题，用的还是虚心求教的语气。然而，秦欢早就从付云意那儿知道了他的中考成绩，能考出那样的成绩，自然是有自己的学习方法的，根本就不需要她的指导。

后来大概是在学习方面实在没什么可聊的，祁景又给她发一些有的没的，基本上是废话，但就是莫名能让人感受到他打字时的字斟句酌、小心翼翼。即使有时她学习太专注没有看手机，到了晚上十一二点才回复他，也能马上收到他的回复。

他总是秒回她，秦欢怀疑他是不是时时刻刻都看着手机。

不仅如此，祁景还不知道从哪儿知道了她家的住址。

放寒假的时候，有一次他没头没脑地问她是不是还住在原来的地方，她觉得奇怪，但还是老老实实地回答了"是"，没想到第二天出门买菜的时候就在小巷口看到了支着滑板立在那儿的祁景。少年穿着厚厚的白色羽绒服，脖子上随意缠了两圈暗红色的围巾，整个人看起来一点都不笨拙，反而有一种无法形容的帅气。

秦欢当时没敢直视他，只是轻声问他："小意又想吃那家的豆腐了吗？你对她真好。"

祁景第一次去她家附近被她遇见的时候，用的就是"给付云意买东西，全城只有这里有"这个理由，她当时还想着祁景对付云意真好啊，他是真的喜欢她才会这样吧……

这次，回答她的是一声含义不明的轻笑，祁景顺着她的话说："那你要和我一起去买豆腐吗？"

秦欢沉默了两秒，最终还是内心的渴望战胜了理智，她冲他点了点头："好呀。"

一路上，他絮絮叨叨地说他决定选择理科，说上了高中之后才知道当年付云意为什么那么厌恶数学小组的活动，说自己因为完全放弃历史、地理和政治这三个科目而被文综老师集体报复，放假之前还要他写不少于八百字的中国近代史多方位论述，还说他觉得附中肯定比一中好玩，起码学校周边好吃的多……

她安静地听着，时不时地应和一声或是笑一下，偶尔偷偷偏过头看他一眼。

买完菜回到巷口，她接过他手上帮她拎的那些菜，认认真真地道谢的时候，祁景叫了一声她的名字："嘿，秦欢。"

她以为他有什么东西忘了给她，便抬头看向他。

他难得没有像从前那样讨好一般小心翼翼地和她说话，而是直截了当，甚至带了一点压迫性地问她："付云意说你语文成绩很好，你看起来也不像是词汇贫乏的人，那你到底是不想和我说话，还是不敢和我说话？"

可能是一路上被冷风吹着了，少年的眼角带了一点红，她不肯回话，更不敢直视他的眼睛。

那时的她太过迟钝，还未窥见少年的心意，只觉得自己那点别扭的情绪被他戳破了，她一时间有点不知道该怎么面对他。

秦欢拎着菜头也不回地跑走了。

少年带着笑意扬声喊出的那句话却一直萦绕在她耳边："喂，你不回答，我可就按我心里想的那种处理了啊！"

回到家后，秦欢越想越觉得不对劲，只是理智让她下意识地忽略了这份不对劲。

等到后来他们的关系更亲近，误会解开，她才慢慢地意识到他做这些分明就是故意的，他说的找遍全城都买不到的东西，明明很多超市里都有。

祁景听了她一直以来的误会之后无奈至极，给她出主意："这样吧，我给你提一个建议，你把付云意那本《绝世帅男爱上我》借来好好看看。作为一个学霸，对于自己不熟悉的领域，就要努力学习嘛。"

回想到这里，秦欢看着付云意，脱口而出："小意，你那本《绝世帅男爱上我》被老王没收了吗？"

付云意一挑眉："没啊，老王什么时候有能力没收我的书了？"

秦欢点点头，有点不好意思地说："那你……能借我看看吗？"

付云意脸上的表情堪称精彩纷呈，秦欢被她看得更不好意思了，最后付云意吹了一声悠长的口哨，笑眯眯地说："没问题呀。"

秦欢脸红得快滴出血来，立马扭过头去做几道物理题平复心情。

03

接下来的半年里，最大的事就是付云意的十八岁生日了。

大院里的这帮玩伴除了沈桉和她同级，其他人都比她小。付云意之所以能建立起"付霸王"的威名，除了因为年龄大一些，主要还是因为她这个人就如同当代宋江一般，哪里有事就出现在哪里。小学时负责在武力上碾压企图拿毛毛虫吓唬他们的淘气小男孩，长大了负责和人比试英语，学了一串生僻词汇，吵架时骂别人一通，那人一个词都听不懂。大家一起打打闹闹十几年，感情自然十分深厚，早早就开始商量怎么给付云意过一个终生难忘的十八岁生日。

祁景悄悄地把秦欢也带进了他们这个生日惊喜准备小组，这事不知道怎么被周明昫知道了，他拿了两本市面上买不到的竞赛题集贿赂祁景，强硬地加入了这个小组。

整个大院不知道他们的秘密活动的，就只剩下付云意和赵知年了，付云意是被大家集体蒙在鼓里的主角，赵知年则是因为根本不在大院。

赵知年一直很忙。

他外公的身体越来越差，三天两头就要去一趟医院，老人念着他还没升到九段，不肯让他在医院陪护，赶他回去好好练棋。

自从上次提起离婚话题后，赵知年和赵明德两个人本来就淡漠的父子关系越发冷硬。赵知年似乎掐准了赵明德的工作时间，每次赵明德休息时回大院住，赵知年就一声不吭地跑到棋室去，摆明了不想和他多谈。

赵明德气得要死，甚至找去了棋室，好在付云意提前给赵知年发了消息，才没有让他措手不及。

那一年赵知年说的那句"我不愿意"，还真被老赵听了进去，快两年过去，也没听说他要再娶的消息。那天可能是见老赵熬得双眼通红，他心里一松，父子两个难得安安静静地吃了一顿饭，他对老赵那些关心的问话也是有问必答。

可面上再怎么一派平和，心里的隔阂还是存在的。

最后，由于父子俩能聊的话题实在太少，老赵随口说起了大院里那些小孩的事："我今天看到祁景他们鬼鬼祟祟地搬着一箱东西，我起初还以为是什么违禁物品，一问才知道原来是给付家那个小姑娘准备的十八岁生日惊喜。搞得还挺神秘，我走的时候，他们还嘱咐我别告诉那小姑娘呢。"

见赵知年愣了一下，他问："你不知道这件事啊？平时也别就想着下棋练棋，偶尔也和他们玩玩。"

赵知年低头默默地喝了一口汤，应道："好的。"

北京这年的初雪还没下，天气就已经起了寒意，冬天早就来了。赵知年也不知道自己这日子过得算什么，竟然差点忘了她的生日。

她十七岁生日的时候，他去外省找外公的老朋友请教棋艺，没来得及回来陪她过生日。听到老赵提起这事，他才认认真真地想该准备什么生日礼物。祁景他们应该会搞大阵仗，赵知年想了想，几天后就找到街上一家蛋糕店，询问是否可以自己做生日蛋糕。

他想着小姑娘什么也不缺，十八岁生日送书本之类的学习用品也不太像样，干脆就亲手给她做个蛋糕吧。

这事确定下来之后，赵知年就继续忙了起来。要升段的不止他一个，陆琬也一直心心念念着升到职业八段的事情，只是她最近棋感不太好，赵知年和她下了几盘棋，都赢得轻而易举。

他看了两眼复盘之后的棋局，忍不住皱起眉头："你最近有心事吗？棋下得这么乱，完全没有长进。"

陆琬低着头没有出声。

自从那天付云意来了棋室，她心里就一直觉得怪怪的。她一直以为自己算得上与赵知年关系最亲密的女生，直到那天她看见赵知年带了一个小姑娘来到棋室，还耐心地给她讲解步骤，纵容她把他的东西翻得乱七八糟……

赵知年不知道她心里的小九九，板着脸道："你自己看一下你下的黑70这一着，这一手基本上没什么用处，白白浪费了一颗棋子。还有黑78这一手，你下得太松缓了，为什么不放在A位扳呢？如果你走上A位的话，我的白棋只能在B位接，黑棋可以夺回先手，整个局势也不至于那么被动。"

陆琬原本专心地听他指出问题，只是她看着看着就又走神了。赵知年的眉头皱得更紧："你今天状态不好，去休息吧。"

他收了棋，拿起平板电脑就打算走向自己的棋桌。

陆琬愣了一下，随即反应过来，脱口而出："知年哥，明天我们再下一次可以吗？"

赵知年看了她一眼，点点头："可以。"

收棋之后，赵知年翻开棋谱，看了半晌，注意力却怎么也集中不起来。

他突然有点想那个咋咋呼呼的小姑娘了。

离付云意的生日还有三天的时候，赵知年收到了她的短信。

她不知道他在干什么，担心打扰他，语气很小心翼翼："我们最近在院里堆了个雪人呢，你要不要过来看啊？"

赵知年正在蛋糕店试做蛋糕，没有第一时间回复她。

他以为自己动手能力还不错，平日里做点东西都没多大难度，但是开始做蛋糕他才知道，除了往蛋糕坯子上涂奶油那一步简单，其他的步骤都困难极了。他连用果酱在蛋糕上写"生日快乐"四个字，写出来都歪歪扭扭，难看得不成样子。

最后还是蛋糕店的店员小姐姐给他出主意，给他拿了一些切好的草莓、黄桃、猕猴桃之类的水果让他在蛋糕上摆造型，赵知年还在想摆一个什么形状比较好，小姐姐就笑了："想不出来摆什么吗？那摆一个心形就好了啊。"

她促狭地冲他眨了眨眼睛，一副什么都懂的样子："我知道，你是给女朋友准备惊喜对吧？我要是你女朋友的话，一定会特别感动的！"

赵知年拎着草莓的手抖了一下，旋即平静下来，把它们放在蛋糕最中心的位置。

他在脑子里简单地构思了一下水果的摆放位置，然后轻声说了一句："不是女朋友。"

她还没成年呢。

店员小姐姐估计也是因为没什么客人很无聊，和他攀谈的欲望丝毫没有因为他的否认而减弱："不是女朋友的话，就是做蛋糕追女孩子咯？"

赵知年摆好了草莓和黄桃的位置，正在用猕猴桃摆彩虹的尾部，听到这话，他手上的动作暂停了一下，却也没有回话。

没有承认，也没有否认。

毕竟是试做，做好之后他就拎着蛋糕走出了蛋糕店，拿出手机查看时间的时候，看到了付云意给他发过来的那条信息。

北京前日下了雪，可他这段时间实在太忙，那天更是一天都待在棋室没有出门，等到他出门的时候，街道上的雪早就被辛勤的环卫工人扫到了垃圾堆旁。这会儿看到她发来的短信，他莫名想稍微放松一下，回去看一看她所说的雪人。

没准还能遇见她呢。

就因为这个莫名的想法，他拎着蛋糕盒子悄悄地回了大院，没有告诉她。

石榴树下果然站着一个小小的胖雪人，脸上塞了一根胡萝卜，脖子上还缠绕着一圈蓝色的布料，看起来像是围巾，他凑近了一看，发现那布料分明是付云意和他说过的学校统一发的蓝色桌罩。

这种不伦不类的搭配，整个大院也就只有一个人能做出来。

他和那个小胖雪人对视了一会儿，垂下手来，掌心覆在它冰凉的圆脑袋上。

赵知年抬起头，看见付家属于她的那一间屋子的灯光已经亮起，只是拉上了窗帘。他仔细看了一会儿，只能看到影影绰绰的人影。

他就那么看着她或许会在的方向，收回手来给她回消息："我后天就会回去。希望我回去的时候小雪人还在。"

他还没把手机放回到口袋里，手机就振动了起来，是付云意回复过来的消息："放心，一定会在！如果不在的话，我找来全北京的雪也会再堆一个出来！"

他看到她的消息，忍不住笑着轻轻地拍了拍雪人的头，轻声和它约定："喂，后天再见。"

夜色逐渐深沉，他没打算住在大院，回棋室之前忍不住又往付云意的卧室方向看了一眼。

还有三天，她就要成年了。

好像不久之前他们才第一次见面，那个时候的她还是个不肯接过他的糖果，冷声说"我才不喜欢那种花花绿绿的玩意"，一言不合就喜欢呛他的小姑娘，一晃两年多过去了。

他就这么想着，心念一动。

04

付云意十八岁那一天，不知道的人路过大院八成会以为里面正举办当代复古乡村风格的宴席，不是结婚就是孩子满月那种，条幅、腰鼓、大喇叭三件套齐上阵。

前一天晚上，付云意莫名其妙地失眠了，一时间无法把自己从未成年人转换到成年人的立场来，盯着漆黑一片的天花板发了很久的呆。

发呆内容大概可以叫作"回忆我这十八年的人生"。

付云意毕竟是付云意，她回忆着回忆着就觉得自己这十八年过得太不平凡了，堪称一波三折、精彩绝伦、波澜壮阔。

所以她回忆到了凌晨四点都没睡着。

眼看着遥远天边已经从黑色逐渐过渡成了一种深蓝色，为了能好好地应付其他人搞出的花样，她还是强迫自己睡了。

一觉好梦，起来已经是上午十一点半。

长寿面早餐直接变成了长寿面午餐。

她揉着眼睛出现在单元门口时，不知道躲在哪里的祁景就摆出了一个电影导演打板一样的姿势，几个人兵分三路向她冲过来。一路是沈桉放着冷烟花，后面跟着的周明煦试图演示"火花带闪电"；另一路把鼓敲得震天响，吓得方圆五百米以内的飞行动物都不敢靠近一步；还有一路由祁景和秦欢组成，秦欢举着每年必备的大红条幅，祁景端着一个看起来就十分美味的生日蛋糕。

三路人马同时冲过来，付云意差点在自己十八岁的第一天就患上心肌梗死。

也不知道这些人事先都商量了些什么，队形估计都没有排练过。火花带闪电的冷烟花小队里沈桉一脚踢飞了石榴树下小雪人的脑袋，付云意气得恨不得打他一顿，结果她牵一发而动队伍全身，秦欢为了躲避她，原本举着的条幅好巧不巧地搭在了祁景的头顶，猝不及防失明的祁景企图凭借记忆把蛋糕送到付云意身边，结果两个人刚好撞在了一起。

赵知年走到楼下的时候，看到的就是脸上糊了整个蛋糕的付云意。

场面一度非常混乱。

寿星的形象也非常喜感。

不知道是谁先笑出了声，付云意顶着一脸蛋糕笑着和他们厮打在了一起。

赵知年出门是去给她做蛋糕的，正巧目睹了上一个蛋糕的毁灭之路，他笑了一下，给她发消息，约她晚上再见面。

付云意看了一眼他的消息，不动声色地把手机放到口袋里。

面上的表情她还能控制住，可是心跳完全不受控制。

看到他说晚上见面的时候，那种奇怪的紧张感就好像小时候被推上台表演，被迫展示自己，虽然家中长辈拉着她向别人使劲夸她，但她的手总会不自觉地发抖。

不过，这次和那些又不一样。

应该说像是拆开一件包装精美的礼物，像闭着眼睛挑选出来的一个盲盒，像花了很多零花钱购买的彩票到了开奖前的一瞬间。

是带着期待的紧张。

沈桉第一个发现了她的心不在焉，拖长了嗓音逗她："怎么回事啊？

十八岁的寿星大人，您在想什么比自己的生日更重要的事情呢？"

他一出声，她就想起了他一脚踢到自己心爱的、本来打算赋予重任的小雪人脑袋上的场景。她咬了咬唇，翻了个白眼："在想怎么让你为我的雪人偿命。"

沈桉被吓得一句话也不敢说了。

原本以为这一天的惊喜都在这儿了，没想到他们吃饭吃到一半，周明煦突然要她和他单独出去一趟。

周明煦原本就是半路加入他们的，桌上的人都没想到这人还有这一出，一时间都愣住了。付云意念着那丁点同学情谊，不好意思在饭桌上当场拒绝他，只能跟着他走到了单元门口。

她看了他足足五秒，发现他完全没有主动开口的意思，她忍不住道："大哥，您想说什么呢？"

周明煦深吸了一口气，真诚地对她说："付云意同学，祝你生日快乐！"

就这？

她礼貌地笑了一下："这句话你今天和我说了十来遍了。"

周明煦又深吸了一口气："我……我还有话要对你说。"

付云意看着他，看过百来本爱情小说锻炼出来的敏锐思维瞬间上线，她突然有一种不太好的预感。

他看起来好像很紧张。他为什么会紧张？要是平平常常的话，有什么可紧张的？他不会趁着她十八岁生日跟她表白吧？

这个想法刚从脑子里冒出来，付云意又迅速想到了之前他莫名其妙地为她买奶茶，在数学小组对她和颜悦色，甚至为她举办欢迎仪式，以及近几个月来她每次呛他，他非但不像以前那样和她吵架，反而纵容地对她笑……

想到这些，付云意更加坚定了自己的想法，于是抢先开口道："你先等等啊，我也有一句话想对你说。"

周明煦果真顿了一下。

付云意一鼓作气："那个，说出来怪不好意思的，就是我有喜欢的人了，他的名字……叫祁景。"

话音刚落，付云意一抬头，就看到了不远处拎着一个包装精致的盒子、看起来应该是刚刚从院外走进来的赵知年，以及他一看就是听到了她刚刚说的话，因此而紧紧皱起来的眉头。

付云意心如死灰地转过头，打算待会儿再跟赵知年解释这件事情，刚往楼上走了一步，就看到应该是下来找两个人回去吃饭的、目瞪口呆的、付云意亲口承认的心上人——祁景。

Chapter 9

赵知年，我不信你不懂我的喜欢，但你喜欢我吗？

01

付云意这个兵荒马乱的十八岁生日，过程的曲折程度如同她的前十八年人生——一波三折、波澜壮阔、精彩绝伦。

在饭局的后半程，祁景整个人就跟被施了巫术一样，行为完全不受自己控制。在第三次目睹他企图用火锅漏勺喝汤这种迷惑行为之后，付云意忍无可忍地拎着他的领子把他往书房里拽。

祁景吓得嘴唇都哆嗦了："意……意姐，咱们这么多年的交情了，你不能这么对我！你知道我是怎么喜欢秦欢的，你不能把我的'任重道远'变成'全无可能'啊！"

付云意气得想把他的脑袋按在汤里让他清醒一下："你能不能稍微动一下脑子，你觉得我说的是真的吗？"

祁景猛地清醒了。

"你要是只对着周明煦说，我可能还不信，"祁景心有余悸，"后面站着的可是知年哥啊，你竟然当着他的面说喜欢我！"

提到这个，付云意就咬牙切齿："那可真是不好意思，我也没预料到会这样，这不是赶巧了嘛。"

向赵知年解释，可比跟祁景解释麻烦多了。

付云意几乎是度秒如年地熬到了能和赵知年独处的时候，她带着祁景把秦欢和周明煦送上了车，赵知年就在楼下看着，等着她。

等到她和祁景一起从院外走进来的时候，付云意觉得赵知年的目光一直落在他们身上，明明是很平常的目光，但因为刚刚发生的乌龙事件，她整个人都非常不自在。

比她更不自在的是祁景，他拍了拍她的肩膀，给了她一个鼓励的眼神，就飞快地跑回了家。

他大概根本不知道，在外人看来，他们的动作很容易让人误会。

赵知年的目光无声无息地黯淡了几度。

付云意走到他面前，为了不让气氛过于沉寂，她主动问了一句："你给我带了什么好东西呀？"

只可惜赵知年完全没读懂她想活跃气氛的意图，看着她，冷淡地说了一句："今天这件事，我会帮你保密的。"

付云意："啊？"

其实她有偷偷想过赵知年会有的反应，甚至有一点期待。

他会吃醋吗？他吃起醋来会是什么样子啊？

结果她万万没想到的是，他说了这么一句。

看到她愣怔的样子，赵知年叹了口气："祁景还没成年，你们两个都还没有毕业，我觉得还是稍微收敛一点比较好。"

听了这句话，付云意的大脑顿时如同原子弹爆炸后留下的那个大坑，她一句话都说不出来了。

"还有，"赵知年继续道，用的还是兄长教育妹妹的口气，"不要随随便便说'喜欢'，你现在这个年纪以为的喜欢并不是真正的喜欢，这么说不好。"

付云意突然抬起头来，直截了当地问他："那赵知年你呢，你已经成年了，现在的你就知道什么叫作喜欢了吗？"

付云意虽然性格大大咧咧，但是家庭教育并没有缺失，平日里该有的礼貌也都有，现在可能是被他的话刺激了，说出来的话咄咄逼人到了不礼貌的地步。

她这句话对赵知年来说，可就不只是礼貌不礼貌的问题了。

每一个字都重重地落在了他心上，他不由自主地想到了自己的父母。

在近二十年的人生里，他被教过各种知识，被教过怎么做一个有礼貌的人，被教过怎么过健康自律的生活，被教过千千万万的事情。

唯独没人教过他什么叫喜欢。

他无法从自己父母的身上学到关于这个词的奥义，赵明德和程芝表现得实在太像一对当下综艺节目里的协议夫妻，两人所做的所有事情都如同剧本里所写的那样中规中矩，没有半点真心实意。

而他是这个旷日持久的真人秀综艺的唯一观众。

小姑娘冷不防问出这样一句话来，他瞬间缄默了。

令人窒息的沉默后，他选择转移话题。他抬起左臂，示意她看那个包装精致的蛋糕盒子："给你买了蛋糕，祝你十八岁生日快乐。"

原本是要给她那个自己亲手做的蛋糕的，可这一日不知道是不是存在蛋糕诅咒，他拎着那个手工蛋糕还未走到公交站，就被几个推搡打闹的小男孩挤得手一松，蛋糕砸在了地上。

赵知年看了一眼时间，再从头做一个已经来不及了，那个撞烂他蛋糕的人主动提出赔他一个，赵知年摇摇头说了一声"没关系"，然后回到蛋糕店挑选了一个柜台里已经做好的蛋糕。

他一路小心翼翼地拿着蛋糕，谁知刚进大院，就撞上了小姑娘当着另一个陌生少年的面表白祁景的情景。

蛋糕递出去了，但是付云意还在赌气，只是僵硬地道了一声谢。

她到底还是小姑娘，喜怒哀乐都写在脸上，赵知年无奈地服软："好了，你就当我没说过那些话，跟我上楼吃蛋糕吧。早上他们给你准备的那个蛋糕不是毁掉了吗？过生日怎么能不吃蛋糕呢。"

说完，他就准备往楼上走，付云意的脚步却动都没动一下。

赵知年只得拿出哄妹妹的耐心来："走吧，回楼上再接着生气也不迟，我就在这边待一天，棋室那边有点忙，明天早上我就得回去。陆琬要升八段了，最近她状态不好，外公也没有心力管她，只能我来管。"

他这句话又精准地踩到了付云意的另一个雷点上——陆琬。

付云意在心里咬牙切齿地重复了一遍这个名字，要不是因为她和陆琬一个上高中一个练棋，平日里根本见不到面，她能用自己全部的功力给这人好好上一课。

付云意和陆琬上次见面是在圣诞节，当天还赶上了附中高三一个月一天的月假。为了和赵知年见一面，她给他打电话，软声撒了好久的娇才换他回来一个晚上。

院里的孩子都上了高中，平时课业繁忙，早就不像小时候那样能抽出大把的时间去超市买一堆装饰品，把那棵石榴树打扮得五颜六色、花枝招展。但是这一年估计是压抑得太久了，大家难得重温了一下旧时的记忆。

原本是快快乐乐的美妙氛围，和付云意一起出去买零食和饮料的赵知年却突然接了个电话。

付云意原本正兴致勃勃地说着学校里的事，就看到少年的脸色一下子凝重起来。

她起初以为是棋室的事，戳了戳少年的胳膊："你又要忙啦？能不能玩完再回去啊？"

她太久没看到他了。

"不是棋室的事，"赵知年绷着脸，表情不太好，"是陆琬打来的电话。外公在棋室晕倒了，现在送到了医院，我要过去一趟。"

付云意知道最近赵知年外公的身体一直不太好，当机立断抛下大院里还等着零食和饮料的那群朋友，说："我跟你一起去吧，我也可以帮上忙的。"

赵知年看了她一眼。

小姑娘一脸认真，手还攥着他的袖口，满脸期待。

他垂着眼，沉默了几秒，答应她："走吧。"

程之行这半年被送去医院的次数越来越多。

心脏的老毛病越来越严重，加上老人戒不掉烟酒，赵知年说了好几次，他都没放在心上。赵知年也没有办法，只能每天给他定好了闹钟，让他吃药。但他总不能每时每刻都盯着，程之行又是典型的棋痴，进入状态就什么都想不起来，这天也是因为忘了吃药，晚上才犯了毛病。

庆幸的是当时陆琬也在棋室里，第一时间将他送到医院，才算没什么大碍。

赵知年和付云意赶到医院的时候，老人已经挂着吊瓶睡下了，陆琬在外面看着书，见到他们便站了起来。

付云意和她打了声招呼，又贴着赵知年耳朵说了两句，就转身下了楼。

空旷的走廊里只剩下他们两个人。

陆琬到底没忍住，直截了当地问他："她是你女朋友吗？"

那是她第一次主动问起付云意的身份，赵知年愣了一下才说："不是，她还没有成年。"

空气安静了一瞬。

她似有不甘，又问："所以，师兄你是喜欢这样的女孩子吗？"

她这句话好巧不巧被买好果篮上楼来的付云意听了去。

小姑娘眉眼一挑，毫不客气地说："这样是什么样？是我这种长得好看，性格好，学习也好，完美无缺，堪称人间仙女的女孩子吗？"

陆琬："……"

赵知年被她的话逗笑了，轻声附和道："是挺喜欢这样的。"

原本只是开开玩笑的付云意呼吸一室。

仔细想来，这句话竟然是他们认识这么久以来，赵知年说过的最暧昧的一句。

那个圣诞节过后，一直到她的十八岁生日，她都没见过赵知年。

那句模棱两可的话自然也没得到一个明确的解释。

旁敲侧击地用雪人问出了赵知年会在她生日那天回来的信息之后，两个人又失联了好几天。总算到了十八岁生日那天，她接受秦欢的建议——"尽量委婉一点"，买了一罐他们初遇时他给她的糖，里面装上表白的话埋在雪人身体里，谁知却发生了她和祁景那一出。

　　不仅如此，她还没来得及解释，就被赵知年面无表情地教训了一番。

　　他所说的那些她这个年纪不懂喜欢的话，落在付云意耳朵里简直字字带火。

　　不是说一个男生在乎你就会有独占欲，喜欢你的人一定禁不起暧昧会吃醋吗？赵知年别说是吃醋了，要不是她把话题截下来，他估计还能规划出她和祁景的未来。

　　火苗变成了冰块，付云意第一次感受到了"不敢"的怯懦情绪。

　　她不敢说那一年东京塔的秘密，也不敢揭开雪人的秘密。

　　十八岁生日那天的最后时刻，付云意和赵知年一起沉默地吃了一顿蛋糕宴。

　　原本准备的生日礼物是那个手工蛋糕，后来却被毁掉了，赵知年难得表现出了一点不好意思："等我把这一阵忙完了，就补送生日礼物给你。"

　　付云意笑了一下："有蛋糕就够了，谢谢你啊。"

　　他们分着把蛋糕吃完，谁也没有再开口。最后付云意挥挥手和他告别，看着她下楼开门的背影时，赵知年心底突然升腾起了一种说不出来的感觉。

　　那感觉令他既烦躁又憋闷，他开了窗透气。

　　沁凉的空气透过窗冲进屋里，赵知年垂着眼，深吸了一口气。

02

高三的假期十分短暂，再开学的时候，付云意看起来和从前没什么两样。

一模成绩出来那天，北京回暖，积雪融化，麻雀在校园里的沥青小路边蹦蹦跳跳，似乎预示着春天就要到来了。

和春天一起来的是航空类院校和空军的体检，付云意原本都不知道这事，还是祁景拜托她向老王要一些相关的宣传资料，他好提前做准备，她才注意到的。

付云意很疑惑："你前一阵不是说自己对新闻学感兴趣吗？怎么还要我给你找资料？"

祁景叹了一声："父母之命不可违啊，我现在还没说服他们呢。"

付云意同情地拍了拍他的肩膀。祁景问她："那你呢？意姐，距离高考只有几个月了，你打算考什么专业呀？"

好巧不巧，同样的话这天早自习的时候秦欢也问过。

"不知道啊，真的不知道。"付云意敲了敲自己的脑袋，"实在不行报志愿的时候摇骰子好了，摇到哪个数字，就报哪个专业。"

祁景被她这种超凡脱俗的自由精神深深震慑："希望我不要在十年之后，在西北的荒漠里看到您穿着和土地融为一体的服装在辛勤地挖墓考古，或者在著名景点看到您戴着小蓝帽子举着小红旗说'夕阳红旅游团的客人往这边走'，祝您心想事成。"

付云意磨了磨后槽牙，压下在走廊上教训他一顿的冲动，说："把你的专业歧视收一收，万一十年后有个叫祁景的狗仔天天在网上发布小道消息呢？也希望您到时候看在我们十几年交情的分上，提前把爆料给我看看，让我长长见识。"

祁景没头没脑地来了一句："意姐，要不你学法律吧？"

付云意："啊？"

"以后做出庭律师，合议庭都能被您绝伦的口才绕晕，打一场赢一场，听说律师现在赚得都挺多的，还能支持知年哥的围棋事业。"

付云意眉眼泛起了不耐烦："你一边去吧。"

他们就靠在高三（9）班门边的墙上说话，周明煦从外面走进来，正好听到后半句："你要学法律吗？那真是巧了，我想学金融呢。"

付云意觉得莫名其妙："法律和金融八竿子打不着，哪儿巧了？"

周明煦露出了一抹意义不明的微笑，付云意突然有种不祥的预感，她把他往教室里推："我不想听了，你自己回去好好学习吧，我找老王去了，拜拜。"

生日那天她说的话本来是说给周明煦听的，结果不小心被赵知年听见了，一个月过去，她见不着赵知年的人影，误会也没解开，倒是周明煦搞清楚了她喜欢祁景这件事情就是个误会。

不过喜欢的人宁愿胡扯一个喜欢对象也不愿意听自己的表白，周明煦估计还是受到了刺激，好一阵没有再刻意接近她。

因为他们换了班级教室，老王也跟着换了办公室。高三楼空教室多，他一个人占据了一整间办公室，工作环境堪称显著提升。

付云意走进去的时候，看到老王正饶有兴致地看着一本招飞宣传册，看起来心情不错。

付云意面上一喜，瞅准机会道："王老师，我也想看看。"

老王举着那本宣传册的手一顿，一记眼刀飞过来："你想看什么？"

付云意笑着指了指他手上的宣传册："和招飞有关的资料啊，我听徐老师说发了好多呢，我都想看看。"

老王飞速把那本宣传册塞到抽屉里，一气呵成的动作让背着他和校长藏过无数本恋爱小说、恋爱漫画的付云意都自愧不如。他把抽屉"砰"地合上，看向面前站着的人："付云意，你要去参加招飞？"

"我……"她一句解释的话只来得及说出第一个字，老王就差点从自己的座位上跳起来："你又干什么上头了？你自己看看你的模拟成绩，学校把你当最好的苗子培养，你告诉我你要去参加招飞？"

他突然想起来付云意的父亲、外公和爷爷都是飞行员，哽了一下，又底气不足地加了一句："当然，我没有说飞行员不好的意思，飞行员也是有着极高的身体素质和专业知识水平的专业人才，就是你去干这个，实在是委屈你的成绩和努力了。"

付云意点了点头，一副很认可的样子，转头就说："但我也没付出什么努力啊，考试都是随便考的，我也不知道自己为什么能考那么高的分数。"

老王看了一眼空荡荡的办公室，还好没有其他学生，否则他怀疑付云意还能不能从这儿安全地走出去……

穿着校服的小姑娘叽叽喳喳地说个不停："说实在的，王老师，我今天来管您要那些招飞资料，是替我邻居家的弟弟要的，他想提前做准备，所以让我帮忙拿点资料参考参考。但是，听了王老师刚刚那一席话，我对这个领域也十分感兴趣，所以麻烦王老师每种资料都给我两份吧。谢谢老师指明我人生的路，带我走出关于未来的迷途，老师您真是太厉害了！"

老王已经呆住了。

付云意没跟老王开玩笑，拿到资料之后她随手塞在书包里，回家就认认真真地看了起来。

放月假那一天，付家开了一个十几年来都没有过的严肃家庭会议，会议主题就是付云意要不要参加招飞选拔。

付云意刚把这件事告诉沈女士的时候，着实把沈女士吓得半天没缓过来，她从小到大不知道犯过多少事要沈女士给她收拾烂摊子，更不知道提出过多少莫名其妙的要求，但是重要程度这么高的要求，还真是第一次。

毕竟付云意可从来没有表现出对飞行员这个职业的兴趣。

沈女士稳了稳心神，让付云意先回去睡觉，只说："我和你爸先商量一下。"

当天晚上，沈女士就拨通了付承的手机号码。

机长驾龄到了二十年之后，付承几乎没有再执飞过短途航班，基本上是单次旅程超过十个小时的国际航班。接到电话时，他刚从希腊回来，飞机停在州城机场，等地面上的机务人员来检查飞机的各项性能，手机响起时他刚签完字，声音模糊在州城夜晚起了薄雾的风里："从微，怎么这么晚打电话来，家里出什么事了吗？"

沈女士的声音低低的："晚上小意找我，说她想参加飞行员春季的招飞选拔。"末了，她还不忘吐槽一句，"我从前就听老一辈说什么人如其名，你看你给你女儿起的名字，她还真要去探究云意了。"

原本愣住的付承听到这句话，一下子笑了出来。

"什么人如其名啊，这叫女承父业。"他语气里有一点浅淡的得意，"等我回去再和她好好聊聊，只要她不是小孩子心性一时心血来潮，就让她去吧，我相信她会适合这个领域的。"

家庭会议的主题就这么定下来了，问付云意是不是认真的。

她十八岁了，自然知道做出选择之后要承担的后果，这件事情除了父母，她跟谁都没有说，独自冷静了一个星期，就为了看自己是不是在那天被祁景和秦欢问完之后，恰好被老王刺激到了。

可是一周以后再看那一堆宣传单，付云意还是想去试试。

"我觉得我想清楚了。"付云意直视着老付的眼睛，父女两个认真地对视着，"与其去学习一个我觉得无所谓的专业，再为了绩点、综合测评努力四年，把我的整个人生都限制在我不感兴趣的领域，我宁可去挑战一下我有点感兴趣的领域。毕竟好奇能激发我的学习兴趣，我更想努力和奋斗。"

老付听完她难得的正经言论之后，毫不犹豫地点了点头："好，我知道了，你去吧。"

付云意一脸疑惑：这就结束了？

不是说好了这是最严肃、最正式的一场家庭会议吗，怎么两分钟就结束了？

老付板着的脸早就松了下来，又变成笑眯眯的样子，甚至悄悄碰她的肩膀给她出主意："初试要看的那个 C 字形视力表，咱们家就有一张呢，你要不要先看看？"

沈女士瞪了他一眼，付云意一拍胸脯："爸，你能不能对你女儿稍微有点信心，好歹我也是游乐园射击气球项目的王者！"

老付故作落寞地离开了，去厨房和沈女士一起做饭去了。

这一关过了之后，接下来就是征得老王的同意了。

毕竟体检要占用上课时间，她得跟老王请假。

想起上一次她之所以能对老王连珠炮似的指责毫无感觉，是因为那时候她还没有动心，谁知世事难料，半个月过去，心态就完全不同了呢。

付云意敲了敲老王办公室的门，走了进去。

周明煦正好拿着新一周的周测卷子出来，看她一脸严肃，忍不住问："你又犯错了？这个月迟到次数又超过二十次了？"

付云意理都不理他，大义凛然地走了进去。

旁敲侧击也没必要了，付云意直截了当地说："老师，我这周五要请一天假。"

正在改卷子的老王从试卷上抬起头来看她一眼："你干吗去？"

"干正事。"付云意一脸严肃，"谢谢老师的招飞宣传单，我和我家人已经商量好了，决定去尝试一下，挑战自我。"

老王一心二用，没听清楚她说了什么，还以为是比赛之类的，点点头："你去吧。"说完才觉得不对劲，他又问，"你等会儿，付云意，你刚刚说要去干什么？"

付云意老老实实地重复了一遍。

老王写了一个跨出天际的九十五分，看着她半天说不出话来。

从当年的数学小组到元旦艺术节，再到文理分科，每一次付云意搞出幺蛾子来让他被迫接受之后，他都说服自己这孩子应该搞不出更过分的了，她却身体力行地告诉他：不，她还真能搞出更过分的来。

老王手指哆嗦了两下，发现自己实在是词穷，最后只能无奈地问："你先给我透个底。"

付云意毕恭毕敬地说："王老师您说。"

老王言辞恳切："周明煦不去那个什么飞行员招飞选拔吧？"

付云意不知道话题怎么就跑到周明煦身上去了，但她还是老老实实地回答："老师您放心，周明煦近视五百度，身体条件不符合，没办法参加体检。"

老王看起来像是舒了一口气："那就好，你去吧，祝你成功啊。"

付云意原本是抱着老王死活不让她去、把她骂个狗血喷头的心态走进来的，来之前还临阵磨枪地背了不少"哄长辈必备语句"。毕竟她念了三年高中，对自己的成绩心里有数，从分数上来说，参加招飞不管上哪所学校其实都是亏了。但她没想到，没说上两句话，老王就同意了。

她完全不知道老王听到周明煦去不了之后那种"还好还好，保住了一个"的庆幸心理。

03

直到招飞体检的结果出来，付云意确定自己一轮体检合格之后，她才陆陆续续地把这件事情告诉了身边的朋友。

大家的反应丝毫不出她的意料，毕竟当时老王的激烈反应已经提前训练了她的应对能力，只是她实在懒得一个一个解释，干脆利落地搞了个统一回复："脑子没进水，出门也没摔倒磕到头，我们全家都很清醒，就是想试试走这条路。"

高考倒计时的那块小黑板上，红色的数字已经不到一百天，大家各忙各的，倒也没谁执着于这个问题。

祁景往（9）班跑得越发频繁，几乎每天一次，给秦欢送核桃牛奶，美其名曰补脑。

付云意对送核桃牛奶这种连小学生都不用了的示好方法不屑一顾，没想到过了不到一个星期，她的桌子上每天早上也多了一盒牛奶。

包装是她看不懂的德文，上面画了一只动漫奶牛，怪可爱的。

周明煦主动跟她解释："反正你也没有高考压力，不需要补脑，我特意买了这个高钙牛奶，高蛋白质、高营养、超出欧盟标准品质，助力您长高长胖，身体倍棒！"

付云意："……"

她不习惯收别人的好处，何况这个人还是表白未遂，随时有可能再次向她表白的周明煦，但她拒绝了很多次，周明煦的牛奶还是风雨无阻地送了过来，最后她只得接受了。

于是，在高考最后的七十多天里，"送奶二人组"坚持不懈地每日送一盒牛奶，比老王组织的"每日一组基础知识复习挑战"都要及时。

那时离高考还有两个多月，"高考"对他们来说依旧是一个有些遥远的名词。可是这日子过着过着，就发现模拟考试考着考着就到了尽头，学校没有新的模拟题可发，书店门口的海报变成了显眼的"最后一卷"，当初订阅的那些报考杂志逐渐发到了最后一期……

直到红色数字一栏变成了孤零零的个位数，他们站在摆好的一排排架子上，拍了一张代表着整个高中生活的集体合影。

老王十分怀旧地穿上了第一天见到他们时的那件大红色耐克卫衣，

坐在第一排正中央，被穿着黑白校服的他们一衬，显眼极了。

单反相机在一片静默里"咔嚓"响了一声，付云意偷偷比了一个"耶"。

拍照的大叔挥了挥手，静止的班级队伍骤然活跃起来。

好像这就结束了。

拍摄毕业照结束了。

高中时代也结束了。

拍完照之后算是自由活动，付云意跟着秦欢绕着操场闲逛，路过贴着优秀毕业生和一些校内活动照片的展示栏，秦欢的脚步突然停了下来，指着其中一张说："哎，小意，这个是不是你？"

照片画质粗糙，只能看到一个穿着白色长裙拉着小提琴的人影。

付云意瞄了一眼，整个人一蒙，满脑子都是那年艺术节的惊悚场景，有点无语："校方……可真会选照片呢。"

秦欢背过身去偷笑。

不知道从哪儿冒出来的周明煦懒洋洋地看了她一眼："你什么时候还去艺术节表演了，还拉小提琴？"

付云意翻了个白眼："高一您最讨厌我的时候。"

他被她呛得说不出话来，付云意却突然想到了一个人。

临近高考，她每天不是在教室里奋笔疾书，就是回家倒头就睡，要不是提到艺术节，她都快忘记了她刻意不去想的赵知年这么一号人物。

好几个月没见面，他从未给她发过一条短信。

招飞体检之后她给他发过一条信息，但他一直没有回复，似乎要坐实她以为他的全部不同，都是自己的一厢情愿。

临近毕业的不舍情绪因为想到赵知年变成了一种说不出来的烦闷，付云意摇摇头，试图把这种情绪甩出去，她对秦欢说："我们回去收拾东西吧。"

自由复习期间，她就陆陆续续地把一些已经写完了的练习册分批次带回了家，在学校放着的东西其实没剩下多少，但周明煦还是执着地帮她把那个储物箱搬下楼，付云意念着第二天就要高考不要影响他的心情，难得没有拒绝他的好意。

　　两人走到附中门口，老付开车来接付云意回家，她让周明煦把装着书本和杂物的箱子放到路灯下面，然后笑着冲他道谢："谢谢你啊周明煦，祝你高考顺利。"

　　周明煦也难得不好意思起来，和她说了一句"你也高考顺利"，又打算说点别的。

　　"别。"付云意伸出一根手指抵在唇上，"还有什么话，高考之后再说。"

　　周明煦闻言，眼睛都亮了。

　　看到他的眼睛之后，一股子悔意从付云意心中直冲天灵盖。

　　是她说错了。

　　天好像更晴了。

　　他也好像更行了。

　　考完英语那天，北京下了一场大雨。

　　付云意和秦欢、周明煦不在一个考点，考了四场下来也没发现考场里有认识的人，她又拒绝了老付提出的接她请求，结果一出校门就被雨堵得寸步难行。最后不得已，她在校门口花了十块钱买了一把初中时特别喜欢，觉得撑起来特别像电视剧中的女主角一样的透明塑料伞，慢悠悠地走到了公交车站。

　　有买完菜的阿姨看到她的打扮，看出来她是参加高考的学生，忍不住上前问一句："这届题难不难啊？觉得考得怎么样？"

　　付云意认真地思考了一下，诚实地回答："不难，考得还可以。"

阿姨笑眯眯地掏出一个西红柿放在她的手上，笑着说："一听这回答，就觉得你是学霸！"

付云意也跟着笑了笑，靠在车窗上，无聊地看起了车载电视。

电视上不出意外都是和高考有关的报道，她看着没什么意思，视线落在下方的滚动新闻栏上，猝不及防地看到了一条新闻。

"近日结束的龙星战决赛中，我国棋手赵知年九段战胜韩国选手李昌银九段，成功封冠，这也是赵知年九段近三个月来第一次出现在职业赛的赛场上，三月蛰伏，表现依旧十分抢眼……"

付云意看完了那条新闻的全部内容，从口袋里掏出手机，在通讯录里找到那个熟悉的电话号码。备注还是她自己改的，从"赵知年"改成了"知年哥哥"。

在她世界里的赵知年，不过是和大院里其他的男生差不多的普通邻家少年，非要说有什么特别的话，无非是生得好看了点、性格沉稳了点、做什么事情都厉害了点，但那也是离她极近的，是她伸出手就能够到的距离。

可是在她世界之外的赵知年，是"表现依旧十分抢眼"的世界冠军，是"赵知年九段"。

她把手机放了回去，透明雨伞靠在车厢拐角，上面沾染的雨滴缓慢滑落下来，在地上汇聚成一小摊水。

公交车安静地行驶在城市里，偶尔鸣一次笛。

窗外是北京无数个普通的夏日之一。

距离北京几千公里之外的韩国。

赵知年从比赛方提供的酒店走出来，抬起手来看了一眼腕上的手表，这会儿付云意应该刚刚考完最后一科，或许正在回家的路上。

赵知年原本想给她发条短信，转念想到这边和国内的手机卡不互通，并且以小姑娘的性格，怕是不知道要怎么大肆庆祝呢。

反正没几天就能见面了，有些话还是见面再说吧。

他靠在房间门口的墙上，想到从前相处时一些有趣的事情，忍不住弯了弯嘴角。这边的赛程已经结束，剩下的就是自由活动时间。隔壁房间住着的选手看到了赵知年，先是礼貌地祝贺了两句，然后问他要不要一起去买纪念品。

赵知年把手机放回口袋里，和他一起走了出去。

酒店附近就是商圈，他们刚走进商场，就看到一楼的彩妆区正在搞活动，大概是购买口红套组可以赠送品牌的一套网红刷子。

赵知年不懂这些，但是那个口红包装很可爱，他觉得付云意或许会喜欢，就买了下来。

接过袋子的时候，旁边的人笑着问道："是送给女朋友的吗？"

赵知年没有回话，只是笑了笑。

原来时间过得这么快啊。

记忆里，付云意还是那个初次见面时就看不惯他的小姑娘，但一晃已经两年多过去了。

他想起冬天的时候，小姑娘一脸雀跃地告诉他自己马上就成年了，可以谈恋爱了。赵知年心里一动，拎着袋子往前走了一步，哼出个不轻不重的鼻音，算是模糊地回应了女朋友的问题。

04

高考结束之后的那一周，大院里简直炸开了锅。

其中的"活跃女王"就是彻底从早七晚十一的痛苦生活中解放出来的付云意，她恨不得每天一睁开眼睛就呼朋唤友，一起绽放被压抑太久的自由不羁的灵魂，完全不顾及祁景他们连期末考都没考完。

正在愁眉苦脸地背高考必备古诗文的祁景看着在大院中央原地蹦迪

的付云意，感慨了一句："五环东边那个二人转大舞台应该长期招演员，要不你过去试试？还能挣点钱给自己的奶茶多加几份小料。"

付云意偏头看了他一眼，满眼都是对他这种仍旧在高中生活里挣扎的可怜孩子的同情，然后就打电话给秦欢："小欢欢你在哪儿？出来玩！'嗨'起来！"

她吆喝的声音不能更大，祁景忍无可忍，"啪"的一声愤怒地合上了《高考必背古诗文》，从椅子上站起来，扯着嗓子嘶吼道："加我一个！"

游乐团队越发壮大，最后祁景、秦欢、沈桉、周明煦和付云意五个人一商量，决定在院子里举办一场自主烧烤聚餐。为此，祁景不惜逃课陪秦欢一起去菜市场购置烧烤材料，付云意看着两个人并肩的背影，一边点头一边鼓掌，活像见到合心意的孙媳妇的老太太。

沈桉把烧烤炉扛到外面，剩下三个人摆好桌椅，开始研究怎么生炭火。

等到前期准备工作都做得差不多了，烧烤摊子烟熏火燎地支了起来，刚穿好的肉串、蔬菜放在了炉子上，果味汽水倒进杯子里，周明煦突然没头没脑地扯着嗓子吼道："付云意，我喜欢你！真的喜欢你！"

正在试鸡翅熟没熟的付云意手一抖，筷子滚落在地上。

什么叫作"躲得过初一，躲不过十五"，什么叫作"该来的还是会来"。她深吸一口气转过身，正对上拎着行李箱站在大院门口的赵知年那双沉静深邃的黑色眸子。

他应当是听到了周明煦的告白，但他什么都没有说。

所有人都呆住了，直到付云意面无表情地回过头去，一弯腰给周明煦鞠了个躬："周明煦，对不起啊。我也是真的对不起。"

看到站在院门口的赵知年，秦欢和祁景不约而同地吸了一口气。

其实付云意对赵知年的那点少女心思，稍微跟她熟一点的人都能看得出来。

她一贯不遮不掩的做事风格他们也知道。

要说下一秒她就当众向赵知年表白，这事她也不是做不出来。

但是别提表白了，眼看着赵知年走进来，付云意一句话都没说，除了第一次猝不及防地对视了之后，她连看都没有再看他一眼。连祁景和沈桉跟赵知年打招呼的时候，她也装模作样地低头吃羊肉串，头都没抬一下。

祁景想要打圆场，抬手叫了赵知年一声："知年哥，来一起吃吗？"

其实他只是想缓解气氛，谁知道赵知年竟然直接答应了，并且似乎马上就准备搬个小板凳坐下。

一直不发一言的付云意闻言，猛地站了起来："你们继续，我吃饱了。"

这回避意味可太明显了。

赵知年没有坐下，只是沉默地站在离桌子不远不近的地方。

空气又安静了下来，隐约的尴尬继续弥漫。

打破安静的是周明煦，他不知道付云意和赵知年之间的关系和那点暗藏的情愫，还以为她不开心是由于他的表白，便压下告白失败之后的难过情绪和大家告了别，离开了大院。

其他人都还处在呆愣的状态，就愣愣看着周明煦走远的背影。

付云意歪着头，拿筷子点了点辣酱，没头没脑地问："你觉得周明煦这个人怎么样啊？"

她没叫谁的名字，说的却是个问句，祁景想说什么，秦欢轻轻地拽了一下他的衣角。

还是女孩子更懂女孩子，她悄悄地跟祁景解释了一句："小意是故意的，她想看看赵知年会不会吃醋？到底在不在乎她呢。"

祁景搞清楚了情况，立刻闭上了嘴。

付云意又叨叨了一句："如果和周明煦在一起，是不是也挺好的？毕竟他长得不错，成绩也蛮好的，Q大都稳了，以后也算是青年才俊。"

空气中的尴尬气氛更浓郁了一些。

付云意说话的时候，眼睛是直视赵知年的，末了还不忘故意叫他一声："知年哥，你觉得呢？"

其他几个人各吃各的，不敢插话。

付云意果酒上头，不依不饶起来，似乎一定要在这天得到一个答案。

最后赵知年还是开了口，说的话却没有一个字是她想听的："你今天好好休息，我明天找你好好聊聊，可以吗？"

两人对视了几秒，最后付云意嗤笑了一声："您请便。"

付云意烦透了这样的回答，偏偏赵知年这个人总是这样。

她把自己的心意写在脸上，想要横冲直撞、不顾一切地向他奔去，可他总要往这条能通往他心里的路上设置一堆路障，让她的那份喜欢不得不拐上几个弯道、翻过几座小山，最后因为疲惫而消耗殆尽。

她无论如何都想不明白，他到底在顾忌什么。

胃口和兴致全无，付云意直接离席了。

这个莫名其妙组起来的自助烧烤局，就这么莫名其妙地散了。

付云意虽然没喝啤酒，但为了助兴也开了几罐果味气泡酒，她之前只被老付哄骗着喝过小半杯葡萄酒，因为果味气泡酒没什么酒精味道，她当作汽水喝了两三罐，现在整个人都有点晕，回到家便倒在自己卧室的床上昏昏沉沉地睡了过去。

沈女士和老付都不在家，她一个人昏天暗地地从前一天傍晚一直睡到了第二天晌午，还是被敲门声吵醒的。

是赵知年。

她迷迷糊糊地穿着拖鞋去开门，刚打开门就感受到少年裹挟着夏季的热意。

　　付云意皱了皱眉，整个人还带着起床气，完全不记得前一天他说过要来找她。她眯着眼睛看他，语气不善："你找我有事吗？"

　　他好像好久没有听过她浑身是刺地和他说话了。他没把她的语气放在心上，温和地笑着："昨天看你状态不好，没来得及问，你高考考得怎么样？够不够你想去的那所学校？"

　　如果空气中的火药味能具象化，此刻他们之间一定横亘着一条已经点燃引线的一千响大红挂鞭。

　　付云意扯出一抹笑来："你问这个干吗？你怎么不先说说昨天你看到的事情，顺便再告诉我我这个年纪还不懂喜欢？"

　　她的阴阳怪气实在是一点都没有掩饰，赵知年几乎是瞬间就读出了她语气里的不开心，他眨了眨眼，继续温声道："因为你已经毕业了啊，算是成为一个大人了。"

　　她问他："大人就可以说喜欢了吗？"

　　见他不出声，付云意一抬眼，直直地看进他的眼底，终于和他开诚布公："那赵知年，我喜欢你。去棋室骗你抱我是因为我喜欢你，去什刹海明明冷得不行却还想陪你一起滑冰是因为我喜欢你，总是忍不住想和你说话、给你发消息是因为我喜欢你，那年非要午夜和你一起去看东京塔灯光熄灭也是因为我喜欢你，可是你呢？"

　　她的话里满是失望："你刚刚问我分数够不够上喜欢的学校，是够的。但是你知道这意味着什么吗？意味着我上大学后会很忙很忙，没办法像高中时那样缠着你，也没办法每天给你打电话、发短信。之前我们的每一次交流，都是我主动去找你，那如果我很忙呢？我没时间呢？是不是就代表着我们以后可能连联系都不会有了？赵知年，我不信你不懂我的喜欢，但你喜欢我吗？"

久久没有得到回应的委屈在一瞬间爆发出来，付云意顾不得其他，只想得到一个答案。她看了他很久，久到因为忘记眨眼，眼眶都有点酸痛。可赵知年一直沉默，付云意的情绪逐渐稳定下来，她突然发现原来六月的夜晚也是冷的。

表白是她想过无数次的表白，从生日那天拖到了今天，日子和形式都变了，可是结果是一样的。

"算啦。"经过前一天那一出，她实在不喜欢这样僵硬的气氛，"不想回答就不用回答了，我也不会在你这棵树上吊死的。前程似锦啊，赵知年九段。"

她没再叫他一声"知年哥哥"，说的是代表告别的"前程似锦"。

后来她和秦欢说起这天的事情，秦欢都觉得惊奇，感觉这种事情不是付云意能做出来的。

像她这种性格张扬的女孩子，遇到喜欢的人，应当是不惜一切代价都要追到手的，可是付云意甚至没有和他好好聊过，就这么仓促到近乎幼稚地了结了这一场少女心意。

大概只有她自己知道，那些小说和漫画也不是白看的，当时的赵知年和她，无论从哪个方面来看，都不是同一个世界的人。

而她要奔赴的未来和他正在奔赴的未来，也根本不是同一个世界的未来。

秦欢并不知道，付云意跟她复述的对话内容里，略过了两个人吵架的部分。

付云意无论如何都想不到，自己有一天竟然能和赵知年那样的清冷神仙激烈地吵一架，尽管吵架的主力军是她。

大概觉得决裂的话已经说出口，不如抱着破釜沉舟的心理再发泄一下，那一天的最后，她咄咄逼人地说着自己的不满，说他们之间的相处从来都是她一个人单方面的主动，说她从未这么对过别人，却没能收获同等的回应，说她的一厢情愿付诸流水，还说他和她想象的不一样。

面对她的指责，赵知年始终安静地听着。

她看出有那么一两个瞬间，他动了动嘴唇，似乎想为自己辩解，其实她心里很期待他的解释，可他最终也只是安静地看着她，什么也没说。

小姑娘还是那个直来直去、不会遮遮掩掩的小姑娘，可他不知道自己该说什么。

在赵知年的眼里，付云意是一个很特别的小姑娘。

她总觉得自己什么都比不过他，觉得他太厉害了，因此一开始才会对他抱有那么大的敌意。但是小姑娘不知道的是，他其实非常欣赏她。

或许是家庭原因，她性格开朗、自信、咋咋呼呼，像小孩子一样，但同时她又是非分明。

他从未觉得她很麻烦，只觉得这样的她很可爱，可是他从来没有把这句话告诉她。

他明明有好多话想跟她说，到头来却怎么也说不出口，他很讨厌这样的自己，就像他特别害怕小姑娘对他说的那句"喜欢"。

他能理解她的心思，小姑娘的世界很简单，说出一句"喜欢"也很简单。她说的喜欢他，大概和她喜欢吃石榴、喜欢夏天、喜欢和朋友玩是一样的，是一种简单纯粹的情绪表达。

可是他对喜欢的定义和她不一样。

在他的世界里，"喜欢"这两个字太沉重了，沉重到他无法轻易地说出口。他心里的喜欢，不是某一个瞬间因为多巴胺分泌过剩而产生的短暂感觉，而是一种慎重的选择和沉重的责任。从前他和她简单地讲过这个理解，只可惜小姑娘完全不明白他的意思，还以为他在给自己找借口。

虽是这样想，可在付云意转身离去的下一秒，他还是后悔了。他想说"喜欢"，他想让她留下，他想……种种念头翻涌，可惜，从前的他说不出口，现在的他依然说不出口。赵知年愣愣地站在原地，直到他的渴望像往常一样被压制到了内心深处。

赵知年以为时间还很长，总有一天付云意能够明白他的心思。

却没想到，这一天会来得那样迟。

那天之后不久，赵知年就听说了付云意和朋友去国外玩的消息。小姑娘倒是说到做到，说不见面就再也不说一句话、不见一次面。半个月过去，也没有听说她要回来的消息，她怕是打定了主意和他各走各路，一别两宽。

其实赵知年那时候也忙，升九段之后，关注他的目光越来越多，他却选择了闭关，对外只说自己需要休息和调整状态。

赵明德和他有了一种莫名的默契，两个人自那年冬天关系降到冰点之后，几乎没有正面交流过。

有时候，赵知年会觉得有点孤独，这是在遇见付云意之前从没有体会过的一种情绪。在之前的人生里，他习惯了孤独，习惯做什么都一个人，习惯不和他人交流，习惯自己思考，习惯把自己置于一个封闭的环境。

付云意让他的人生变得热闹起来，却又抽身离去。他的人生因为她的到来而短暂地鲜活了一下，又因为她的离开而再次归于沉寂。

起初，他觉得不过是回到了从前，可后来才发现，自己越来越忍受不了那种沉寂的日子了。他开始向往她在时那种热烈鲜活的生活状态，他开始不习惯和她无关的生活。

他开始向往她身上明媚的光亮，想要那光亮只属于他一个人。

她的喜欢是炽热的、纯粹的、横冲直撞的，而他的喜欢却是沉闷的、含蓄的，甚至是她不理解的。

十八岁的付云意到底有多喜欢赵知年，他不清楚。

他只知道，二十岁的赵知年还担不起自己心里对付云意的喜欢。

好像每个人的青春都有一点遗憾，还没来得及修补就被时间催赶着越走越远，那些遗憾和不甘也只能潦草收场。

初秋的第一片叶子被风吹落到地上的时候，好像也一并带来了一段青春的落幕。

他们像高考前夕学校广播里播放的歌里唱的那样无声告别，然后挥挥手走向不同的远方。

付云意和赵知年也在"他们"这个词语里。

直到那一天。

好多个春夏秋冬都未曾相遇的两条平行线，却在那个普通的北京暮夏里，在首都机场 T2 航站楼的门口，骤然有了交集。

Chapter 10
赵知年，我们在一起试试吧

01

付云意在上海一待就是一周。

她确实是抱着旅行的心理去的，一人成团，一个人分饰导游和游客两种身份，自娱自乐，玩得还算开心。

白天赵知年有工作，她也不需要他陪，一个人也能自得其乐。等到他不忙的时候，两个人就一起吃个饭、聊聊天，吃完饭后赵知年便开车送她回酒店，自己则回家。

两人的这种相处模式，怕是感情趋于平淡的中年夫妻看到了都自愧不如。

一向高冷的物理研究员秦欢小姐到了她这儿简直像是闲到发毛的无聊八婆，每天晚上雷打不动地打来一个电话，问他们这一天都干了些什么。付云意不知道她已经给赵知年打过电话的事，但还记得她发信息让自己离赵知年远一点，以及她当时听说一顿火锅结束初吻的伟大战绩之后咬牙切齿的样子。难得看到她这样有趣的样子，付云意倒也每天耐心十足地汇报情况。

"今天白天去商场转了转，买了好多布朗熊和可妮兔的周边。中午和赵知年一起排队买了奶茶，他说芝士莓莓比多肉葡萄更好喝，险些被我当街暴打。晚上我们去吃了韩式烤肉。哇，我和你讲哦，小欢欢，那个鸡翅简直一绝……"

电话那头的秦欢始终没有出声，付云意觉得有点奇怪："小欢欢？人呢？"

那头沉默了两秒，接着祁景的声音传了过来："收拾东西准备出门呢，谢谢意姐的烤肉建议，解决了选择困难症患者的晚餐去向。"

付云意翻了个白眼就想挂电话，那头手机显然又被秦欢抢了过去："我在呢，都听到了。"

她轻咳了一声，认真地道："这年头，小学生谈恋爱可能都比你们两个激烈一点。祁景和我讲十几岁的时候你还会骗赵知年抱你，天天想办法和他拉手什么的，怎么现在越活越回去了？"

付云意不以为然："平淡点怎么了？好歹活了这些年，人老了就喜欢细水长流，你们这种热恋期的小年轻不懂。"

秦欢："……"

"再说了，"付云意一挑眉，语气倒是平平淡淡，"我并没有和他谈恋爱啊。"

那边再次沉默了两秒，最后由秦欢亲手挂断了这个电话。

这电话她接得坦坦荡荡，驾驶座上的赵知年自然能听明白"没有和他谈恋爱"里那个"他"说的是自己，握着方向盘的手不动声色地紧了紧，明知故问："和秦欢打电话？"

"嗯，是啊，每天一个，"付云意舒舒服服地缩在座位上，"汇报我和你都干了些什么。"

赵知年点了点头，唇边泛起一点浅淡的笑意。

"刚刚她说咱们两个的相处太平淡了，老夫老妻都比我们激烈一些。"付云意一边说着，大概觉得这种形容很有意思，忍不住笑着又念叨了一遍，"老夫老妻可还行。"

赵知年一边看着前面的路况，一边随口问了一句："夫妻相处怎么才算激烈？"

他问得随意，付云意也就随口一答："大概是亲亲抱抱举高高之类的吧，多激烈啊。和他们一比，咱们这种不是一起喝饮料就是一起吃饭的相处模式可不就算是平淡嘛。"

赵知年没有继续这个话题，对她的解释也不置可否。

上海的傍晚十分热闹，到底是新兴都市，连下班时间都要迟一些。付云意下榻的酒店地段又比较好，简直是一路堵过去的，但凡遇上个红灯，都要等上十来分钟。

行驶到第三个红绿灯的时候，付云意总算是刷腻了微博里的新鲜事，刚打算放下手机歇歇眼睛，眼前的景象就由前一辆车的红色尾灯变成了男人猝不及防压上来的、距离她极近的脸。

这一次，赵知年的吻依旧是猝不及防的。她还没反应过来，就觉得自己的下唇被他轻轻咬了一下，合紧的齿关被他轻易撬开，她唇上原本还带着的波子气泡水的甜味，转眼就被他吞了个干净。

付云意不自觉地闭上了眼睛。

知识百科上面说得对，终止视觉之后，其他感官的感觉确实会被无限放大。她原本就是缩在座椅上，此刻男人的压迫让她觉得自己被禁锢在那一方小小的空间里。他的吻还没有结束，似乎是感觉到她呼吸有点困难，他稍稍离开，眼睛一眨不眨地看着她，待她喘过这口气，他又压了下来。

良久，这个吻终于结束，下一秒，他的唇又落在她轻微颤动的睫毛上。付云意难耐地微微动了一下身体，恰好让他借着窗外路灯的暖黄光晕看到了她脸颊上泛起的粉红色。

一种满足感涌入胸腔，赵知年用余光看到前方依旧未动的车队，抵上了小姑娘的额头。

"相处方式确实要热烈一点，不能输给已经结了婚的人。"他低声说。

付云意睁开眼睛，看向离自己不过几厘米的那张脸，对他这种不知道打哪儿来的奇怪胜负欲表示无语："您这是比赛打多了，因此树立起了自己人生不能输的伟大观念？"

重逢之后，他开始注意她的那些小动作和一些说话的小习惯，知道此刻她说出"您"，多半是对他刚刚吻她有些不满。因为心情愉悦，现在他脾气好得不得了，甚至有心情和她开玩笑："不是。是因为前几天小付老师说要教我谈恋爱，我还等着她身体力行、言传身教。可是好几天过去了都没有动静，我实在等不及了，只能亲自上阵。"

付云意翻了个白眼："刚刚打电话你不是都听着吗？没听见我说人老了都比较喜欢细水长流吗？细水长流是什么意思，不用我给您解释一遍吧，当年高考您语文可是得了第一……"

男人的唇又压了下来。

付云意整个人以一种有点别扭的姿势被他死死地压在座位上，他俯身过来的时候两只胳膊刚好压住了她的手臂，她整个上半身能活动的只有脖子，还轻而易举地被他落下的吻支配。

这一次她没闭眼，因此她清楚地看到了覆在他鼻梁、发梢和肩膀上的暖黄光线，那光线随着玻璃的折射偶尔一闪，像她的心跳。

有一瞬间，她觉得这些年过去，他也是变了的。

以前她觉得他温和温润、温文尔雅，但这种温和温润是出于礼貌和教养，像既定的数学公式和物理公式，是按照规定做出的行为指令，没什么温度。

回想一下过去，她曾经鲜少会觉得他温柔。

可是在这个瞬间，在熙攘的车流和拥堵的路上，他垂着眸子专注地和她接吻，她被禁锢在他怀里，极近的距离让她能窥见他睫毛下的小片投影，能感知到他每一次清浅的呼吸……

她觉得他很温柔。

是确信的。

起码是在这一段时间里，只对她一个人展露的温柔。

顺利地过了交通岗后，赵知年问她："明天你想去哪儿玩？"

他知道，后天她就要回北京了。

付云意想了一下自己看过的那几份上海旅游攻略，皱着眉摇了摇头："还没想好，晚上再查查有什么好玩的吧。"

回答完了了，她才想起来问他为什么要问这个。

"明天怎么了？还是你有什么事？"

赵知年平静地说："要是没地方去的话，和我去棋室看看吧。"

她看了他一眼，才发现这人看起来面色平淡，实际上耳朵都红了。

看来神仙也不是永远那么清冷的嘛……

付云意有点想笑，侧过身来懒洋洋地答了一句："啊，好啊，那你明天早上来接我吗？"

赵知年按着导航指示拐了个弯，说："跑来跑去太麻烦了，我今天就不回去了。"

付云意闻言，身体一僵，重复了一遍："你说你不回去了？也住酒店？"

赵知年发出一个轻轻的鼻音，算是应了。

付云意瞪大眼睛难以置信地道："我房间里就一张大床，你要和我住一起？虽然我们认识的年头不算短，你刚刚说的话我也都听明白了，但是我觉得吧，您要亲自上阵也不必到这种地步吧。"

付云意说完之后，一脸真诚地看着他。

原本直线行驶的车子轻微地扭动了一下，赵知年握紧方向盘，偏头扫了一眼旁边座椅上像河豚一样整个人都鼓起来的小姑娘，勾了勾嘴角："在想什么呢，我随身带着身份证，可以再开一间房啊。"

"小河豚"瞬间泄了气。

"哦。"付云意把头扭向窗外，撇撇嘴，声音闷闷的，"刚刚被你亲得大脑缺氧，智商也跟着下降了，你就当我什么都没说。"

夜色一点一点沉下来，他能轻易在侧方车窗里看到她的倒影。

赵知年左手握着方向盘，随意搭在方向盘横杠上的右手指节轻轻敲击了几下，眸色也跟着黯淡了几分。

这种感觉很新奇，是二十几年的人生里从未有过的，甚至是想都没有想过的。

——怎么会有对一个人怎么亲都亲不够的感觉啊。

02

那晚，付云意失眠了。

酒店的房间是赵知年给她订的，是有落地窗和小阳台的宽敞江景房，阳台上摆了两张躺椅，支了个小桌，桌上摆了两瓶红酒，方便客人在兴致好的时候小酌几杯。她当时住进来的时候，还感慨了一句赵知年不愧是世界冠军，一出手就和小说里的霸道总裁不相上下。本着"吃人嘴软，能少吃点是一点"的原则，桌上的酒她动都没动过，但今天她实在忍不住了。

亲都被他亲了，还不止一次，让他付点酒钱作为代价好像也不过分。

深夜十一点，江边的灯灭了个七七八八，她没贪杯，晃晃悠悠地摊在躺椅上，看着江上缓慢行过的游船小口嘬饮。

到底是入了夜，白日里喧嚣的都市也沉寂下来，那些喧闹和灯火逐渐从空气里沉下来，沉淀在寂静的地面上。付云意眯着眼睛看了一会儿，被这种意境感染，拿起手机随手拍了一张照片发到朋友圈里。

照片上是平静的江和那条缓行的游船，没配文字，也没加定位，一条朋友圈发得随随便便。

她是鲜少发动态的那种人，要不是因为休假，她其实连微信都很少用，上班的时候大部分时间在没信号的万里长空之上，有人找她也就是打个电话或是发条短信，她落地后再回复。

付云意这一条朋友圈发出去，瞬间炸出了她好友列表里的那些夜猫子。眼看着点赞和评论的提醒不断出现，她抿掉了杯子里的最后一口红酒，难得好奇地看起那些评论来。

冲在前面的自然还是祁景，他阴阳怪气给她留了一句："付总，纸醉金迷啊，啧啧啧。"

她看了一眼，毫不犹豫地回复："比不上祁总豪气，都是吃韩式烤肉，小欢欢和我说你们今晚这一餐可是我们结账时的五倍。"

沈桉他们眼尖地看到了桌子上的半个红酒瓶子，友情提醒她少喝点，别一上头觉得自己是十米高台跳水运动员，表演一个空中旋转四周半完美落江。付云意十分礼貌地给这群人每人送上一个"微笑"的表情，手指继续往下拉。

她回复了所有的评论，退出朋友圈界面时，发现微信里有一条未读消息。

来自赵知年，内容一如既往地简明扼要："不要在外面坐太久，晚风吹久了容易着凉。另，别熬夜，早点休息。"

又是中规中矩的句号，比之前强了一点的是，他还加了一个表情。

发送时间显示的是七分钟前，正好是她发朋友圈的时候。

付云意忍不住怀疑自己的房间里是不是被他安装了监控。

没待多久，她就懒懒地起身回到房间里，四仰八叉地把自己摔在了柔软的床上，床边柜上放置了香片，空气里浮着浅淡的香气，屋内灯光柔和，可她就是没有睡意。

她一闭眼，满脑子都是傍晚时分赵知年在车上对她做的那些事，就像设置了自动循环播放的电影一样，并且还是那种自带病毒的网站的，怎么切换都切换不了。

算起来，她和赵知年重逢也有小半个月了，这是她第一次认真思考赵知年这个人，顺便再考虑他们两个人当下的关系。

结果是直截了当的，甚至是惊悚的，那就是她觉得赵知年喜欢她。

付云意猛地钻进被子里，按亮手机，打开微信界面，慢吞吞地回复赵知年："好的，我知道啦。"

她应该是设闹钟的时候不小心把手机从静音调到了振动模式，付云意刚把手机屏幕熄灭，机身就振动了一下。

是赵知年秒回的微信消息，还是一条语音。

付云意戳了一下那个语音条，就听见他温和的声音："太晚了，小意，快去睡觉。乖。"

最后那个字让瘫在床上的付云意猛吸了一口气，赶紧点开音乐播放软件，随便播放一首轻音乐，然后把手机塞到了枕头底下。

她觉得这个晚上喝了酒的人似乎不是她，而是赵知年。

拜前半夜根本没睡着所赐，第二天付云意起得很晚，一觉醒来日上三竿那种。

窗帘的遮光性能太好，付云意睁开眼睛时，室内暗得和晚上没什么区别，她迷茫地试图看一眼外面的世界，最后败给了身下的柔软床垫。

最后还是赵知年的电话把她弄清醒的。

电话里，赵知年的声音十分温和，听着她迷糊的声音，或许是想起了以前祁景拿个大喇叭在她家楼下喊一早上才能把她喊醒，还要挨一顿骂的事情，他没让她起床，就说了句他在酒店订了午餐，她想吃的时候给餐厅打电话就可以。付云意的起床气早就被大学时雷打不动的早操磨没了，敏锐地抓到了他话里的"午餐"两个字，她把手机从耳边挪开，然后看到了上方小小的一行时间——12: 47。

一分钟后她就穿上了衣服，然后对电话那头的人说："我已经起来了，可以让餐厅送餐过来吗？我们一点半见。"

赵知年被她的速度惊到了，良久之后沉沉地笑了一声："慢点吃，晚点也没关系。"

赵知年带她去的是他平常待的棋室。

走进去的时候，有一瞬间，付云意觉得时光似乎倒流了，从小小的棋室大门，到那块写着"之行棋室"的牌匾，再到熟悉的装潢、矮桌、字画，甚至连小柜子和柜子上放着的香坛都和曾经的摆设位置一模一样。

她眨了眨眼睛，好像最靠近门的那张矮桌边就有一个十几岁的少年一边对着平板电脑上的比赛视频复盘棋局，一边垂眼给她解释那些她听不懂的步骤："黑22可以23位扳，看形势是把右边的星号棋的一子放弃了，黑22因为恋了这一子而被白23位冲出，上面黑空因此减少了很多……"

和从前不同的，大概就是奖杯柜里的奖杯似乎比起记忆里多了很多。

"我在这儿待了快五年。"赵知年跟着她一起在棋室里慢悠悠地逛着，给她讲自己的故事，"这是我在上海开的第一家棋室。"

"我大部分时间待在这里，这里比较安静，也比较舒服，很多时候我会分不清楚这里到底是上海的之行棋室还是北京的那一个。"他随着她走到棋室深处，拉开柜子下面的抽屉，随手拿了一袋蓝莓软糖给她，"分不清的时候我就会出去散散步，偶尔观察一下起落的飞机，想到或许你就在其中一架飞机上，就会觉得那种迷茫一下子散了。"

付云意觉得此刻自己脸上的表情肯定不能用"震惊"这个词语来形容，简直是精彩纷呈。

她从来没有想过赵知年有一天会说出这种话，清晰地讲自己这些年的生活，清楚地说一句是怎么想她的。

付云意咬了咬嘴里的那颗软糖，礼貌地赞了一句："哇，你真的好不容易。"

赵知年直接被她逗笑了。

和赵知年不太熟的人，大抵会把他直接归入完美人类那一挂，可有的事情只有和他相处时间长的人才知道。

高中时的那部手机付云意一直留在家里，短信息那一栏里，收信箱里都是秦欢和祁景的聊天记录，属于赵知年的几乎除了"好的"，就是

"知道了"。可是发信箱里显示的要收信的人，几乎全是赵知年。

付云意曾经非常讨厌自己把生活中的细枝末节都告诉他，而他却几乎从不主动回应。

可是现在，他主动带她来他在上海生活的地方，主动开口和她聊起分开的这些年他的经历……

赵知年似乎真的变了。

她垂着头一颗一颗地吃蓝莓软糖，直到他笑着开口问她："我给你的软糖有这么好吃吗？"

付云意不说话，想了想，犹豫着点了点头。

"还是说你不知道和我说些什么比较好？"

她猛地抬起头来，赶紧否认："不是，就是觉得你和以前不一样了，上海这边难道有'恋爱补习班'？好像大城市里这种需求也不少？你是不是偷偷报名学习了？"

赵知年冲她晃了晃手机，一脸坦然："我只是在网上看到一句话，'对喜欢的人要坦诚一点，想她的时候就让她知道'。至于你说的什么'恋爱补习班'，我没报名，也不知道有没有教这个的。比起花钱找别人教我，不如让小付老师履行承诺帮我补习一下，毕竟你和我说过你经验丰富，肯定比外面那些老师教得好。"

他的话成功地让付云意刚吃下去的一颗蓝莓软糖精准地卡在了喉咙里，她俯下身咳得惊天动地。

抿了好几口茶水才顺过气来，付云意拍着胸脯一脸哀怨地看着他："我……我再考虑一下要怎么教你。"

赵知年倒也没在意，又招呼她和他下棋，上一次火锅店里的棋局还历历在目，付云意哆嗦了一下，一口拒绝："别了、别了，恳求赵知年九段放过我。"

他完全不听她的话，径直走到桌边把棋盒打开，温声说："这次不打赌。"

付云意还想说点什么，这时棋室的门被人打开，从外面走进来一个小姑娘，她一眼看到了赵知年，赶紧叫了一声："老板。"

付云意刚抬起头，赵知年就开口和她解释："是助理，可能来这边拿点东西，不用管。"

"那怎么能不管。"付云意笑容灿烂，赶紧站起来招呼那个小姑娘，"来来来，你老板现在特别想下棋，你赶紧陪他下一盘，没准还能要挟他给你涨工资什么的。"

赵知年无奈地笑了笑。

助理小姑娘很会看眼色，飞快地往楼上走，一边走一边不忘回付云意的话："我就是个行政助理，对围棋一窍不通，还是老板娘您亲自上吧！加油哦！"说完，还握了握拳，给她加油。

那声"老板娘"叫得实在是亲切，付云意一脸佩服，满脑子都是自己还是太年轻，适应不了这新奇又复杂的世界。

赵知年看起来心情好到了极点，嘴角一直噙着笑。

03

第二天，付云意的单人上海旅游团总算有了第二个人的加入，他还直接担当起了导游。

和之前几天不一样，这一天就像是他在带着她感受"赵知年的一天"。

早上九点，她就被赵知年打电话叫了起来，最近的作息太不规律，她整个人都是迷迷糊糊的，接起电话就问："怎么了？"

"起床了，小意。"男人的声音一如既往地温和，"你昨天不是说想知道我平时去上海哪些地方吗？"

付云意揉了揉眼睛，迷迷糊糊地想起来这件事，起身随手套了件薄卫衣，说："哦，现在就去吗？"

房门被敲响，赵知年的声音同时在门外和手机里响起："我带你去吃生煎。"

付云意用战斗速度给自己化了个淡妆，半小时之后，就和赵知年一起坐在了生煎店。

此时已经过了早餐的高峰时段，店里人不多，赵知年点了两碗鱼丸汤和两小份生煎。

鱼丸汤很鲜，付云意喝了一口，满足地眯了眯眼，随口问他："你每天早上都会吃这些吗？"

"经常吃，因为公寓楼下就有一家店。"赵知年慢条斯理地吃着，"有时候会去旁边的粥店喝一碗粥。"

付云意原本吃不太惯面食，但是胃被飞机餐折磨久了，早就没了挑食的毛病，这会儿跟他一起来店里吃早餐，才恍然意识到自己似乎很多年没有吃过生煎，更别提坐在店里面吃。

新鲜生煎里汁水多，一不小心就会弄到手上和脸上。付云意没掌握好咬下去的力度，连续几个都中了招，有点无奈地看了赵知年一眼。

赵知年被小姑娘笨拙的样子逗笑，忍不住伸出手来用纸巾帮她擦脸。他的动作不算轻，擦得付云意咬牙切齿："喂，你不必用这么大力气，我早上抹的那点粉都快被你擦掉了！"

有个店员就在他们旁边的位置收拾餐盘，听着两人的对话，不由得感慨了一句："你们感情真好。"

付云意原本还不觉得有什么，听到这句话，顿时害羞起来。

"赵知年的一天"旅游主题实在是无趣。

被他带去书店待了一上午的付云意看完了一本百转千回的虐恋总裁小说之后，连带着看赵知年的脸都戴了总裁滤镜，眼看着男人拿了两本书去结账，她一边挽着他的胳膊，一边戏精上身地求他："我们玩个游戏好不好？"

赵知年付了钱，拎起纸袋，挑眉疑惑地看着她。

"'霸总强制爱'你知道吧？就是那种'霸总虐我千百遍，我待霸总如初恋'，我被你各种欺负，然后我要离开你时，你才发现原来我对你非常重要，苦苦求我留下来那种！"小付导演讲完了戏，迅速进入了女主角色，抢过了他手里的纸袋，"赵总，我帮您拿书。"

赵知年看了她一眼，无奈地笑了笑。

这场戏演了还不到二十分钟，就以赵知年主动给她买了一个草莓冰激凌而被迫告终。

付云意一边毫不客气地吃着冰激凌，一边落寞地感慨："看来我的人生是和霸道总裁无缘了。"

赵知年偏过头看了她一眼，开玩笑道："那我把陆锦南介绍给你？"

付云意迷惑地问："谁？"

"就是在北京时，我开的黄色跑车的主人。"

付云意吓得差点把蛋筒砸在地上："那位总裁的审美可真特别。"

赵知年又被她逗笑了。

暮色渐渐沉下来的时候，赵知年原本想问付云意想去哪里吃晚饭，没想到她想一出是一出，拉起他的手就提议："我们去外滩好不好？"

赵知年当然说好。

书店离外滩很远，付云意硬是要坐公交车，几乎从始发站坐到了终点站。晃晃悠悠地坐了一个多小时的公交车，付云意靠着车窗，偶尔对窗外一闪而过的某个建筑感兴趣就问他那是哪儿，好像真的是第一次来上海旅游的小姑娘。

外滩一年四季人都多。

拍照的、散步的、坐船的，干什么的都有。江边的空气很清凉，付云意对人挤人的游船不感兴趣，就趴在江边的护栏上看夜景。

东方明珠塔看起来近在咫尺。

塔顶的灯一闪一闪的，似是遵循某种特别的节奏，看久了，好像心跳一样。

她想到什么说什么，指着灯光对赵知年说："你看，那盏顶灯闪烁的节奏像不像心跳的频率？"

赵知年随着她手指的方向看过去，像是想到了什么，眸色渐深，感慨道："我曾经见到过它灭掉的样子。"

付云意没反应过来他在说什么，下意识地"啊"了一声。

赵知年笑了笑，说："从我公寓的窗户往外看，其实也能看到这盏灯。刚来上海那一阵经常失眠，有的时候就会看着窗外发呆。有一天看着看着，这盏灯就灭了，我才知道原来它也是会消失的。"

说这话的时候，他低垂着眉眼，付云意没意识到他话里的深意，还笑嘻嘻地开玩笑："那你在想什么呀？想我吗？"

男人毫不犹豫地回道："是的，在想你。"

付云意一下子噤了声。

重逢以来，两个人谁也没有刻意提起过去的事情。

年少时的暧昧、心动、吃醋、吵架好像都暗藏在时光里，然后在飞速流逝的岁月中蒙上了一层又一层灰尘。

付云意其实一度很相信命运论。

命运论里的他们，一定是那种没有缘分的人吧。

因为没有缘分，年少时的她才参不透他的心意，他们才会因为一件微不足道的事情吵架，甚至决裂，他们的家人都在北京，这么多年却从来没有碰上，休息时间从未重合。

她曾经无数次地觉得丧气，如果真的是她和赵知年没有缘分，为什么这么多年过去，命运还不肯给她一个良人，让她彻底忘掉他？

这样纠结的想法一直持续到他们再次相遇，付云意才隐隐约约地觉得，他们哪里是没有缘分，分明是他们之间的缘分太深了。

因为太深了，所以命运才执着地让他们在彼此都变得更好的时候，再次相遇。

她眨了眨眼，看向旁边的男人，弯唇一笑，毫不隐瞒："既然赵总都这么坦诚了，那我也说一点实话吧。

"我也想过你，不止一次。

"很想，很想你。"

两个人在外滩没有待太久。

离开的时候，付云意和赵知年走过一条不知名的小巷，巷口有老人推着一台棉花糖机。付云意没想到竟然会在上海见到这种童年记忆，蹦蹦跳跳地跑过去，买了两个最贵最豪华的棉花糖。

天气还很热，棉花糖又太大，他们咬上一口，嘴边就沾上了一大片的白色。

"好像小老头的白胡子哦。"付云意笑着感慨。

赵知年轻轻地应了一声，伸出没有拿棉花糖的那只手握住她的手："这预示着我们将会白头偕老。"

付云意愣了愣，莫名有些鼻酸。

重逢以来，赵知年说过很多暧昧的话，也对她做过很多暧昧的动作，但没有一次让她像现在这样脸颊绯红、心跳加速。

因为这一次，赵知年跟她说的是未来。

这是他第一次主动和她说未来。

04

那天之后，这座城市对付云意来说，好像不再是中转城市上海，而是"这里生活着赵知年"的上海。

可能是和赵知年相处实在是太省心又太舒服，再加上这段日子以来确实吃得好、睡得香，待到离开的那一天，付云意竟然莫名生出了一点不舍的情绪。

赵知年看出了她的心思，贴心地问她要不要趁着还有一个多月假期再多待几天，她摇了摇头："算啦，我要赶紧回北京了，下周末是祁景和秦欢的订婚派对，我还是要参加的。"

她最后检查了一遍酒店房间，看还有没有落下的行李，然后在床边发现了之前买的布朗熊和可妮兔的毛绒包扣。

行李箱已经关上了，付云意随手把那只兔子别在自己随身的挎包上，想了想，把布朗熊递给在门口等她的赵知年："送你一个小礼物。"

赵知年接过去，指尖摩挲了一下棕熊的小耳朵："很可爱。"

"它叫布朗哦，是一只面瘫但稳重的小熊，"付云意好脾气地介绍，然后扯了扯自己包上的兔子，"和这个可妮兔是一对。"

她说完才发现这句话好像带着点暧昧意味，低头咳了两声："我只是在阐述一个客观事实。"

"嗯。"男人随口应着，然后把那只大头熊别在了自己的手包上，看起来特别突兀。

他的动作做得太自然了，如同那时候在游乐园，他毫不犹豫地把和他完全不搭的狐狸毛绒头饰戴在头上。

付云意发现自己好像不敢和他长时间待在一起，明明他做的动作、说的话都挑不出任何毛病，但就是能让她面红心跳。她不再看他的包和那只熊，生硬地转移了话题："下一次再来这儿玩，就不知道是什么时候了。"

赵知年敛了敛眸色："想来随时都可以。"

像是想到了什么，付云意有点遗憾地说："下次来，我要去你家看看，这次都没去呢。"

男人拉着她的箱子出了门，行李箱滚轮滚在走廊的地毯上，发出窸窸窣窣的声音。他们沉默地一前一后走着，倒也没觉得尴尬。

赵知年刚把她送到航站楼门口，就被一通电话叫走了，临走前，他有些抱歉地冲她笑了笑，付云意倒是不在乎，甚至觉得送到这里就够麻烦他了，也笑着冲他挥挥手，就转身走进航站楼。

抬脚前的一瞬间，他突然又叫了她一声："小意。"

付云意回过头，疑惑地看他一眼："怎么啦？"

他穿着一件和在北京重逢那天款式差不多的中长外套，持续不断的风让他的衣角始终保持着一种奇怪的姿态，他看起来像是有话要和她说，可是她等了等，却没等到下文。

最后他说："过几天见。"

付云意愣了愣，脚步一转跑了回去，飞快地在他左脸上亲了一下："小赵同学，记得想我呀！"

小姑娘偏着头冲他眨了眨眼，赵知年就笑了。

他扯了扯包上的小熊挂件，认认真真地应下："好。"

回北京之后，原本祁景说要接她，她拿了托运行李走出来之后，看到的人却是秦欢。

付云意有点惊喜，一边上车一边感慨："你什么时候考驾照啦？我一直以为你不会开车呢。"

秦欢丢给她一个"你根本不关心我"的受伤眼神，挂了启动挡："早就考了好吗，只是一直没在你面前开过车。"

秦欢的左手放在方向盘上，付云意眼尖地看到了她无名指上的那枚闪闪发光的戒指。她凑过去仔细地看了看："啧啧啧，祁小爷的审美难得在线一次，可喜可贺。"

秦欢开着车，面无表情地说："我选的。"

"什么？"

"祁景最初挑选的款式实在是太张扬了，我觉得我戴上就像刚在彩票站中了几百万、恨不得告诉世人的暴发户，"秦欢平静地说，"所以我重新选了一款。"

两个人毫不留情地吐槽了祁景一通，最后付云意没忍住，又端详了一下那枚戒指，笑眯眯地说："这枚戒指是真的好看，等到我结婚的时候，也想要这种类型的。"

秦欢听了这话，差点把车开到路基上："你你你……你要和赵知年结婚？什么时候的事？他向你求婚了？"

付云意目瞪口呆地道："没啊，我们连男女朋友都不是，求什么婚啊？"

秦欢又提高了一点声调："连男女朋友都不是？你不是说赵知年吻技高超吗？"

"啊，是啊。"付云意揉了揉眼睛，有点困，"谁规定不是男女朋友就不能来点亲密接触了？细水长流嘛，慢慢来。"

说完，她从后排捞了个抱枕过来枕在脖子后面，没几分钟就睡着了。

秦欢开车把她送回了大院，付云意拎着行李箱走进家门才发现自己手机一直是关机状态。她迷迷糊糊地开了机，未接来电、短信、微信上整整齐齐都显示着赵知年的名字。

她赶紧回拨过去，慢吞吞地讲了自己忘了开机的事情。赵知年听出她语气里的倦意，连声催促她快去休息。

老付和沈女士都不在家，估计去了奶奶的老宅，付云意一边从行李箱里扯出睡衣换上，一边直奔自己的卧室。

缩进被子里之后，她点开微信，才发现赵知年发的消息从最初的询问她旅程是否顺利到最后说他问了秦欢，说已经接到她，让她不用回电话过来，她看完之后，有种莫名的情绪自心底翻涌上来。

不知道该怎么形容，大抵是觉得赵知年这个人……

真的很好啊。

付云意在家百无聊赖地宅了两天，把最近热播的电视剧和综艺都看了一遍，最后实在是受不了这样浪费时间、浪费生命的肥宅生活，便帮着祁景和秦欢准备订婚宴。

她没想到去了那儿还能见到故人。

她从上到下扫了一眼一派精英人士打扮的周明煦，忍不住笑了起来："不错，一看就知道你是搞金融的，还是特别有钱的那种。"

祁景从室内走出来看了一眼，忍不住接了一句："那也不一定，卖保险的和房产中介也穿成这样。"

周明煦："……"

他刚回国，今天算是七八年来第一次和付云意见面，她一工作起来就人间蒸发，他和她很少联系，倒是和祁景的关系还不错。他没理祁景的玩笑，冲她摇了摇车钥匙："我看他们这儿也没什么要帮忙的，不如我们去叙叙旧？"

即使是好多年没见，她也对这哥们儿当年对她的两场告白记忆深刻，这时秦欢走出来听见了这句话，推了推她的肩膀让她同意，还凑到她耳边说："去聊聊嘛，见见不同的树，对比之后择优选择。"

付云意差点笑出声来，扭过头来戳她的脸，感慨着"祁景这些年都把你带坏了"，对于周明煦的邀请倒是没有拒绝。

两人也没走多远，在路边找了一家咖啡店，付云意点了一壶加了冰块的花果茶，没客气地给自己倒了一杯，喝起来非常享受的样子。

尴尬又客气的寒暄叙旧环节过去之后，付云意想起了往事，笑着问："你有女朋友了吗？有没有找一个学法律的？"

周明煦愣了一下，一时没反应过来她为什么这么问："我找学法律的女朋友做什么？"

"快高考的时候，你不是说法律和金融特别配吗？"付云意回忆着往事，觉得很有意思，"其实我到现在都不知道法律和金融怎么就相配了。"

他们坐在靠窗的位置，时值正午，热烈的阳光透过窗边那一层薄纱照进来，映得她原本黑色的瞳孔泛起了温柔的浅棕色。她说起好玩的事情时，还是会像高中时那样晃一下脑袋，一看就是特别活泼的小姑娘。

其实他第一次注意到她，根本不是她自己想的什么初中时英语竞赛的记仇，而是那一次他们一起被老王叫到办公室里，她愤怒地看向他的那一眼。

本应该凶狠的眼神，但因为她的长相，实在毫无威慑力，反而有一种奶凶奶凶的感觉。

就是那一眼，他觉得她太可爱了。

即使后来她对他始终没有好气，甚至在两个班合并，他主动提出坐到她前面时，她还露出一个心如死灰的眼神。可他还是忍不住一次又一次招惹她，最后把她那点脾气都招惹没了，后来两个人就成了一起对抗老王的战友。

周明煦每次想起这些事，都忍不住感慨自己的好耐心。

他原本是个一点耐心也没有的人，可是一遇见她，他就只能耐着性子，步步为营。

只可惜她从未接受他的真心，他这次回来，就听说了她已经有男朋友的消息。

他们似乎真的没有缘分。

周明煦半真半假地感叹了一句："不知道什么人能让你有感觉，那人还真是好福气。"

付云意最应付不来这种深情男配角剧本，赶紧辩解道："没有，我脾气很差的，'作天作地'，一般人还真受不了。"

周明煦被她逗笑了，拿出手机点开自己的微信二维码，说："好久不见了，加个微信吧，以后多联系、常来往。"

付云意感觉他对她的那点心思似乎是放下了，她舒了一口气，拿手机扫了他的二维码，笑得眉眼弯弯："好呀。"

她拒绝了他送她的提议，又在两分钟之后后悔了。此时外面已经是烈日当空，她躲进商场想给秦欢打电话，让她带把伞来拯救她，手机就振动了一下。

是赵知年的消息，问她在哪里。

他其实很少和她聊这些杂七杂八的生活琐事，付云意觉得新奇，干脆坐在商场的休息区给他回消息："在外面呢，原本想帮秦欢他们准备订婚宴，结果现在被大太阳堵在商场里了。"

这句话发出去之后，她又发了一个"小兔子晕晕"的可爱表情。

赵知年回得飞快："在哪家商场？"

付云意把自己的定位发了过去，发完才意识到他在一千多公里外的上海，笑着打趣他："你要叫车来接我呀？这事我自己可以做。"

过了十几秒，那边发来一小段简短的语音。

他的语气依旧温和平淡，还带了一点不容置喙的意味："不是，是我来接你。"

那一瞬间，坐在不算安静的商场中庭里的付云意清楚地听到了自己怦怦的心跳。

05
赵知年八年来从没这么频繁地往北京跑过。

其实他是一个讨厌麻烦的人，决定了在哪座城市生活，生活的轨迹就会围绕着这座城市。他会认定一处自己喜欢的居住地点，认定几家固定的餐厅和里面的一些菜品，认定固定的车辆行驶路线，认定合适的员工和从事的工作……这些都鲜少会发生改变。

但现在哪怕只有一两天的休息时间，他也想往北京跑，因为他知道付云意就在那里。

他认定的女孩在那里，她比他的一切习惯都来得重要。

他到达商场的时候，付云意刚买了两个冰激凌，她一边吃着上面的巧克力球，一边含混不清地在电话里告诉他自己所在的位置。

见他向自己走过来，付云意高高兴兴地把另一个冰激凌递给他。

"真的很好吃！"付云意兴奋地道，"尤其是刚做好蛋仔还热的时候，你要连冰激凌带蛋仔一起吃哦！"

她好像和他完全熟稔起来了，连聊天的语气都带着不自知的甜腻。

赵知年特别喜欢这样的她。

他像她说的那样吃了一口，笑着说："好吃。"

付云意扬扬得意："那是，跟着我，就能吃到最好吃的食物！"

赵知年没应声，一只手拿着冰激凌，另一只手握住了她空着的那只手。

网上说，喜欢一个人，是会忍不住想和那个人有肢体接触的，所以情侣之间才会热衷于牵手、拥抱和接吻。

心跳声变得剧烈，她任由他牵着自己的手，没有挣开。

不大喜欢甜食的赵知年陪着付云意把冰激凌吃完了，两个人才回到地下停车场的车上，他问她还要不要去找秦欢和祁景，付云意想了一下，摇摇头："算了，直接回大院吧，过去了也帮不上忙。"

赵知年发动车子，应了一声："刚好我也要回去。"

她这几天在家和老付他们闲聊，隐隐约约听说了赵知年和他父亲不那么和谐的父子关系，这会儿听到他主动说回大院，觉得有点好奇："你回去找赵叔叔有事吗？"

"嗯。"赵知年简明扼要地说，"我母亲回来了，我回家和他们见一面。"

付云意看起来比他本人还开心："那真好！"

赵知年腾出一只手来，揉了揉她的发顶。

确实很好。

老赵告诉他这个消息的时候，他有点惊讶，没想到从前一背着他就会吵架的两个人，有一天竟然也能心平气和地一起吃饭聊天。

赵知年一回家，看到的就是一桌堪比满汉全席的丰富菜色。赵父和赵母相对而坐，他洗过手，坐在了两个人中间的位置。

十几年没有过这样的家庭聚餐，老赵难得显得有点拘谨，给两人倒了点红酒，象征性地举了一下杯："开饭吧。"

赵知年唇边弯起浅淡的笑。

他想起很多年前的一个除夕，那会儿老赵和他说要娶别人，他的家彻底破碎，他一个人跑去棋室待了好几天，满脑子都是除夕时付家那一顿热热闹闹的年夜饭，还有小姑娘毫无顾忌地和自己父母撒娇开玩笑的活泼样子。

他抿了一口酒，笑了笑，主动挑起话头："聊聊天吧，只吃饭太安静了。"

老赵诧异地看了他一眼，酒劲上头，老赵竟觉得有点感动。

"对不起，知年，"他沉声说道，"我这个父亲这些年对你确实是有亏欠的。"

赵母眼里也泛起了一点泪光，主动和他碰杯："我也不是一个合格的母亲。"

赵知年不太擅长应对这种场面，他低着头，把杯子里的酒一饮而尽，像是接受某种和解的邀约："没关系，我现在已经不太在意这些了。"

老赵还没说完，继续剖析着自己："知年，你实话告诉我，这么多年你都没谈过恋爱，是不是因为爸爸妈妈对你造成了不太好的影响？"

赵母一看就是和老赵对过词，也跟着说："是啊，小年你都快二十八岁了，也该谈女朋友了。我知道你事业心强，但是赚再多的钱也是空的，咱们家也不缺钱，是应该多想想自己的终身大事了。"

虽然话说得隐晦，但赵知年算是彻底明白了。

原来这家庭聚餐是变相的催婚宴，怕是他现在附和一句，下一秒两个人就能拿出一摞相亲对象的资料来让他看。

他有点无奈，思考了一下，果断地拒绝了："不用了，我现在暂时不想考虑这些。"

老赵的眼神瞬间黯淡下来。

赵知年意识到刚刚自己的话说得不够全面，退了一步："不是不想谈恋爱，而是……我还在学习怎么好好爱一个人。"

那一年小姑娘冷着脸质问他"那你就知道什么是喜欢了吗"，他一直记到了现在。

他其实不太善于和亲近的人相处，没人教过他，慢慢地他也就失去了这种能力。

那个时候，他面对着事无巨细地把自己的生活与他分享的小姑娘，心里其实是惶恐的。他不知道自己应不应该也像她一样，把完完整整的自己都给她看。他有时候会害怕她深入他的生活，了解到真实的他，不知道她会不会被他的偏执、自闭、冷漠吓到，会不会觉得他根本就不是她喜欢的样子，会不会接受不了真实的他。

所以他总是选择沉默。

可即使选择了沉默，最后依旧没能换来一个好结果，她到底还是觉得她认识的赵知年不是她心里的那个赵知年了。她和他大吵了一架，她在他面前哭，他却一句话都说不出来，连安慰的话都难以说出口。

因为她说的都是真的啊，赵知年其实根本没有她想象的那么好。

后来就是仓促的分别，是匆匆流逝的岁月，是意料之外的重逢。

有一点他在心里是承认的，再次看到她的第一眼，他就有一种冲动，想要靠近她的冲动，想重新认识她，以真实的赵知年认识她的冲动。

"我还在努力学习，等到学会了，会带她来见你们的。"赵知年给自己夹了一口菜，吃了小半碗饭之后坦诚地说，"但不是现在。"

他一抬头，就看到老赵眼睛都亮起来了。

"手机里有照片吗？"老赵八卦的样子连赵知年都觉得陌生，"快点让爸爸看看！"

赵知年想到自己手机屏保上那张和小姑娘的合影，不动声色地把手机往口袋深处推了推，语气平淡地说："您还是等着看真人吧。"

没想到自己的儿子小气到连一张照片都不给他看，老赵失落地坐了回去。

赵知年回来得巧，正好赶上了祁景和秦欢的订婚仪式。

付云意在仪式开始前溜到后台想偷看一下秦欢的婚纱，赵知年环顾全场也没有发现自己熟悉的人，干脆付云意去哪儿他也去哪儿。

两人走到后面的试衣间时，正赶上秦欢换好衣服从里面走出来，付云意是第一次看见她穿婚纱，整个人都呆住了。付云意第一次觉得自己词穷了，只会张着嘴感慨："哇，好美啊！"

祁景显然也对婚纱非常满意，估计是主场给了他勇气，他揽过秦欢的腰，嘚瑟地说："你是没见过我们欢欢在婚礼上要穿的婚纱，比这件还要好看一百倍。"

秦欢没忍住拍了他一下："哪有那么夸张！"

付云意倒是没呛他，甚至附和了一句："我信。"

她的视线从婚纱移到戒指上，感慨了一句："天哪，我以为我不会有这样的少女心呢，果然女孩子看了婚礼之后都想结婚。"

她满眼都是漂亮的珠宝和礼服，忍不住又道："真的好漂亮啊！"

秦欢见赵知年目不转睛地看着付云意，笑着怂恿她："那你赶快结婚呀，婚礼捧花我给你一个人留着。"

付云意钩住了她的手指："一言为定！"

小姑娘转过头对上赵知年的眼神，愣了愣，脸颊倏地染上了红霞。她不自在地移开视线，手指却悄悄地往后攥住了赵知年的衣袖。

难得看见付云意露出这样的小女儿情态，赵知年喉结动了动，垂下眼睫，遮住了眼里复杂的情绪，然后顺势抬起手，将她的手指牢牢地握在掌心，慎重又温柔。

从后台到外面是一小段狭窄的走廊，走廊上没什么人，付云意抬脚往前走了几步，整个人就被一股力气推到了墙上。

赵知年握着她的两只手腕，用自己的身体把她堵在了狭窄走廊的墙上，下一秒他就低头吻向了她。

几次三番下来，她好像已经习惯了他总是猝不及防落下来的吻。付云意因为突然被人袭击而紧绷的神经放松下来，一边被他吻着，一边没头没脑地想到一个问题。

男人在这方面莫非都是无师自通？他什么时候还学会"壁咚"了？

赵知年吻得不凶，和之前几次比起来算得上是蜻蜓点水，但吻过之后他没有放开她的手，而是微微弯下腰把下巴抵在她的肩膀上，低声问她："你刚刚说，你想结婚了，是认真的吗？"

付云意没回答他的问题，而是说："赵知年，我们在一起试试吧。"

长流的细水稍稍快一点也不是不可以，她早就不再像十几岁时那样纠结于无聊的事情，何况重逢以来赵知年变了那么多，学会了主动表达自己的情绪，变得坦诚，变得肯认真说要和她学一学怎么才算喜欢。

这些年她遇到过形形色色的男生，可是没人能像赵知年一样让她分分秒秒都心动。

更何况他对她很好，她也从不抗拒他的好。

见男人没有马上回答，付云意偏过头，唇瓣擦过他的侧脸。

她眨了眨眼睛，笑得可爱又狡黠，还故意放软了声线："知年哥哥和我在一起试试嘛，我可以很乖的，你喜欢什么样的，我就是什么样的。"

"知年哥哥"这个称呼被她软软地叫出来，他再也忍不住了。

他都忘了有多久她没有这么叫过他了。

小姑娘说这四个字的时候总是咬字轻软，还拖着小小长长的尾音，似乎要直接叫到他心里去。她这么叫他一声，他的理智就消失殆尽了。

赵知年从她肩膀处离开，抬起头来更深更狠地吻了下去。

付云意觉得四周的空气似乎越来越稀薄，她几乎喘不过气来，偏偏他一改往日缓慢推进的作风，强势地抵着她。

她推了推他的胸膛，涨红着脸，用力偏过头叫他的名字，还带了一点委屈："喂，赵知年，我喘不过气来了呀。"

他不理会，就在走廊上肆无忌惮地上演着偶像剧大戏，根本不在乎会不会有人经过。

她被亲得有了点脾气，喘着气凶他："你干吗呢？"

"不好意思，实在是忍不住。"男人认错态度良好，行动上却丝毫不改，甚至一副不打算放过她的样子，"该提出试一试在一起的人是我。"

付云意觉得匪夷所思："你提还是我提，有区别吗？"

"当然有区别。"他帮她顺了顺额前被他压乱了的刘海，说，"这种邀请式的问句提出的人应该是我，有权利选择同意或者拒绝的人才是你。"

他说的话有点绕，付云意反应了一会儿才搞清楚意思，她有点忍俊不禁，感慨道："哎呀，完蛋了。"

赵知年身体僵了一瞬，心里生出一点不太好的预感，他轻声问她："怎么了？"

小姑娘笑眯眯地又亲了一下他的脸颊，故意装出苦恼的样子："小付老师恋爱补习班收的学生好像太聪明了，简直无师自通呢，这让为师很难办呀。"

赵知年听明白之后倏地笑了，亲昵地碰了一下她的鼻尖，笑着说："留着老师也是有用处的。比如说，赶紧让你的学生提前毕业，换成男朋友的身份转正上岗。小付老师觉得我的这个提议怎么样？"

他和她对视着，他眸底清澈，里面清清楚楚地映出一个她。

Chapter 11

她现在已经待在了他世界的最中央

01

整整一个星期过去，付云意才后知后觉地反应过来。

大概全中国也找不出几对像她和赵知年这样的情侣，明明已经在一起了，却谁也没对谁说过一句"我喜欢你"。

不仅如此，在一起的第一天，赵知年就因为棋室那边有急事回了上海，两个人开始了异地恋。

知道这事的人只有秦欢。少女时期看着甜甜恋爱小说和恋爱漫画，吵着嚷着"为什么我还不能谈恋爱"的人，等到真"脱单"的那一天，也就是简明扼要地给秦欢发了条微信："小欢欢，我和赵知年在一起啦。记得帮我保密呀，我以后再公开。"

秦欢对此一点也不感到意外，笑着问她："怎么，赵知年没有向你求婚？"

付云意一怔："你说什么呢？"

看来付云意还不知道那天站在她身后的赵知年的眼神，秦欢想了想，还是告诉了她："那天你当着赵知年的面说你想结婚，我看他的眼神都觉得出了那个房间他就会向你求婚。"

付云意呼吸一滞，努力忍着笑："真的？"

"那当然，后来我好奇地探出头往走廊上看了一眼，就看到你被他按在墙上亲，看起来你对他的形容确实……所言非虚。"

付云意想起了在上海时她咬牙切齿地说他吻技高超的事，丢了句"拜拜，以后再聊"，就果断地挂断了电话。

临走的时候，赵知年问过她要不要再去上海待几天，被她拒绝了，因为江航给她的假期已经告急。付云意每天就老老实实地在以家为中心的地方活动，今天和朋友唱唱歌，明天和小伙伴吃顿火锅，体重往三位数狂奔而去。

赵知年大抵也是在忙，她问过一句，他就简单地解释了一下他平日里的工作，大概是每年有固定的时间为比赛集训，剩下的大部分时间是在棋室那边做决策并负责管理。付云意听完，跟他开玩笑："那这算不算你自己开公司呀？"

他有时会跟不上小姑娘跳脱的思维，以为她就是在问他干什么，便回答道："算。"

"那你是赵总耶。"她戏精上身，拖着长长的尾音，学着电视剧里女主角黏黏腻腻撒娇的样子，"赵总努力挣钱养我哟。"

赵知年再清冷禁欲，也敌不过小姑娘冲他软声撒娇。他顺她的话说："好啊，赵总养你。"

付云意和他聊了几句有的没的，他抬眼看到卧室墙上的挂钟晃晃悠悠地走到十一点，就不肯和她继续聊下去，沉声催她去睡觉。

赵知年的作息很规律，平日里生物钟十分混乱的付云意想着要是以后和他生活在一起，岂不是要告别熬夜的快乐？她忍不住小声抱怨："你怎么管得这么严啊？"

"规律的生活作息有利于身体健康。"赵知年一本正经地和她解释，"身体健康才能长命百岁。"

"所以呢？"付云意翻身躺在床上。

赵知年接着解释："我们都身体健康、长命百岁，才能一起走更远的路。"

付云意最受不了赵知年一本正经地对她说暧昧情话，她吸了一口气，猛地用枕头捂住自己的脸。

这人到底是从哪儿学来的这些？他怎么这么会啊？

付云意返工那天，同事们都觉得小付机长整个人容光焕发，简直自带光环。

乔乔那天刚好执飞来北京的航班，算是第一个见到她的人，她比付云意小了三岁，还是个小姑娘，大老远看到付云意，她就跑过去抱住了她："啊啊啊，意姐！你终于回来啦！"

付云意也伸出手回抱着她："怎么突然这么热情？就这么想我啊？"

乔乔叹了一口气："你不知道在你休假的日子里，我攒了多少机组八卦没人可分享，简直要憋死我了。"

空乘不像他们机组人员，同事关系要复杂得多。表面上看乔乔在江航人缘不错，其实都是"塑料姐妹花"，生怕自己说错了话暴露了秘密，不一定哪一天就被谁不怀好意地拉下水。

乔乔和付云意关系好，除了付云意性格好、好相处，也是因为付云意平时和乘务那边没什么往来，她兜不住的八卦可以随便和付云意讲。

付云意当天也就是回来销个假，等恢复排飞还要过两天，处理完自己的事情之后，两个人干脆坐在机场的快餐店里边吃边聊。乔乔仗着自己年轻怎么吃都不胖，毫不客气地点了一堆炸鸡、薯条和汽水，豪爽地招呼付云意随便吃。

这个假期，付云意不是被赵知年带着在上海胡吃海喝，就是在北京跟那帮朋友混着胡吃海塞，想到自己的体型和体重，她连忙摆摆手："我记得这儿卖无糖红茶来着，我喝点那个就行，这假再放下去，我不知道得胖成什么样子。"

乔乔一边给她点红茶，一边难以置信地道："意姐，就你还说胖？那你还要不要别人活了！"

付云意喝了一口带着热度的红茶，感慨了一句："怪好喝的。"

乔乔又扫了付云意一眼，忍不住问："我怎么觉得意姐你现在和往常不一样了呢？"

付云意觉得有意思，问："哪儿不一样？"

"具体说不上来，就是感觉你现在状态特别好。毕竟江航劳模意姐以前除了自己亲自执飞就是跟飞，脸上也没什么表情，看起来不大好接近，简直是活体工作机器。"乔乔说着说着，突然想起了什么事，挤眉弄眼地问她："对了，之前那个托我给你带话，说在T2航站楼门口等你的帅哥旧识，你们两个到底是什么关系呀？"

付云意反应了一阵才想起她说的是赵知年。

其实满打满算也不过是四十几天前的事情。

估计是拜他们从重逢到重新熟悉，再迅速成了男女朋友这种突飞猛进的关系进展所赐，她觉得好像过去了很久一样。

"啊，你说他呀，"提起赵知年，付云意眉眼带笑，对于两人的关系也没有藏着掖着，"他是我男朋友。"

"哇！"乔乔咬着鸡翅含混不清地感叹，"恭喜恭喜呀！"

聊到最后，话题还是回到了"江航内部一手八卦资料"上，付云意并不是特别热衷八卦的人，只是单纯地觉得听乔乔说这些很有意思，时不时还和她讨论两句。

两人聊了两三个小时，付云意喝了三杯红茶，乔乔则边吃边说把一桌子的炸鸡横扫。念着她还要跟一班去迪拜的夜航，付云意简单地收拾了一下桌子，便催促意犹未尽的乔乔，让她赶紧回岗，别到时候迟到了被乘务长骂。

乔乔很不舍："意姐的排班表快出来吧，我想每一班都跟着你飞。"

江航内部机组和乘务组其实不是完全对应的，但机长有权调自己顺心的乘务员负责机组乘务的部分。付云意和乔乔处得来，一般上面让填表格的时候她填的是乔乔的名字。这次因为她休假，乔乔就只能暂时回到原乘务组跟飞固定航班。

见她这么想自己，付云意就能猜出来她回去之后八成是受委屈了。眼看着时间要到了，付云意笑着又催她："好啦，也没几天了，你快回去好好工作，等什么时候我们执飞去上海的航班的时候，我带你去见我男朋友。"

乔乔一下子兴奋起来："见帅姐夫吗？我简直迫不及待啊！"

付云意被乔乔顺口说出的"姐夫"弄得莫名有点害羞，想起了在上海的棋室里赵知年助理那一声清脆的"老板娘"。

脸上的热意更甚，付云意忍不住给赵知年打了个电话。

从前打电话的那个人都是赵知年，每天晚上九点，他的电话比闹钟还要准时，这会儿她突然打电话给他，赵知年还以为她出了什么事，立马接起来："怎么了，小意？"

付云意没话找话："你现在在忙吗？"

"没有。"在自己家书房里看书的赵知年把手上的书倒扣在桌面上，心里还是有点担心，又问了一遍，"怎么了，出什么事了吗？"

付云意撇撇嘴："出大事了。"

赵知年的语气一下子急促起来："你别着急，慢慢跟我讲，出什么大事了？"

她满足于他语气里流露出来的在意，不再逗他："是特别特别大的事，我好想你啊，赵知年。"

原本已经从椅子上站起来的赵知年听到这句话，又无奈地坐了回去。他叹了口气："你吓我一跳。"

可能这就是谈恋爱的感觉吧。他忍不住想。

这种感觉和他过往人生里做的任何一件事情都不太一样，从前他学习、下棋、开棋室，好像都是规规矩矩的，严谨到近乎严肃。

这些年来，他能回忆起的生活中的意外之喜，竟然都是付云意给他的。

虽然无奈了一点，但该说的话一个字都没少，赵知年轻声道："我也很想你，小意。"

目的达成，付云意握着电话笑眯眯地道："这就叫'一日不见，如隔三秋'啊。"

赵知年对此没有发表看法，只是嘱咐她："下次执飞目的地是上海的航班，记得告诉我一声，我去接你。"

付云意乖乖地应下，装作特别后悔的样子说："当时找上面批假，上面还问我一个半月够不够，可以开两个月的，我当时非要说一个半月就足够了，现在真是后悔死了。"

赵知年和她在一起之后就学会了学她说话这一招，也学着她感慨道："我也后悔了，就应该在订婚宴结束后带你过来。"

提到这个，她又想到上一次没看到他家的遗憾，跃跃欲试："你开个视频吧，我好想知道你住的地方是什么样的啊！是不是整个房间都是黑白灰三色，除了家具和生活用品以外什么都没有啊？"

赵知年失笑："你当我住的是鬼屋吗？"

付云意不依不饶："开视频嘛，我真的想看！下次去上海我不要住酒店了，就住你家好了，反正你家肯定住得下！"

赵知年听了这话笑容加深，故意曲解她的意思："住是住得下，你就这么想和我住在一起呀？知道为什么之前你过来我没带你回家看看，或者干脆让你住这儿吗？"

付云意老老实实地回答："不知道。"

"因为我很小的时候，外公就告诉过我一件事。"男人声音低沉，循循善诱，"家是很私密的地方，相爱的人才能住在一起。那时候我不知道你愿不愿意接受我，而现在，你愿意住进来吗？"

猝不及防又被撩了一下的付云意："……"

还要什么小付老师给他搞恋爱补习，她现在就想给他发毕业证。

02

江航的工作效率极高，第二天下午，付云意就在北京这边的办公楼收到了新的执飞表格。

除了第一周暂时做副驾驶跟飞恢复状态，剩下的执飞排班基本上是长途国际航班，和以前截然不同。

　　国际航线的待遇要比国内航线好，几乎每一条新的国际航线出来，都是公司里各位机长哄抢的对象。

　　不过江航公司规定，长期执飞国际航班要先把机长一千小时熬过去之后再谈。付云意在职场上属于不争不抢的那种，本以为这种好事怎么也要三五年之后才能轮到她，没想到江航这么大方，直接把还处于试飞阶段，等待首飞的每月单数日由上海飞西班牙巴塞罗那的新国际航线交给了她，配的机组成员还是她最熟悉的那拨人。

　　付云意有点受宠若惊，要不是实在联系不上老板，她都想当场给老板亲切致电表达一下自己的感谢。

　　统筹各个飞行员执飞表格的行政助理看到她惊喜的样子，忍不住笑着道："小付机长很厉害的，你可能不知道，你在咱们江航特别有名，甚至在网上也很有名气呢，好多网友都期待能坐你执飞的航班。"

　　在自己努力过的领域被肯定是一件特别幸福的事，付云意诚恳地向行政助理道谢："谢谢你呀。"

　　助理笑得十分温和，点了点表格最下方的飞行员签字确认栏："你再确认一下表格，如果没有问题的话直接签字就行了。"

　　付云意从上到下扫了一遍表格内容，然后认认真真地签上了自己的名字。

　　"程锋机长执飞的 MF336 今天晚上二十点三十分要从北京飞上海，您要是方便的话就跟这班一起过去吧，八天之后是上海到巴塞罗那的首飞日哦，祝您首飞成功！"

　　付云意微微点头，对安排没什么异议，笑了笑离开了。

　　那会儿她还不知道，到了上海时，公司内部已经把她的事情传得变了样。

算起来，付云意在江航待了快五年了，这还是第一次收到针对她的实名举报信。

举报人是以程锋为首的一派飞行员，若论入职年龄，她应当叫他们一声前辈，毕竟他们的机长执飞时间都比她长。自一个月前听闻了将开通这条新国际航线的消息后，上海飞巴塞罗那这条航线就成了他们争抢的宝贝，大家明争暗斗了好一阵子，没想到最后竟然被付云意轻而易举地抢走了。

在江航这一批飞行员里，付云意其实算是名不见经传的。

虽然她的实力摆在那儿，但本人对拉帮结派、阿谀奉承之类的毫不感兴趣，在喜欢私底下搞小动作的程锋眼里自然没有存在感。要不是还有个"女飞"的名头，江航借此宣传过几次，程锋都不会认识她。

就是因为她的存在感太弱了，因此上面公布新航线的执飞飞行员是她的时候，那种不满的感觉才会猛地自心底滋生出来。

程锋在江航虽然表现得无功无过、普普通通，但好歹也是待了九年的老员工，因此早早地从熟人那里得知自己被筛下来后，他就开始千方百计地打探付云意的消息。

付云意在江航公司内部的个人简历非常简单，几行字写了毕业院校，几行字写了飞行经历，最后附上一张完美的成绩单，就差把"我有实力"四个字印在简历上。

程锋不信邪，不信这年代有人能只靠实力打败竞争者，于是他动起了歪心思，开始调查付云意的背景。

这一调查，把他吓了一跳。

那封举报信言之凿凿地说她依靠自己家在民航业的关系网，从加拿大空降江航；说她进公司以来就靠着外力当上江航最年轻的女机长，机长飞行时长刚过一千个小时就得到了公司里平均八年驾龄的机长才能得到的国际航线……扒了她的家庭背景不说，还暗讽她的个人作风，说她经常出入行政部办公室，最后还得出一个结论，说她为了这条航线两个月前在总部大闹了一场，最后不仅得了这条航线，还休了一个半月的长假。

付云意把这封直接发到内部邮箱里的举报信从头到尾看了一遍后，特别想采访一下程锋的高中语文老师。

当年写作文的时候没人教他一下格式吗？

行文能稍微突出一下重点、注意一下逻辑吗？

要举报的气势也不是打百八十个叹号就能搞起来的好吗？

除了打着举报信的名头，信上写的都是什么乱七八糟的东西？

她又仔细地看了一遍，艰难地从那团混乱的文字里找出了几个他要举报的重点记在备忘录上，打算等自己心情好了，亲自给他演示一下到底怎么写举报信才叫言之有理。

她没着急，但是公司里比她着急的人有的是。

这封举报信只是一根导火索，和程锋交好的那些人立刻落井下石，发了几张她和行政助理谈话的照片，证明她确实和那边的人"不清不楚"，有一部分人被这些捕风捉影的事带偏，也跟着怀疑起了付云意。

更多的人讨论的，还是被程锋扒出来的付云意的家庭背景。

这些年来，付云意虽然从未主动提起过自己的家庭，但也没有刻意隐瞒，所以被有心人扒出来也很正常。她收到不少询问微信，十条里有八条以"哇，云意，你爸爸／你爷爷真的是……"开头。

那些微信消息，付云意一条也没回。她莫名想到了好多年前在附中三楼的阶梯教室里，一个少年了解了她的家庭背景就以为拿到了证据，理所当然地把脏水往她身上泼。

真讽刺啊。

不过，现在的付云意不再是少女时期那个一点就炸的小炮仗，一点委屈都受不得，别人敢污蔑她，她就会扯着嗓子跟对方吵上三天三夜。她看完消息后就开始订酒店，像个没事人一样。

事情终究还是闹大了，分管飞行员的领导给她打来电话询问到底是怎么回事，付云意只身站在上海的夜里，迎着舒爽的风，笑了一声："身正不怕影子斜，这件事我一定会给您和其他人一个公开回应。"

付云意的手机好久没有这么热闹过了。

微信提醒，短信提醒，电话提醒，整个晚上手机振动个不停，放在衣服口袋里如同随身携带着危险物品。

她被烦得不行，拿出手机来就准备关机，好巧不巧来电显示页面上端端正正地显示着三个字——男朋友。

赵知年的电话。

她这才发现已经晚上十一点半了，今天她还没和他例行通话，赶紧接了起来。

赵知年的声音依旧平淡清浅，带了一点笑意："今天是复工第一天吧？小付机长感觉怎么样？"

付云意顺利打到了一辆出租车，低声报了酒店的名字，回复那边的人："今天是小付乘客，只是坐了班别人执飞的航班来上海。"

她还被那个机长举报了。

赵知年在听到她报酒店名字的时候就反应过来她来了上海，语气里带了点不满："来上海为什么不告诉我？别住酒店了，我去接你。"

她知道赵知年一向是行动派，没准说完就会下楼去开车，急急地拒绝："不行，今天晚上不行。我今天晚上有点忙。"

赵知年皱起眉头："有什么急事非要大晚上做？你在酒店做和在家做不都一样吗？"

"今天这事还真不太一样，属于在酒店和在家都做不了的那种。"付云意顿了顿，认真地解释，"我找人打架去。"

付云意没有多说，一套十分敷衍的"晚安，再见，么么哒"之后，就挂了电话。

虽然知道付云意是在开玩笑，赵知年还是开车到了酒店门口，他有点心急，算得上是一路疾驰，跨了两个区赶了过去。

他到酒店的时候，正赶上付云意在办理入住，完成人脸身份识别就可以拿房卡上楼。

她脸还没凑到摄像头前，整个人就被揽进一个怀抱。

赵知年仗着身高优势，轻而易举地拿走了她手上的房卡还给前台，就把她往外面带。

前台的小姐姐职业素养极高，一脸震惊的同时还不忘提醒一句："您今晚不住在这里的话，房费是没办法退还给您的哦，要不您再考虑一下？"

付云意和赵知年同时道：

"还给我，我住我住！"

"谢谢您，我们不住了。"

前台小姐姐："……"

最后，赵知年以强硬手段将付云意弄上了车，一路往他公寓的方向疾驰。

付云意念念不忘自己订了不到一个小时，还特意加了二十五块钱要一份水果的宽敞大床房，念叨了一路："太浪费了，太浪费了，怎么能说不住就不住呢？那可都是钱啊！你什么时候养成的奢侈作风！"

赵知年听她反反复复地念叨这一句，在等红绿灯时忍不住偏过头来看她一眼："这么舍不得那间房吗？"

付云意撇着嘴点了两下头。

赵知年挑挑眉，手上打着方向盘就准备掉头："走吧，我们回去，我跟你住一起，看看那间房有多好，能让小意这么舍不得。"

付云意赶紧推了推赵知年的胳膊，立场转变得简直不能更迅速："搞快点搞快点，我现在就要和你回家！"

虽然明知她说出这句话并非出自真心，只是害怕他真的掉头回酒店，但男人还是因为那句"和你回家"而弯起了嘴角。

其实付云意还没做好就这么去赵知年家的准备，尤其是在这男人暧昧地说"家是和爱的人住在一起的地方"这种似是而非的话之后。

03

赵知年的公寓比她想象中的要大上一些，是和大院里的赵家完全不一样的风格。虽然他当时否认了她说的"整个房间都是黑白灰三色，除了家具和生活用品以外什么都没有"，但就她的实地考察来看，和她说的其实并没什么本质区别。

付云意把程锋和举报信的事都抛到了脑后，一边在公寓里巡视一边"啧啧啧"。

赵知年看她的样子觉得有趣，虚心求教一般地问："有什么要点评的吗？"

付云意一只手握着自己行李箱的把手一只手叉着腰，微微低头装出一副室内设计大师的样子："啧，可能神仙都住在我们凡人无法欣赏的仙境吧。这仙境还是黑灰色的，带感，实在太带感了。"

赵知年去厨房端出一盘洗好的草莓，指了指洗手台："去洗手，然后来吃水果。"

洗完手坐在沙发上的付云意看到装着草莓的黑色盘子时彻底无语了："我觉得……倒也不至于连盘子都买黑色的吧。"

"随便买的，没注意颜色。"赵知年把盘子放到她腿上，"你要是喜欢别的颜色，改天我和你一起去买几个。还想添置什么？也可以一并买了。"

付云意顿时来劲了："君子一言，驷马难追哦！到时候我先买两盏红灯笼挂在阳台两边，再买五个粉色抱枕堆在沙发上，你那盏丑陋的灰色台灯也要换成绝美少女星星灯，还有我刚刚看到厨房里的黑椅子，你知不知道最近有特别火的那种彩虹椅，那个是真的好看……"

剩下的话被卷进了他含着草莓的口腔里。

"为什么老是叫我神仙？"他低声问。

付云意偏过头去："我不是很久之前就和你说过了吗？你这个人性格冷淡，经常面无表情，而且还什么都会，反正就和普通人不一样呗。'神仙'这名怪好听的，你可以放心接受。"

赵知年难得在这种时候安静地听她说完，付云意解释完，伸出手打算拿盘子里的草莓。

不过，赵知年挡住了她的手。

"你干什么？"她抬起头瞪他。

"我不知道。"男人实话实说，"大概想证明一下我根本不是神仙。"

他好像从来没和小姑娘说过他有多喜欢她的眼睛。

她眼尾有一点自然的下垂弧度，即使脸上没有表情，单那双眼看上去也像是盛了一泓湖水。

他和她对视的时候，总是会想起从前看过的一句话。

当是一寸秋波，千斛明珠觉未多。

他垂下头来，把吻印在她眉眼之间，轻声叹息："见到你，谁还想做神仙啊。"

付云意是凭着最后一丝顽强的理智，才想起了自己的正事还没干。

她问了赵知年书房在哪里，站起身来就要走，还不忘了拿走那盘没

264

吃上两个的草莓。

她从行李箱里把笔记本电脑拿出来，坐在赵知年的椅子上，一边晃腿，一边构思着反击小论文。

没写上两个字，赵知年又端着一杯热牛奶走了进来。

付云意有点疑惑："这都快夜里一点了，你平时不是十一点就睡觉吗？你不困？"

赵知年一本正经地说："怕你跟别人吵架累着，让你喝点牛奶。"

"哦……"

他跟她讲了一下把她的行李放到客房去了的事，然后他就真的去休息了。关于她到底遇上了什么事，他只是简单地问了一句"麻烦吗"，得到她说自己可以解决的回答之后就再没多问。

付云意其实特别喜欢和他在一起时的相处模式。

出于性格原因，一直以来她都喜欢自己的事情自己解决，别人硬是要帮她做她自己能做的事情，她反而会觉得别扭。之前和乔乔聊天，听她一脸幸福地说自己和男朋友在一起时简直像个废人，什么都不用做，连苹果都不用洗，付云意一度不太能理解。

这就是她之前没打算和赵知年回家的原因，她怕他问发生了什么，再提出要帮她解决。

他要是真想帮她，她还真找不出理由拒绝。

幸好他什么也没说。

人在深夜容易生出一点婉转的少女情绪，付云意拿出手机给秦欢发微信："欢欢，我突然觉得赵知年好好啊，我小时候可真瞎啊。"

那头竟然是秒回。

秦欢先打了一串省略号，然后问她："你喝酒了？喝了几瓶？开视频让我看看你醉成什么样了。"

付云意咬牙切齿地发了一段语音过去："祁景，你把欢欢的手机放下！"

那头果然沉默了。

付云意感慨完了，满足了自己的表达欲望，开始有一下没一下地吃着草莓，顺便伴着手机里放的高昂激情的电音，快快乐乐地写完了两千字小作文。

首尾呼应，主题明确，论点清晰。从自己的家庭讲到成长经历，然后指名道姓要程锋拿出她和高层不清不楚、家里给她开后门的确凿证据，甚至贴心地附上了江航高层的联系方式，方便他随时致电查询。

凌晨两点四十三分，付云意把这篇小作文发到公共邮箱里。

熬夜熬得凶的时候她虽然也经常两三点睡，但那都是基于中午十二点才醒来的前提。这天她早上去找了魏时与，下午去领执飞表，晚上搭飞机来上海，着实折腾了一整天，发送完毕之后，她整个人就被席卷而来的疲惫淹没了，直接趴在书桌上睡着了。

熬夜的必然后果就是睡到日上三竿。

付云意是被阳光晒醒的。

赵知年公寓里的窗帘不像酒店或者她自己的卧室那样遮光，她揉揉眼睛睁开眼，发现纱质窗帘外早已是泛着金色柔软光亮的明媚白天。

她将静音了一整个晚上的手机解锁，第一眼看到的就是来自自己领导的五个未接来电。

这刺激实在是太强了，强到她完全没注意自己是怎么从赵知年家的书房转移到客房的。

付云意忐忑地打过去，毕恭毕敬叫了一声领导的名字，正打算编造一个自己没接电话的理由，就听到领导用一种"我都懂"的语气道："云意啊，这两天和你有关的这个事情，我们都了解了。"

一声"云意"叫得她瞬间清醒了，赶紧说："那……那个，领导，您叫我小付就行。"

领导非常和蔼，马上采纳了她的建议："好的，小付啊，你受委屈了啊。听说前一阵你压力有点大，还请了一个半月的假是吧，休息够了没有？正好我们这条新航线还和巴塞罗那那边有一点交涉出入，可能要延时首飞，要不你再休息半个月吧？"

付云意心想：这怎么和预想的不太一样呢？

赵知年听到了房间里的动静，敲敲门之后走了进来。付云意还没挂电话，比了一个"嘘"的手势，然后笑着向领导道谢："领导，您真是太体贴了，'此生不悔入江航'啊，谢谢领导这么体恤我，我以后一定会更加努力的！"

又扯了几句之后，付云意就挂断了电话，然后对上赵知年深沉的双眸。

"有没有想过换一份工作？"赵知年轻声问。

她是一个不太喜欢放假的人，她一直觉得只有工作才能让她的生活更充实，可是和赵知年在一起之后，她看排飞表首先就是看自己有没有执飞起落上海的航班，以及什么时候轮休。

付云意沉浸在自己平白又得到半个月美好假期的快乐里，满心都是对领导英明决定的欢喜，笑眯眯地说："不想啊，国内的航空公司没有哪家能比得上江航了吧，江航的待遇真的好好啊，大部分同事和老板也特别友好……"

赵知年沉声打断她："不是说换一家航空公司，而是换一个行业试试。"

付云意："啊？"

男人弯着眉眼，语带诱惑："你觉得……围棋这一行怎么样？只要你撒撒娇，老板就天天给你放假。"

这人又在抽什么风？

付云意定定地看着他，愤愤道："这位先生，麻烦把我的赵神仙还给我好吗？"

　　赵知年觉得她的样子太过可爱，忍不住亲了亲她的发顶，然后回归正题："刚刚在和你们领导聊什么？"

　　付云意翻着手机里又快爆炸的消息，一时间没心思回答他。

　　她看了几条消息就搞明白了事情的始末。

　　原来这天早上江航发表了澄清声明，声明发出去不到一个小时程锋就公开道歉了，整件事情来得快去得也快，如同一阵龙卷风。

　　付云意刚蓄满的战斗值就这么没地用了。

　　她忍不住感慨了一句："不是，这人也太没有骨气了吧？"

　　她还想亲自教教他怎么写举报信，让他知道他使的那些自以为能污蔑她的手段有多幼稚，结果他就道歉了？

　　赵知年站在一边，看着小姑娘一会儿皱眉一会儿笑的，怎么看都不像他以为的她被别人欺负了。

　　付云意把事情处理好了，才想起被她晾在一边的赵知年，赶紧从床上下来跟他解释了几句，最后再重点强调一下自己又多了半个月假期的美好事实。

　　赵知年没表态，付云意洗漱完下楼时，他才一边招呼她吃饭，一边平静地说："晚上跟我去见个朋友吧。"

　　付云意拿着筷子的手一抖。

　　赵知年跟她说要见他父母，她都不至于像现在这么紧张。

　　付云意瑟缩了一下，试探性地问："我能拒绝吗？"

　　赵知年面无表情地看了她一眼，难得语气强硬地道："不能。为什么不想和他们见面？"

　　付云意低着头，回答得有理有据："不是说'物以类聚人以群分'吗，你的朋友不是都像你这样的吗？我怕我一个凡人融入不了神仙的世界。"

赵知年失笑，像是想到了什么，安慰她："你还记得我在北京时开的那辆黄色跑车吗？车的主人你今天晚上就能见到了。"

这句话的安慰效果十分显著，付云意顿时兴奋起来："真的？哇，那太好了！我实在是好奇他为什么要花那么多钱买那辆车，莫非他的幸运颜色是亮黄色？"

赵知年盛了一只薄皮小馄饨到她碗里，示意她吃饭："晚上你随便问。"

晚上出门之前，付云意难得化了全妆，穿了一条看起来就十分安静、乖巧又淑女的白裙子，才和赵知年一起下楼。

聚会是一周前就定了的，只是临时加了她，赵知年的两个朋友对他这种人会找什么样的女朋友表示十分好奇，要求他们俩必须一起到。

付云意忐忑的心在拉开包厢门的那一刹那全部变成了惊诧。

"魏……魏……魏医生？"她一眼就看到了前一天才见过的魏时与，"你怎么在上海？"

魏时与也有点惊讶，看了一眼一脸平静的赵知年："你怎么不惊讶？你早就知道云意认识我？"

赵知年平平淡淡地应了一下，解释道："我曾看到小意去你的工作室。"

魏时与思索了一下，想了起来，有点促狭地道："虽然暴露咨询者的隐私不太好，但是你们两个都这关系了，也没什么了。知年，你想不想知道云意第一次找我的时候问了我什么问题？"

赵知年挑了一下眉毛。

付云意自己都忘了说过什么，也等着魏时与说话。

魏时与看着这一对，笑着说："云意问我，这世界上有没有那种根本不懂什么叫作喜欢的人。"

付云意的脸腾地红了。

赵知年还是那副平淡样子，甚至问："你怎么回答的？"

魏时与不肯再说，只是说："你自己问你女朋友就知道了呀。"

从两个人进来开始就被忽略的陆锦南忍无可忍："哥们儿，这个无关紧要的喜不喜欢的问题能不能稍微往后放一放？我们先吃饭行不行？你浪费的是时间，到我这儿浪费的就是金钱啊！"

付云意也觉得自己只和魏时与说话不太礼貌，刚打算道个歉，就对上陆锦南笑眯眯的脸，只听他道："弟妹你好啊，刚才的话不是对你说的，你不用放在心上。我叫陆锦南，上次的跑车你喜不喜欢？喜欢我就把它给赵知年开得了！"

她还没来得及说话，赵知年就沉声拒绝了："不用。小意看不上你的车，觉得买它的人脑子有毛病。"

付云意呆住了，这两个人到底是怎么成为朋友的？这一场饭局下来，基本上解答了她的疑问。他们三个是年少时在赵知年外公的棋室里认识的，魏时与是和赵知年有共同话题，陆锦南……纯粹是和赵知年下棋的时候越挫越勇之下发展出了深厚的革命友谊。

桌上放着醒好的红酒和两瓶看起来就很贵的白酒，陆锦南一个人喝白酒，赵知年和魏时与拿着红酒跟他碰杯，付云意一个人寂寞地喝着桃汁。她原本以为陆锦南的酒量很好，没想到没多久，他就口齿不清，看着付云意如同老父亲嫁女儿一般絮絮叨叨："我……我和你说一点赵知年那小子的事情……你千万别和外人说啊，尤其是别和他说。"

付云意看了一眼离他五十厘米的赵知年，重重地点点头："好，我不和他说。"

"赵知年这个人，虽然看起来人模人样的，其实有好多缺点，你们一定要互相包容。你不要看他什么都不说，其实他把情绪都藏在心里了……"

付云意愣了一下。

"要不是他生得好看，就那性格，活该他孤独终老……云意啊，你们在一起之后一定要让他多学学沟通，很多事情只有说出来才能解决。"陆锦南似乎想到了什么，想要握着付云意的手语重心长地说，结果被赵知年一脸嫌弃地拍开，还好醉鬼不在乎这些，继续自顾自地道，"千万不要在心里生闷气记仇，爱人之间是不能因为隔阂生分的，你和他生分了一分，就会生分两分三分，最后被活生生拆散。我听他说你们算得上是久别重逢，这么深的缘分，一定要珍惜啊。毕竟世上的情人有几对走散了之后还能在人海中相遇啊……"

眼看着小姑娘听得眼眶都红了起来，赵知年有点心疼，用陆锦南的筷子夹了个虾球塞进他嘴里："不要再说了，差不多得了。"

一场饭局到这儿也算吃得差不多了，几个人一边约着下次见面，一边在餐厅门口分别。赵知年喝了几杯红酒不能开车，付云意原本想找个代驾，却被他拦住："不急，先陪我走一会儿，醒醒酒。"

付云意不疑有他，被他牵起手就走到街上。

赵知年还记得饭局开始前的那个问题，刨根问底地问她："那个会不会喜欢的问题，当时魏时与到底是怎么回答你的？"

付云意眨了眨眼睛，思考了一下："其实我也记不太清了，毕竟刚才我连问过他这个问题都忘记了。"她慢吞吞地说，"我仔细想了想，他和我说的应该是这种情况很少见，说几乎没有这样的人，因为喜欢和爱其实是人类与生俱来的能力，如果发现自己的这种能力还没有被激发出来，那大概率是因为没遇上对的人。"

"那时候我还不太信呢，因为刚刚与你重逢，我们也没说过几句话。"小姑娘轻轻软软的声音散在上海深邃的夜里，有着对他而言致命的吸引力，"一开始，我连见到你都觉得有点尴尬，其实过了这么多年，我们都变了。还好命运给了我们一个认识崭新的彼此的机会，所以，如果换作现在的付云意听到这句话，我猜她一定会说'我信'。"

那些年她飞越过山海，算得上是上天入地，却不觉得安定，大抵是因为还没住进他心里。

他们牵着手走过从街头亮到街尾的盏盏路灯，交错的光落下来，把他们的影子拉得好长好长，温柔地在地面上重叠。

她突然想起很多年前也是这样深夜的一条街，赵知年接她下晚自习，那时的她天不怕地不怕，却不敢亲近他，只能偷偷借着光影让影子牵手。

记忆如潮水般涌来，混杂着更多和他一起走过的往昔。

初见时的那一罐水果糖，沉默地走过的长街，冰面上的笑意，除夕碰撞在一起的冷烟花棒，棋室里少年沉静的侧脸和未燃尽的香，东京塔下的拥抱，等待成年之后揭露的秘密，还有雪人里那一句还未来得及藏好的"我喜欢你"。

年少时她怨他不懂，可经历了许多事情之后再回忆起来，才惊觉其实不懂的、愚钝的那个人分明是她。

明明喜欢和爱都是藏不住的。

即使说不出口，也会从眼睛里流露出来。

哪怕那双眼里装的曾是日月江河，是山川湖泊，是星辰大海，是遥远云端，是原以为和她无关的整个世界——

她现在也已经待在了这个世界的中心。

番 外
生活共你

01 关于想念

近来赵知年失眠的情况越发严重。

他初来上海，对这边自然没有北京熟悉，开棋室也不是慈善行为，选地段、选房子、选老师，事事他都得亲力亲为，有时光看资料都能看到凌晨两三点，二十来年养成的良好作息被破坏得彻彻底底。这么折腾下来，他的睡眠质量也越来越差，即使当天没什么重要的事情也睡不好。

还好陆锦南给他找了个小助理，小助理负责整理资料，但决定仍然需要他做出，所以还是算不上轻松。那天天色已晚，他念着助理是个小姑娘，没让她深夜过来给他送资料，只让她把电子版发过来。

助理通过微信给他发了不少文档，还附了一个音乐链接。

他愣了一下，原本没什么好奇心的人，那一刻却魔怔了一般点了一下那个音乐链接。

空旷的独身公寓里只有手机里传出的音乐。

赵知年都不知道自己在想些什么，思绪是放空的状态。卧室落地窗的窗帘没有拉上，他一偏头，就看到窗外沉默的夜色。

手机里那个男声用粤语慢慢地唱着，他听不真切，拿来手机看歌词。

我没有被你改写一生怎配有心事

我没有被你害过恨过写成情史变废纸

春秋只转载要事

如果爱你欠意义

这眼泪无从安置

我没有运气放大自私的失意……

他沉默地读完，看到助理撤回了那条链接，并不停地向他道歉："不好意思，老板，我原本是想把这首歌分享给我朋友的，不小心点错了。"

他向来不在意这些小失误，宽容地说："没关系，歌很好听。"

助理没再回复，手机屏幕也因为长时间没有触碰一点一点暗淡下去，变成和这夜晚同样的黑色。

歌还在播放，他又看了一眼远方。

隐隐约约地，他似乎看到了东方明珠塔，塔顶的灯光一闪一闪的，像人类跳动的心脏。他不知道看了多久，直到一个眨眼过去，灯光消散在天际。

那一个瞬间，他想到了某年冬天灯光熄灭的东京塔，想到那个泛着寒气的夜晚，想到女孩冰凉的指尖和柔软的发丝。

说什么没有刻意在等她其实是假话，是说多了自己都快相信的那种假话。

实际上，这分明是真正意义上……

他的第无数次想念她。

02　关于重逢

在二十八年的人生里，赵知年实在是没有任何"拯救落跑心上人"之类的破镜重圆、旧情复燃的经验。

因此在决定回大院之前，他给陆锦南打了个电话。

从陆锦南平均每三个月就在朋友圈发一张自己和形形色色的漂亮女孩的合照宣布恋情，连文案都是一模一样的"我的宝贝'心''玫瑰''吻'"来看，陆锦南在这方面应该是属于经验丰富的那种。

赵知年觉得有点不好意思，好在陆锦南整个人都沉浸在"赵知年竟然有感情困扰"这件事给他带来的震撼中，没顾得上取笑他。

震惊之后的陆锦南语气认真，从重逢要穿什么样子的衣服和鞋子，应该打造出成熟的精英气质激起女生的崇拜，还是打扮成落魄浪子激起女生的同情，到开什么车、拎什么包，要不要戴墨镜，再到该喷什么香调的香水，嘴角邪魅微笑的弧度是什么样的……陆锦南啰里啰唆地说了一大堆，恨不得马上飞到上海给他来个一对一面授指导。

只可惜赵知年不太配合，在他越讲越来劲，整个人处于一种心潮澎湃、亢奋激昂的状态时，赵知年把电话挂了。

其实赵知年认真思考过陆锦南的建议，只是他觉得陆锦南说的那些可行性实在太低，遂果断放弃，所以最后坐在上海飞往北京的航班上的赵知年还是平平常常的样子。

非要说有什么不一样，大概是心跳的频率比平常高了一点点吧。

赵知年抿了一口纸杯里的纯净水，偏头望向空旷的停机坪，心里想着：如果上苍怜悯他，能再给他一次与她相遇的机会，那么他就是抢，也要把能与她共度的缘分从一眼变成余生。

下一秒飞机起飞，机长广播响起，他听见了她的声音。

03 关于新航线首飞

上海直飞巴塞罗那的航线首飞时间一变再变，从原本定好的初秋，拖到了寒意泛起的深秋。

虽然古人说"好事多磨"，但对付云意来说，这事从得知消息到程锋举报她，再到拖了一个多月都没定下来，她的心情从"毫无波澜"变成了"有一点点紧张"，最后成了"非常紧张"。

等到了首飞的那一天，付云意的紧张程度不亚于她成为机长之后执飞的第一趟航班。

乔乔一直给她加油打气，要不是机舱空间实在是不够大，付云意都觉得她能来一场充满激情的热舞。

手机关机前收到赵知年发来的微信消息，付云意有点期待地点开，以为他要和她讲点赵氏鸡汤，没想到他说他临时接到通知，后天她回来的时候他恰好有事，没办法来机场接她了。

付云意看完整条消息，回复了一个"好"字，就关掉了手机。

她难免还是有点失落，但因为这点失落，倒是冲散了一些紧张的情绪。

新航线首飞以非常完美的姿态画上句点，飞机平稳地降落在上海浦东机场，付云意处理完后续事宜后打算回家休息，结果发现几个领导和一帮机组成员都在休息室等她，说是要搞什么"小型庆功"。

握了一圈手，僵硬地微笑着配合摄影师拍了不知道多少张照片之后，付云意拉着自己的行李箱逃命一般地离开了。

深夜的航站楼依旧人来人往，付云意盘算着一会儿点什么外卖犒劳自己，抬眼就在人群里看到了赵知年。

"你不是……不是说自己有事……"此时付云意的心情实在太复杂，所以说话都磕磕巴巴的。

"欢迎回家。"

好在男人根本没在意那些，他冲她张开双臂，唇边是她最熟悉的温和笑容。

04 关于情话

付云意最近关注了一个博主，叫甜星球记事。

她最初是被这个极其戳中少女心的名字吸引的，顺手点进了这个博主的首页，看到认证的内容上写着"恋爱博主"。

付云意平时很少上网，因此看到这个认证的时候，她还有点疑惑，不知道恋爱博主是干什么的，想着莫非是个和自己男朋友甜甜蜜蜜的小姑娘开的微博，专门记录自己的恋爱日常？

手指滑动着往下翻了两条，她就搞清楚了。

这是一个专门收录恋爱小事投稿的微博，里面可不止一个生活甜蜜的小姑娘，而是有几十上百个。

一口气翻了二十几条投稿后，付云意觉得自己被免费投喂了无数箱柠檬。

她一边压下自己心里的酸意，一边深刻地反思着自己。

她谈的恋爱真的叫恋爱吗？

看看上面的投稿，人家的男朋友文能写诗赋词夸自己女朋友漂亮，武能随时随地亲亲抱抱举高高……

虽然大部分投稿对赵知年不太适用，但是要求一低再低，他总应该说几句好听的话呀。

付云意认认真真地回想了一下她和赵知年的日常，震惊地发现除了久别重逢之初男人说过一些撩人的话，她认识他这么多年，还从没听他说过一句情话。

当初他们决定在一起就快速到近乎敷衍，直接略过了互相诉衷情、深情对望、激情表白的部分，后来赵知年向她求婚，男人手拿戒指，单膝跪下，姿势到位，就是语言不太到位。

那天晚上，赵知年的手机因为持续不断涌入的微信消息，振动了至少两分钟。

他原本在和魏时与谈事情，社交软件都设置成了免打扰，唯一有消息提醒的只有付云意一个人。他太了解小姑娘的性子了，能拆成八条发过来的话绝对不会发一条，未读消息十几条甚至几十条都是常有的事情。只是这次的振动声持续得实在太久，连魏时与都体贴地提醒他："看一下吧，万一是什么重要的事情呢。"

赵知年解锁手机，就看到一溜的新浪微博分享图标，显示着"分享自'甜星球记事'的微博"。

翻到最上面一条未读消息，他就看到付云意发来的一句："小付老

师恋爱补习班重新开课，专教'直男'说情话。您老婆帮您报了这个补习班，下面是第一讲的课前预习资料，您查收一下。"

赵知年笑着看完了那些消息。

"笑得这么开心，云意发过来的消息？"魏时与问。

赵知年抿了口温茶，不置可否。

"不是什么要紧事吧？"

"不是。"男人声音清浅，"夫妻情趣。"

魏时与："……"

当天晚上回到家，赵知年就在沙发上把"夫妻情趣"四个字落实到了实处。

付云意心里想着事，对男人的行为非常抗拒："你给我坐好了，别动手动脚的，我要和你谈点事情。"

赵知年吻了吻她的眼角，没把她的话当回事，伸手就要抱她。

付云意突然觉得委屈。

是真的突如其来，情绪崩溃得莫名其妙，哭得也莫名其妙，好像一瞬间眼泪就不受控制地落了下来。

赵知年觉得自己快三十年的人生里鲜少有这样手足无措的时刻。他不顾她的抗拒，强硬地把她抱在自己怀里，然后垂下头来抵着她的额头，安抚性地蹭了蹭，轻声问她："小意，怎么了？"

付云意其实已经哭蒙了，想说点什么，一张嘴先打了个小小的哭嗝。赵知年既心疼又喜欢，没忍住在她脸上啄了好几下。她看他带着疑惑的双眼，气不打一处来："我下午给你发的那些你看见了没有？你就没什么想说的？"

赵知年眨了眨眼睛，疑惑半点没减。

"我觉得你对我不够好。"这话说出来委实有点违心，付云意的声

音低了下去，轻声抱怨道，"你从来不对我说'我爱你'。"

赵知年微微抬起头，方便她清楚地看到他的脸，然后郑重地道："我爱你。"

付云意心头一跳，怕眼神泄密不肯和他对视："敷衍死了。"

赵知年笑了一声，松了松抱着她的手臂，一副哄小孩子的姿势："可能每个人对这句话的理解不同。比起把爱作为某种告白或是一段感情的开篇语，我更愿意与你共同走过漫长时光，最后在自然规律之下以它作为结语。你明白我的意思吗？而且，不是说行动的力量大于语言吗，你没在我的行动里感受到这句话？"

付云意一拳捶在他肩膀上："你这是在转移话题，我说不过你这个逻辑怪物，不说了！"

赵知年噙着笑，侧着头慢慢地吻她。

小付老师恋爱补习班开班不到一天就被迫下线，堪称从业史上最大的滑铁卢。

算了。被赵姓学员亲得大脑晕晕乎乎的小付老师最后认命地想，没情话也无所谓，她能住进他那双眼睛里，原本就抵过千万句"我爱你"。

05　关于情人节的雪

情人节那天，北京落了雪。

付云意特别喜欢下雪。尽管她生在北方长在北方，从小到大见过无数场雪，但这份喜欢从未减少。

那天早上，她刚执飞从成都回来的一趟短途航班，故意骗赵知年说她要很晚才回来。她一个人从机场打车回到大院，看到院门口的红灯笼还挂着，白雪衬着鲜艳的红色，显得特别漂亮。

她看了两秒，忍不住勾起嘴角。